KB020218

간호사라서
다행이야

간호사라서
다행이야

김리연 지음

원더박스

독자들의
추천사

이 책 덕분에 제 머릿속에 있던 편견을 깨버릴 수 있었어요! 지방대 나온다고 성공하지 못하는 것도 아니고, 성공했다고 해서 과정이 순탄하기만 한 것도 아니고, 모든 것이 내가 정한 목표로 가는 데 있어서 발판이 된다는 것! 그리고 그 노력들을 모아 나만의 역사를 쓴다는 것을 깨달았습니다. ☺ 흔들리지 않는 사람은 없고, 자신에 대한 믿음 하나만으로도 충분히 목표를 이룰 수 있다는 큰 깨달음을 얻은 책이기에 추천합니다!!

yunding_2da

간호학생 때는 꿈을 만들고, 간호사가 된 이후에는 꿈을 키워준 책. 여전히 쉽지 않은 병원 생활 속에서도 다시금 책장을 열어보면 초심으로 돌아가 열정을 되찾도록 만들어주는 책!

_g5y9n_

이 책을 읽은 지도 어느덧 4년이 지났네요. 지금은 간호학과 1학년으로 재학 중입니다. 현재까지도 그 목표를 향해 가고 있고, 어쩌면 간호사라서 재밌는 인생을 사는 것 같아요. 꿈이 간호사라서 다행이다라는 생각도 합니다.

l._.h_w_831

시험 기간 동안 힘들어서 내가 이래서 간호사 되겠나, 다 내려놓고 싶다 느낄 때마다 김리연 간호사님의 에세이를 읽었어요. 제 활력소 같달까요. 바로 다시 공부할 수 있는 힘을 항상 주었답니다. ☺

1.28ve980

고등학교 교사인데요, 간호학과를 지망하는 담임반 제자에게 어떤 조언을 주어야 할지 정보가 없어 막막할 때, 이 책을 읽고 현실적인 조언을 해줄 수 있었어요. 그 제자는 열심히 공부해서 간호학과에 합격했고, 지금은 예비 간호사랍니다. ☺

naranhees

공부를 못해도 도전할 수 있고 어느 상황에서도 도전할 수 있고 나아갈 수 있다는 생각과 꿈을 저에게 준 너무나도 감사한 책입니다.

odain62

처음 책을 만난 열여섯부터 간호학생인 지금까지, 5년이라는 시간동안 이 책이 제게 꿈을 잃지 않는 힘이 되어주었어요. 소중한 책이 개정판으로 다시 찾아오니 참 기뻐요!!

ha._.ving

아무 생각 없이 살던 일반계 고등학생이 이 책을 읽고 처음으로 가슴이 뛰었고 하고 싶은 것이 생겼어요. 흔한 고등학생처럼 꿈도 희망도 없던 제가 태어나서 처음으로 뭔가를 하기 위해 노력하게 바꾸어준 유일한 책입니다.

lucetelikesun

고등학생 때 생기부에 쓸 책을 찾으면서 처음으로 접한 책. 3년 내내 간호사가 되겠다는 꿈을 잃지 않도록 멱살 잡고 나를 끌고 가준 책! 독서실에 놓고 다니면서 공부하기 싫을 때마다 틈틈이 봤어요.

jh.nurse

꿈이 없던 고등학교 시절 선생님의 책을 읽고 미국 간호사의 꿈을 꾸게 되었습니다. 이제는 간호대생이 되었고 간호사의 삶을 시작할 준비를 하고 있습니다. 제 꿈의 방향성을 잡게 해주고 시작을 함께한 이 책을 평생 가지고 가려합니다.

jihyeee_0113

개정판 서문

이 책 『간호사라서 다행이야』를 내고 나서 작가라는 타이틀을 얻게 되었습니다. 책을 출간하기 전, 보잘것없는 간호사인 내가 책을 낸다고 과연 사람들이 내 책을 읽어줄까, 공감해줄까 하는 의심이 많이 들었습니다. 하지만 누군가라도 읽어준다면, 조금이라도 마음의 울림을 전할 수 있다면 그걸로 충분하다는 소박한 마음으로 제 자신을 밀어붙였습니다.

그랬던 이 작은 책이 베스트셀러가 되고, 간호대학교 교수님들이 수업에서 활용하는 책이 되었습니다. 파급 효과는 기대 이상이었습니다. 생각보다 많은 사람들이 제 이야기를 듣고 싶어 했고, 책뿐 아니라 강연을 통해서도 독자들과 만나게 되었습니다. 간호학생들과도 직접 만나서 교감할 수 있는 시간을 가질 수 있었습니다. 부끄러움을 많이 타는 성격인 탓에 강연은 꿈도 못 꿀 어려운 일이었지만, 내 작은 목소리가 누군가에게 조금이나마 힘이 된다면 내 부끄러움이야 잠시 다른 곳에 놔두어야지 하는 마음으로 강연장으로 향했습니다. 그러면서 조금씩 익숙해졌고 어느새 그런 만남을 즐기는 제 자신을 발견할 수 있었습니다. 그렇게 저에게 작가와 강연자라는 두 개의 새로운 직업이 보태졌습니다. 그 덕분에 좋은 경험, 뿌듯한 추억을 많이 쌓았습니다.

이런 큰 선물을 주신 독자님들께 이 자리를 빌려 다시 한 번 너무나도 감사하다는 말씀을 전합니다.

사실 처음에 책을 쓰려고 마음먹은 것은, 태움 문화를 없애기 위해서는 일단 이런 것에 대해 알리는 게 먼저겠다는 생각에서였습니다. 이 책이 처음 출간되던 2015년만 하더라도 태움에 대한 솔직한 이야기가 담긴 책이 없었고, 그러다 보니 제가 태움 문화를 널리 알린 1호 간호사가 되었습니다. 밝고 희망찬 내용만 공유하고 싶기도 했지만, 간호사 세계의 어두운 부분과 고쳐야 할 것들을 가감 없이 보여주면서 경각심을 갖게 하고 싶은 마음도 있었습니다. 앞으로도 이 책이 간호사 세계의 진짜 얼굴을 알리고, 현실적으로 꿈을 꾸게 해주는 책으로 남기를 바랍니다.

출간 5년을 맞아 출판사에서 리커버를 제안해 이렇게 새로운 모습으로 독자들과 다시 만나게 되었습니다. 원고를 다시 읽어보며 5년이 지난 지금의 상황과 달라진 부분들을 보완하려 했는데, 의외로 수정할 곳이 많지 않았습니다. 어쩌면 우리가 처한 상황이 크게 바뀌지 않았다는 뜻이기도 해 안타까운 면도 있습니다. 에필로그 뒤에 최근의 이야기를 조금 덧붙였고, 책 마지막에 있는 '현직 간호사가 들려주는 이야기' 부분도 선생님들의 그간 변화된 소식과 함께 업데이트했습니다.

책을 냈다는 사실만으로도 개인적으로 인생에 큰 용기를 얻은 시간이었는데, 이제는 영향력이 없다고는 할 수 없는 위치가 되었습니다. 비록 작지만 그렇게 생긴 영향력을 간호사들의 처우 개선과 태움 문제 해결을 위해 쓰고 싶습니다.

앞으로도 좋은 글, 힘이 되는 격려의 말로 지속적으로 간호사들을 응원하고 싶습니다. 한두 권의 책으로 그치는 간호사가 아닌 앞으로의 이야기가 기대되는 작가가 되겠다고 다짐합니다. 앞으로 펼쳐갈 간호사로서의 무궁무진한 저의 모험을 많은 간호사들과 나누려 합니다. 이런 이야기를 통해 간호사로 살아가는 인생이 재미있고, 또 발전해 나갈 수 있는 방향이 다양하다는 사실을 전하고 싶습니다. 한편으론 힘이 들 때 제 글이 조금이나마 위로와 격려가 될 수 있기를 바랍니다.

항상 응원합니다. 늘 이야기하지만, 당신은 이미 최고의 간호사입니다.

2020년 9월
뉴욕에서 김리연

Part 1 꿈꾸는 간호학생

Part 2

신규의 기쁨과 슬픔

Part 3

더 넓은 세상으로

Part 4

나는 뉴욕의 간호사

꿈을 향해 타박타박,
제주에서 뉴욕까지

욜로(YOLO)!

You Only Live Once!

내가 항상 입에 달고 사는 말이다.

한 번 사는 세상,

내가 원하는 것 다 해보면서

행복하고 멋지게 살리라!

내가 정말로
원하는 게 뭐지?

나는 지방 전문대 간호과 출신이다. 한국 사회는 그런 나에게 '루저'라는 꼬리표를 달아주었다. 공주처럼 곱게 키워준 부모님께 좋은 대학 가지 못해 죄송했고, 전문대생이라고 무시하는 세상도 꼴 보기 싫었다. 어떻게든 성공해서 자랑스러운 딸, 멋진 손녀가 되고 싶었다. 그래서 나는 우리나라 톱클래스 병원에 들어가고, 언젠가는 뉴욕에서 간호사로 일하겠다는 목표를 세웠다.

"애 좀 봐, 전문대 나와서 존스 홉킨스 가겠네~."

사람들은 내 꿈을 듣고 웃어넘겼다.

일등은 아니지만 늦어도 잘할 수 있다는 것을 증명해 이놈의 일류만 추구하는 사회에 이단 옆차기를 날려주리라. 죽기 살기로 노력했다. 그리고 마침내 많은 간호학생이 들어가고 싶어 하는 삼성서울병원에 입사했을 때, 이제 됐다 싶었다. 내 앞에 찬란한 나날이 펼쳐질 줄로만 알았다. 제주도 촌뜨기를 벗어나 서울에서 차도녀로 살아가는 거야!

하지만 입사 후 병원의 현실이 오히려 내게 어퍼컷을 날렸다. 고된 근무 스케줄과 말로만 듣던 선배들의 '태움'은 화려한 나날은커녕 나를 막장 드라마 주인공으로 만들었다. 반짝반짝 빛나야 할 20대 청춘이 무말랭이처럼 시들어가며 병원에 영혼까지 다

바쳐 일하는 동안 멘붕은 매일같이 찾아왔고 차가운 도시 여자는 어디 가고 그야말로 다크서클이 흘러내리는 좀비가 되어갔다.

간절히 원했던 꿈을 막상 이루고 보니 사회의 바닥에서 다시 병원의 바닥으로 위치만 옮겨 온 것에 불과함을 깨닫기까지는 그리 오래 걸리지 않았다. 누구를 위해서 이렇게 사나? 이렇게 일하다 보면 내가 원하는 삶을 얻을 수 있을까? 과연 나는 행복해질까? 그저 다 내려놓고 내 행복을 찾아야겠다는 생각이 들었다. 그런데 내가 정말 원하는 것이 뭐지?

간호사라서 다행이야

2년 후 병원을 그만두고 관심이 가는 여러 가지 일들에 열심히 기웃거리며 나름대로 건강한 방황의 시간을 가졌다. 모델, 연기자, 패션 블로거, 승무원… 해보고 싶었던 일들, 20대 여자라면 한 번쯤 꿈꿔볼 법한 분야들에 도전했다. 새로운 세상을 경험하고 다양한 사람들을 만나며 내 삶은 자신감과 윤기를 되찾기 시작했다.

번듯한 직장을 포기하고 엉뚱한 일들에 막무가내로 뛰어드는 나를 주위에서는 이해가 안 간다는 눈으로 바라봤다.

'무슨 믿는 구석이 있나?'

그랬다. 다행히도 나에게는 '간호사 면허'라는 든든한 무기가

있었다. 이 무기 하나 믿고 내 안의 여러 가능성을 맘껏 펼쳐볼 수 있었다. 간호사라는 직업은 나에게 친정과도 같았다. 내가 이것 저것 하다가 포기하거나 실패하더라도 언젠가는 돌아갈 수 있는 구석. 간호사는 하려고만 한다면 거의 100퍼센트 취업이 된다(물론 병원은 천차만별이지만). 나는 이것이 간호사라는 직업의 현실적인 장점이라고 생각한다.

그러는 동안에도 '뉴욕 간호사'라는 애초의 꿈에 다가가기 위한 걸음을 꾸준히 한 발 한 발 내디뎠다. 영어는 한순간도 놓지 않았다. 삼성병원에 재입사해 평소 로망이던 수술실에서 SA 간호사로 경력을 쌓았고, 꾸준히 공부해 미국 간호사 면허를 따두었고, 시원하게 미끄러지긴 했지만 학사 편입 시험도 준비했다. 미국에 온 후에도 취업을 위해 하루에도 몇 개씩, 수백 군데 병원에 이력서를 써서 내곤 했다.

화려한 방황과 각고의 노력 끝에 나는 지금 그토록 바라던 뉴욕에서 간호사로 일하며 충만하고 즐거운 나날을 보내고 있다. 원하는 것들에 도전해봤기에 후회가 없고, 간호사가 되어서 다행이라고 느끼는 경험을 하루하루 새롭게 쌓아나가고 있다.

힘겨웠던 한국에서의 간호사 생활이 나에게 준 교훈은, 누구도 남과 똑같은 간호사 인생을 살 수 없다는 것이다. 개인의 취향과 꿈은 모두 다르다. 지금 생각해보면 20대 때에는 다른 사람의 잣대에 민감한 바이러스에 걸렸던 것 같다. 사방팔방 부딪히고 성취와 좌절을 맛보며 이제 조금은 면역력이 생긴 듯하다. 이제 더는 남의 기준으로 내 삶을 바라보지 않는다.

내겐 아직도 하고 싶은 것이 많고 새로운 꿈이 매일 생긴다. 예전에 그랬듯 나는 앞으로도 공부하고 도전하고 울고 웃으며 내 속도에 맞춰 타박타박 걸어갈 것이다.

평범한 듯 특별한
리연의 이야기

나 역시 또래와 마찬가지로 막연한 성공

에 목을 매며 자기계발서를 탐독한 시절이 있었다. 그러다 어디선가 이런 구절을 읽고 책 편식을 그만두었다.

"성공한 사람의 인생은 성공한 후에 포장되어 평범한 사람의 인생을 망친다."

나는 자기계발서에 등장하는 기상천외한 성공을 거둔 0.1퍼센트의 특별한 사람이 아니다. 그런 성공에 대해서는 해줄 이야기도 없지만, 그렇게 살아야 한다고 말할 생각도 없다. 나는 그저 옆집에 사는 평범한 언니 같은 간호사다. 하지만 누구보다 모자람 없이 행복하다고 자부할 수는 있다. 내가 이 책을 쓰는 이유는 그런 나의 이야기를 들려주고 싶어서다.

좋은 학벌도, 엄청난 인맥도, 최고의 스펙도 없었다. 다만 평범에 미치지 못하는 자리에서도 노력으로 더 나아질 수 있고 행복해질 수 있으며 최고가 아닌 최선의 자리에 도달할 수 있다는 사실을 내가 겪은 과정을 통해 보여주고 싶었다. 그 과정이 비록 쓰고 고될지라도 내 동료 간호사들이 예쁘게 즐기며 나아갔으면 하는 바람도 전하고 싶었다. 이 책은 그렇게 비틀거리면서도 꾸준히 꿈을 추구하다 보니 결국 원하던 곳 가까이에 있더라는 어느 평범한 간호사의 이야기다.

화려하거나 초라한 모습으로 간호사 세계를 포장하고 싶지도 않다. 간호사로 산다는 것은 흥미진진하고 보람되기도 하지만 무척 고되고 인간성이 시험에 드는 나날도 많다. 다만, 현실에 만족하지 못할 때야말로 비로소 자신의 진짜 행복이 어디에 있는지에 집중하고 그것을 찾아야 할 때라는 것을 꼭 말해주고 싶다.

간호사로 더 나은 내일을 꿈꾸는 친구들에게 내숭과 가식은 건져내고 친한 친구의 공감과 수다로 양념한, 다정한 책으로 다가갔으면 한다. 더불어 머지않아 동료가 될 간호학생들, 새롭게 의료인으로 사는 삶에 관심을 둔 학생과 직장인에게도 이 책이 솔직한 간호사 세계를 들여다볼 수 있는 시간을 선사했으면 좋겠다. 모두 부디 즐겁게 읽어주시길 바랍니다!

마지막으로, 지금 한국의 어디선가 쓰디쓴 병원 생활을 하고 있는 간호사들에게 얘기해주고 싶다. 우리는 다 잘하고 있다고. 어느 누구 칭찬해주는 이 없어도 하루하루 일터에 나와 아픈 사람을 돌보는 것 자체가 훌륭한 일을 하고 있는 것이다. 누가 뭐라고 해도 최선을 다하고 있는 당신은 최고의 간호사다.

Part 1

꿈꾸는 간호학생

66

후회는 하지 말자.
내가 결정했으니
최선을 다해
나를 걸어보는 거야!

99

Dreaming  *girl*

본 대학의
진학을
포기하시겠습니까

재 공부 못하지?

        나는 자신을 지극히 평범하다고 여겼지만 학창시절 늘 특이한 아이로 통했다. 내가 관심을 둔 것이라고는 패션과 영어밖에 없었다. 항상 무언가를 디자인하면서 그림을 그리거나 만들곤 했다. TV나 잡지에서 마음에 드는 스타일링을 보면 꼭 따라 해봤고, 친구들도 나의 과감함에 같이 즐거워했다.

    중학생 때는 만화책에 푹 빠졌는데, 특히 패션을 전공하는 여주인공 미카코가 나오는 만화 『내 남자친구 이야기』에 미쳐 있었다. 어느 정도였느냐면,

    "얘들아, 이제부터 나를 미카코라고 불러줘."

    "엥? 그, 그래…."

    친구들은 황당해하면서도 미카코라고 불러주곤 했다.

나의 미카코 사랑은 여기서 그치지 않았다. 미카코의 헤어스타일을 따라 하고 싶었던 나는 어느 날 가위를 들고 거울 앞에 섰다. 그리고 과감하게 앞머리를 5분의 1 길이로 잘라버렸다. 부모님은 깜짝 놀란 눈치였지만 내가 너무 좋아하니까 그러려니 하고 적응해주셨다. 다음 날 친구들 반응은 가히 폭발적이었다. 다른 반 아이들까지 구경하러 왔으니 말이다.

그날 하굣길, 새 헤어스타일에 뿌듯해하며 친구들과 떡볶이를 사 먹고 가게를 나서고 있었다. 마침 인근 남학교 학생들이 잔뜩 탄 버스가 우리 앞에 멈춰 섰다.

"야! 쟤 머리 좀 봐, 완전 웃겨!"

아주 난리가 났다. 남자애들이 내 머리를 구경한다고 창문으로 몰려드는 바람에 버스가 기울 지경이었다. 일제히 나를 가리키며 소리치고 웃고 야단이었다. 그런 식의 주목에도 불구하고 나는 아무 일 아니라는 듯 꿋꿋하게 미카코 머리를 고수했다.

'흥, 니들이 내 뜻을 아니? 니들이 미카코를 아느냐고?!'

고등학교 축제 때는 중학교 교복을 수선해서 미카코처럼 꾸미고 코스튬 플레이를 하기도 했다.

사실 나는 수줍음을 타는 편이지만 주목받는 것이 무척 좋았다. 그래서 학창 시절 내내 체육대회 응원단장을 도맡았고, 소풍 가서는 꼭 춤을 췄고, 장기자랑이 있으면 (부끄러워하면서도) 빠지지 않고 나섰다. 내가 안무를 구상해서 친구들과 그룹을 결성해 춤

그래, 나중은 웃어라.
나는 나의 스타일을
고수할 테니.

을 추기도 했다. 공부에는 전혀 관심이 없었고, 그저 활발하고 잘 까부는 아이였다.

친구들 집에 놀러 갔다 온 후 친구 부모님이 나에 대해 어떻게 평가했는지 듣는 것도 좋아했다. 반응들이 굉장히 다양했다.

"특이하고 재밌는 애네, 사이좋게 지내라."

그런가 하면, 이런 반응도 빠지지 않았다.

"쟤 공부 못하지? 공부 안 하고 뺀질거리게 생겼다. 같이 놀지 마!"

내가 살고 싶은 곳

어려서부터 영어에 관심이 많았고 공부도 열심히 했다. 그 계기는 초등학교 3학년 때 처음으로 접한 원어민 선생님 수업이었다. 다들 화석처럼 굳어서 눈알만 굴리고 있는데, 평소 어리바리 코흘리개로만 봤던 짝꿍 남자애가 갑자기 영어로 선생님께 말을 거는 게 아닌가.

"헬로, 나이스 투 미츄! 하우 아 유?"

너무 신기하고 충격적이었다. 동시에 내 두 눈은 엄청난 질투로 이글거렸다. 그날 이후 부모님을 조르고 졸라 'Y선생 전화영어'를 시작했다. 그리고 온갖 디즈니 만화영화를 섭렵했다. <알라딘>과 <인어공주>는 수십 번도 넘게 봐서 대사를 외울 정도였다.

처음에는 그저 금발에 파란 눈을 가진 외국인에게 말을 걸고 싶다는 단순한 이유에서 영어 공부를 시작했다. 외계인 같기만 한 그 사람들이 내 말을 알아듣고 나와 대화를 나누는 것이 신기했다. 그런데 배울수록 한국과 진혀 다른 외국 문화를 알아가는 것이 즐거워졌다.

고등학교 시절에는 팝송에 푹 빠져서 유행하는 노래들을 줄줄 꿰고 다녔다. 특히 좋아했던 백스트리트 보이스의 노래는 다 따라 부를 수 있는 경지에 이르렀고, 그야말로 '걸어 다니는 팝송 사전'으로 불릴 정도였다. 노래를 들으며 직접 가사를 받아서 외웠는데 나중에는 네다섯 번 들으면 모두 받아쓸 수 있게 되었다. 이 취미가 나중에 내 회화 실력에 크나큰 도움을 줄 거라는 건 미처 몰랐지만.

"김리연, 영어 공부 그만하고 다른 공부도 좀 해라!"

학교에서 '영어' 선생님께 잔소리를 들을 정도로 영어만큼은 좋아서 신나게 공부했다.

즐기는 자에게 복이 오는 것일까. 고2 여름방학 때 2주 동안 캘리포니아에 다녀올 기회가 생겼다. 교육청에서 영어 특기생을 뽑아 북제주군과 자매결연을 맺은 캘리포니아 산타로사로 짧은 어학연수를 보내줬는데, 내가 운 좋게 참여하게 된 것이다. 스탠퍼드, 버클리 등 미국의 명문대를 둘러보고 현지 생활과 언어를 접할 수 있는 프로그램이었다.

2주 동안 치과의사 부부의 집에서 홈스테이로 지냈다. 파란 눈동자를 가진 남자아이와 한국에서 입양된 여자아이, 이렇게 네 식구가 단란하게 사는 집이었다. 그들과 재밌는 시간을 보냈다. 남자아이가 친구들을 불러다 차고에서 악기 연주하는 걸 구경하고, 여자아이와는 주로 한국에 대해 이야기하며 놀았다. 부부는 내게 미국의 치과 클리닉을 견학시켜주기도 했다.

미국에 다녀와서 내 마음속에 두 개의 불꽃이 일었다. 하나는 치과의사가 되고 싶다는 것, 또 하나는 해외에 나가서 살고 싶다는 것.

첫 번째 불꽃은 얼마 지나지 않아 자연스럽게 사그라졌다. 그도 그럴 것이 내가 좋아하는 건 그림 그리기, 패션, 발레, 영어 등등 치과의사랑은 전~혀 관련 없는 것들이었으니까. 하지만 두 번째 불꽃은 점점 커져 시간이 지날수록 내 마음에 막연하지만 커다란 열망으로 자리 잡았다.

그러다 고3이 되었고 수능을 치렀다. 그때까지도 별달리 되고 싶은 게 없었다. 여느 고등학생들처럼 수능 점수와 내신 등급에 맞는 학교를 골랐고, 내 관심사가 약간 들어간 영문과에 수시 지원을 했다. 서울에 올라가 면접도 봤다. 하지만 뭔가 석연찮은 구석이 마음에 남아 있었다. 미국에서 살고 싶다는 소망, 내 힘으로 그 땅을 온전히 밟아보고 싶다는 꿈이 알 수 없는 조바심을 느끼게 했다. 내가 하고 싶은 게 뭔지는 모르겠지만, 어디서 살고 싶은지는 확실히 알고 있었다. 그곳에 가려면 지금의 선택이 과연 최선일까?

덜컥 간호학생이 되다

간호사라는 직업을 갖겠다는 결정은 쉽고 빠르게, 그리고 다소 생뚱맞게 이뤄졌다. 대입 정시 기간도 다 지난 마당에 엄마가 이런 제안을 내놓은 것이다.

"리연아, 엄마 아는 분 중에 간호학과 교수님이 계시는데, 한 번 만나 뵙지 않을래?"

뜬금없이 웬 간호학과? 이모가 간호장교라서 어린 시절 군 병원에 구경 갔던 적은 있지만, 간호사가 된다는 건 꿈에서도 생각해본 적이 없었다. 엄마의 생각은 이랬다.

"리연이 네가 영어를 전공하고 영어를 잘해서 미국에 간다고 해도 직업이 있어야 살 수 있어. 영어는 부수적으로 하고 전문직에 종사할 수 있는 공부를 하는 게 어떨까?"

그러지 않아도 고민이긴 했다. 영문과를 졸업하고 나서는 뭘 하지? 영어 선생님? 학원 강사? 영문과 교수? 썩 끌리지 않았다. 외국에 나가서 살 수 있는 뾰족한 수도 보이지 않았다. 하지만 지금 결정을 바꾸면 전문대 3년제 간호과밖에 갈 수 있는 곳이 없었다. 솔직히 전문대는 가고 싶지 않았다.

그런데 엄마로부터 솔깃한 정보를 하나 얻어듣고는 바로 마음을 바꿔 간호학과 교수님을 만나 뵙기로 했다. 솔깃한 정보란 바로 '3년제 전문대 간호과에서 2년 공부하고 호주 간호대에 편입해서 2년을 더 공부해 졸업하면, 호주에서 간호사로 취업할 수 있다'는 것.

호주라는 나라에 대해서는 영어를 쓴다는 것 말고는 아는 게 하나도 없었다. '어쨌든 호주에서 먼저 간호사가 되면, 나중에 뉴욕으로 가는 데 더 도움이 되겠지!' 이런 희망에 흠뻑 빠져 이미 내 마음은 호주행 비행기를 타고 날아가고 있었다.

교수님을 만나 여러 가지 이야기를 듣고 나자 좀 더 확실한 그림이 그려졌다. 서둘러 제주한라대학교 간호과에 지원서를 냈다. 며칠 후, 이미 합격했던 대학에서 전화가 왔다. 입학을 할 것인지, 등록을 포기할 것인지 확인하는 전화였다.

"본 대학의 진학을 포기하시겠습니까?"

그 몇 초간 수많은 생각이 머리를 스쳤다. 내 인생에서 엄청난 결정을 내리는 순간이구나 싶어 식은땀이 났다.

"네. 포기합니다."

호주에 대해 아는 것 하나 없었지만 외국에서 살 수 있다는 작은 꿈 하나로 4년제 대학을 포기하고 전문대를 선택한 것이다. '잘한 일일까?' 이런 생각이 졸업할 때까지 계속 쫓아다니리라는 걸 알고 있었지만, 그래도 이 길 끝까지 가보기로 했다.

"후회는 하지 말자. 내가 결정했으니 최선을 다해 나를 걸어보는 거야!"

데스노트에
내 꿈을 적다

내가 선택해서 갔는데도, 처음에는 도무지 학교에 정을 붙일 수가 없었다. 어서 빨리 2학년을 마치고 호주 대학으로 편입해야겠다는 생각뿐이었다. 그런데 그 2년을 견뎌야 한다는 사실이 참 힘들었다. 왜 그랬을까?

무엇보다 '전문대생'을 바라보는 차가운 사회의 시선을 견디기 어려웠다. 물론 내 자격지심도 있었을 것이다. 아직 고등학생일 때엔 '나만 떳떳하고 당당하면 되는 거지.'라고 쉽게 생각했다. 하지만 막상 전문대생이 되고 보니 그 꼬리표는 상상했던 것보다 훨씬 내 마음을 힘들게 했다.

사람들은 전문대생은 뭘 하든 4년제 대학생보다 뒤처지는 게 당연하다고 여겼다. 뭔가 모자란 아이들이나 전문대에 간다는 식의 고정관념은 또 얼마나 강한지. 내 경험으로는, 전문대에 꼭 머리 나쁜 학생들만 모인 것도 아니고 다들 공부도 열심히 했다.

전문대 다니는 학생들도 당연히 졸업해서 남들이 다 가고 싶어 하는 좋은 병원에 취직하고 싶다. 하지만 그런 건강한 욕심은 '전문대 나와서 무슨, 네 주제를 알렴.' 따위의 반응을 접하기 일쑤였다. 도대체 전문대가 자기한테 무슨 해라도 끼쳤나? 주제 타령부터 하며 대놓고 무시하는 사람들을 도무지 이해할 수 없었다.

한번 뒤처진 인생은 영원히 낙오해야 한다고 내리누르는 사회 분위기가 싫었고, 자기보다 스펙이 안 좋은 누가 성공하는 꼴은 죽어도 못 보는 사람들의 부정적 에너지에 영향받기도 싫었다. 그저 다른 나라로 떠나고만 싶었다.

그래,
너는 좋은 대학 가야지

겨우 마음을 다잡고 캠퍼스에 적응하려 노력하던 어느 날이었다. 한동안 소식이 없던 고등학교 동창에게서 갑자기 연락이 왔다. 내가 4년제 대학 대신 전문대에 가겠다고 했을 때 친구들은 무척 놀랐었다. 나는 훗날 미국에서 간호사로 일하고 싶어서 내린 결정이고, 거기에 어떤 장점이 있는지 친구들에게 차근차근 들려주었다. 이번에 연락해온 친구도 그중 하나였다. 재수 중이던 친구는 뒤늦게 간호대에 관심을 갖게 되었다며 나와 간호사에 대해 얘기하고 싶다고 했다. 반가운 마음으로 약속을 잡았다.

오랜만에 보니 고등학교 시절 생각도 나고 정말 반가웠다. 간호대에 관심을 갖기 시작한 친구는 내 학교생활이나 진로에 대해 궁금해했다. 그래서 내가 다니는 학교에 대해서 자세히 설명해주고, 언젠가 한국에서 제일 좋은 병원에 들어가서 경력을 쌓은 뒤에 미국으로 가서 간호사로 성공하고 싶다는 야심 찬 꿈도 눈을 반짝이며 말해줬다. 친구는 내 이야기를 흥미롭게 듣다가 '늦었지만 이제라도 간호대에 도전하고 싶다.'고 말했다. 나는 친구 중에 간호사가 한 명 더 생긴다는 생각에 기쁜 나머지 신이 나서 말했다.

"그럼 우리 대학에 지원해보면 어때? 내가 먼저 시험이랑 모든 과정을 겪었잖아. 기출문제도 알려줄 수 있고, 내가 많이 도와줄게. 학교에 적응하기 훨씬 쉬울 거야. 학점도 잘 나오고. 그러면 좋은 병원에 입사할 기회도 더 많아지거든!"

내가 너무 순진했던 걸까. 돌아온 친구의 말.

"내가 왜 너네 학교에 가냐? 간호대에도 급이 있는데. 적어도 서울에 있는 전문대에는 가야지. 솔직히 지방 간호대엘 가고 싶겠냐?"

예상 밖의 대답에 놀란 나는 기어드는 목소리로 대답했다.

"으응, 그렇지…. 너는 좋은 대학 가야지…."

친구는 자기가 가고 싶은 학교들에 관해서, 지방 간호대보다 서울의 간호대가 어떤 면에서 더 좋은지 자세히 이야기했다. 조사를 참 많이 한 것 같았다. 그러고 나서 우리는 화제를 바꿔 그동안 어떻게 지냈는지 이런저런 이야기를 나눴다. 맛있는 케이크와 함께 차를 마셨고, 깔깔거리며 열심히 수다를 떨었다.

진격의 데스노트!

친구와 헤어져 돌아오는 길에는 아무 생각도 들지 않았다. 매섭게 추운 겨울날이었고 30분이 넘는 거리였지만, 손이 꽁꽁 어는 줄도 모르고 집까지 멍하니 걸었다. 집에 들어서자마자 눈물이 왈칵 쏟아졌다. 집에 있던 할머니와 엄마가 달려와 걱정스럽게 무슨 일이냐고 묻는데도 나는 그저 눈물만 뚝뚝 흘렸다.

전문대에 다닌다는 이유로 아직 대학도 가지 않은 친구에게 이런 소리를 듣다니. 애써 자격지심을 버리고 학교에 정을 붙이려 고군분투하던 내겐 가슴을 후벼 파듯 아픈 말이었다. 물론, 그때는 친구도 어려서 사람 마음을 헤아릴 줄 몰라 그랬을 거고, 나도 어렸기 때문에 더 크게 상처받았던 것 같다. 지금 같으면 '얘 지금 뭐라니?' 하며 훌훌 털어버렸을 텐데, 당시에 나는 내 인생 자체에 자신감이 없었다. 슬프지만 그때는 그랬다.

그날 밤 나만의 '데스노트'를 만들었다. 누군가를 죽이고 싶어

2002년 여름방학
- 도쿄 일어학원에 와서 들었지만 단어도
  읽어 공부

2002년 1학년 2학기
- 방학중 일본어 무조건 친구대화 매일을 해봤습니다.
- 피곤해 비디오도 만들기

2002년 겨울방학
- 도쿄 갔다 시간. 도쿄에는 날씨 춥기
- 눈주위 가서 인터넷 사람도 안하기.
  가고 싶은 받고도 공부가 너무.
  내가 좋은거야 즐겁게 할 수 있는 것이라,
  궁금. 미국 가는 데 도움이 되는지, 독서하기.

서 적는 노트가 아니라, 내가 죽도록 노력할 것들을 적는 노트. 자존심 상하는 일이 있을 때마다 미래에 내가 이루고 싶은 것들을 차곡차곡 노트에 적어나갔다. 정말 누구보다 열심히 노력해서 이 순간의 슬픔과 분노 따위는 먼지처럼 느낄 그런 날이 꼭 오리라 생각하면서. 이후 한 장 한 장 채워 나간 나만의 데스노트는 공부하기 싫거나 나태해질 때마다 나를 채찍질해 앞으로 나아가게 만드는 좋은 친구가 되어주었다.

나의 취미,
뉴요커 놀이

살길은 영어뿐!

간호대에서 보낸 2002년 첫 학기는… 한 마디로 적응에 실패했다. 마음 맞는 친구를 찾기 어려웠고, 공부할 의욕이 생기지 않으니 성적도 그리 좋지 않았다. 얼마 전까지만 해도 같은 교실에서 매일 얼굴 보며 지내던 친구들은 서울에 있는 좋은 대학에서 공부하는데 제주도에 남아 방황하고 있는 내가 마치 패배자처럼 느껴졌다.

'이 찌질이는 누구니….'

나 자신을 증명해 보일 무언가가 절실히 필요했다.

첫 여름방학을 맞은 나는 영어 공부에 본격적으로 뛰어들었다. 여전히 내 관심사는 영어와 팝송, 패션과 춤이었고, 그중 지금 집중할 것은 영어라는 생각이 들었다. 제주대학교 외국어 교육관에서 진행하는 영어회화 수업에 등록하긴 했는데, 덜컥 제일 높은 반에 배정되는 바람에 괜히 걱정이 됐다. 회화를 잘할 수 있을까, 무시당하진 않을까.

"다들 못하니까 배우러 왔지, 가보지도 않고 미리 걱정하지 마."

엄마가 격려에 용기백배해 수업을 듣기 시작했다.

반에서 내가 제일 어렸지만 같이 공부하는 언니들과 친해져서 잘 적응하고 재밌게 다녔다. 어떤 언니들은 서울에서 대학을 다니는데 방학 때 고향에 내려와 지내며 고새를 놓지 않고 회화 수업을 듣는 거였다. 또 어떤 언니들은 이미 프랑스어나 중국어 같은 외국어 회화가 수준급인가 하면, 세계를 무대로 미래를 꿈꾸는 야심만만 스타일도 있었다. 다니는 학교, 전공이 다양해서 다른 대학에 관해 늘 궁금했던 이야기들을 잔뜩 들을 수 있었다. 수업이 끝난 뒤에는 언니들은 물론 외국인 강사들과도 어울려 즐겁게 놀곤 했다.

방학이 끝나갈 무렵 회화를 더 잘하고 싶은 욕심이 하늘을 찔렀다. 부모님을 졸라서 어학원에 다니기 시작했다. 방과 후에는 늘 학원에 붙어 있었다. 그러다 보니 원장님과 친해져 나중에는 어학원 일도 도와주고 몇몇 수업은 공짜로 듣기도 했다. 엄마와 비밀로 하고 몰래 학원용 토플 교재를 편집하는 아르바이트도 했다. (당시 우리 집은 아빠가 아르바이트를 엄하게 금지하고 있었다.) 학교 다닐 때 학기 중 내 스케줄은 거의 이랬다.

오전 6시 기상

오전 7~8시 영어학원

오전 9시~ 오후 6시 학교 수업

오후 7~9시 영어학원

어학원은 꽁꽁 갇혀 있던 내 에너지를 발산할 수 있는 해방구였다. 어학원에 가면 다양한 나라에서 온 원어민을 만날 수 있었고, 대화 주제도 일상생활의 내용과 달라서 흥미로웠다. 어학원에서의 나는 학교에서의 나와 많이 달랐다. 발표할 기회가 있으면 항상 내가 하겠다고 나섰다. 영어 공부가 스트레스로 다가오기보다 스트레스를 해소해주었다.

영어가 좋았고, 잘하는 게 있다고 생각하니 점점 자신감이 생겼다. 어학원에서 친구도 많이 사귈 수 있었다. 특히 마음이 맞았던 한 친구와는 '뉴욕 놀이'를 하며 시간을 보냈다. 제주도 서귀포 여미지 식물원에 잔디가 깔린 넓은 정원이 있는데, 우리끼리 '센트럴 파크'라고 부르며 자주 피크닉을 가곤 했다.

또 학원 근처에 미국 유학파 출신 젊은 사장님이 운영하는 샌드위치 가게가 있어서 수업이 끝나면 거기에 가서 놀곤 했다. 가게 분위기도 그렇고 외국 느낌이 물씬 풍기는 메뉴가 있어서 외국인이 많이 찾는 곳이었다. 그곳은 대학 시절 우리의 아지트였다.

마치 뉴욕인 것처럼

나의 영어 공부는 철저하게 '즐기자!'라는
모토 아래 노력하는 것이었다. 학원에서는 열심히 책을 파기보다
더 많이 말하고 선생님과 소통하려고 했다. 수업이 끝나면 어학원
선생님들과 같이 밥도 먹고 어울려 놀곤 했다. 하도 학원에 열과
성을 쏟다 보니 선생님들과 친해질 수밖에 없었다. 그래서 파티가
있으면 꼭 나와 친구들을 불러줬다. 파티에는 세계 방방곡곡에서
영어를 가르치려고 제주도에 온 사람들이 잔뜩 모였다. 미국, 영
국, 호주, 캐나다, 뉴질랜드 등등. 말 그대로 '멜팅팟(melting pot)'
이었다. 한국인이라곤 나와 내 친구들 두어 명이 다였다.

'이건 마치 뉴욕에 있는 것 같잖아!'

당시만 해도 술집에 한국인보다 외국인이 더 많은 것은 무척 드문 광경이었다. 하물며 제주도 섬마을에서는 말해 뭐하랴! 나는 진기한 기회들을 잘 누리고 즐기려고 했다. 초대에 빠지지 않고 나갔고 자연스럽게 녹아들기 위해 그들의 문화에 대해 더 공부하고 이해하려고 애썼다.

그때는 정말이지 제주도에 온 외국인 학원 강사들은 모두 한 번씩 만나지 않았나 싶다. 다들 선생님이라 그런지 서툰 내 영어를 참을성 있게 들어주고 대화를 나눠준 덕에 웬만한 어학연수보다 더 좋은 공부가 되었다. 이때 다양한 영어 악센트에 익숙해져서 훗날 아이엘츠(IELTS) 시험을 볼 때 많은 도움이 되기도 했다.

우리 집은 통금이 아홉 시였는데, 부모님도 원어민 선생님과의 모임이라면 무조건 나가서 놀라고 허락해주셨다.

"외국인 선생님들이랑 놀면서 늦게 들어와도 걱정 안 해?"

"네가 허튼짓 안 할 거 알아서 엄마는 전~혀 걱정 안 해."

유일하게 열두 시를 넘겨서 놀 수 있는 날이라 더 열심히 나갔다. ☺ 그러다 보니 어느새 파란 눈의 외국인에게 말 거는 것에 대한 두려움이 사라져갔다. 열심히 하는 자는 즐기는 자를 이길 수 없다고 하는 말, 정말 맞다. 그때 열심히 논 덕분에 지금 그나마 미국 병원에서 편하게 일할 수 있게 된 것 같다.

관심 가는 일이나 잘하고 싶은 것이 있다면 '공부'라는 이름표를 달고 괴롭게 파고들기보다 보란 듯이 즐겨주자. 재밌게 보낸 그 경험들이 내 안에 쌓여 분명 웃을 날이 올 것이다.

간호과에 입학할 때부터 내 계획은 2년간 제주도에서 대학을 다니고 교환학생으로 호주에 가서 졸업한 다음 우선 거기서 간호사가 되는 거였다. 호주에서 경력을 쌓고 미국으로 건너가 간호사가 되는 것이 최종 목표였고. 호주 교환학생 프로그램 때문에 이 학교에 지원한 사람은 나밖에 없었다. 그 시간이 점점 다가오자 호주라는 나라에 대한 호기심이 무한히 발동했다. 한편으로는 이런 생각도 들었다.

'내 목표는 미국인데, 굳이 호주에 가야 하는 걸까? 오히려 더 멀리 돌아가는 길을 택하는 게 아닐까?'

고민 끝에 방학 동안 호주로 미리 어학연수를 가보기로 했다. 그동안 호주에 대해 많이 알아보긴 했지만 그래도 직접 가봐야 나의 미래에 대해 더 분명한 그림을 그릴 수 있을 것 같았다.

제주인 듯
제주 아닌 호주

1학년 겨울방학, 떨리는 마음으로 호주행 비행기에 올랐다. 겨울이던 한국과는 다르게 호주는 뜨거운 여름이 시작되고 있었다. 어학 수업을 듣는 학교에서 반 배정 시험을 보던 날, 영어만큼은 자신이 있었던 나는 자신만만하게 시험을 보러 갔다가 큰코다쳤다. 듣기 평가 시험장에서 생전 처음 들어보는 심한 호주 악센트를 듣고 두 눈이 번쩍 뜨이고 당황했던 기억이 난다.

그렇게 새로운 세상을 접하는 설렘으로 매일 두근거렸다. 여러 나라에서 온 친구들과 두 달 동안 예쁜 추억을 잔뜩 만들었다. 그렇지만 호주에 와서 공부하겠다는 애초의 계획에는 큰 변화가 생겼다.

당시 나는 어학연수 프로그램을 좋은 점수로 마치려고 노력하는 동시에, 과연 내가 호주에서 잘 정착하고 즐겁게 일하면서 살 수 있을까 하는 문제를 놓고 진지하게 고민했다. 결론은, 호주에서의 시간은 그저 '여행'으로 만족스럽다는 것이었다. 호주에서 간호사로 지내는 내 모습을 그려볼 수 없었다.

내 고향 제주도는 아름다운 섬이지만 20대 피 끓는 청춘에게는 너무 전원적이었다. 스무 해 넘게 살아온 곳과 뭔가 다른 환경을 기대하고 호주에 갔던 것인데, 내가 보기에 호주는 제주도와 별로 다를 게 없었다. 자연환경이 무척 아름답고 여유롭고 풍요로운 느낌의 나라였지만, 나에게는 고요하고 적막하게 다가왔다. 시드니도 멋진 도시였지만, 뉴욕이나 서울과 같은 두근거림을 선사해주지는 못했다. 나는 늘 다이내믹한 시티라이프를 동경해왔는데 말이다. 그런 점에서 솔직히 서울 쪽이 백배는 더 좋았다.

연수를 다녀온 후 호주에서 간호사로 일하겠다는 생각은 접었다. 그러려는 계획으로 간호대에 입학했건만 막상 호주에서 지내는 동안 그 열정이 식어버렸다. 목표가 사라지자 이제 어느 방향으로 달려나가야 할지 모호해졌다. 하루하루가 평범하게 흘러갔지만 속으로는 불안감이 파도처럼 밀려들곤 했다. 이대로 졸업하면 어떻게 해야 하나? 서울로 가서 일단 취직을 해야 하나? 미국에는 어떻게 가지? 잠깐, 그런데 간호사가 과연 내 길이 맞는 걸까? 계획했던 모든 것들이 무너진 상황. 하지만 한편으로는 모든 것이 가능한 순간이었다. 알 수 없는 두근거림이 가득 일렁이던 때였다.

리연이가 달라졌어요

물론 호주에 갔던 것이 그저 여행에 그친 것만은 아니었다. 내 인생의 항로를 변경하기로 스스로 결정하는 계기가 되었고, 인생에 정답은 없지만 해답만큼은 다른 누구 아닌 자기 안에서 찾아야 한다는 것을 배웠다. 간호사 지망생들에게 그런 질문을 많이 듣는다. 자신도 해외에 나가 간호사 일을 하

고 싶은데, 미국이 좋을까요 호주가 좋을까요 일본이 좋을까요? 미안하지만, 대답이 불가능하다.

나는 호주와 미국 각각을 직접 겪어보고 난 후 마음이 끌리는 곳으로 결정했다. 인생에 중요한 결정을 하기 전에 맛보기라고 생각하고 어떻게든 그것을 미리 체험해보는 것도 좋은 방법일 수 있다. 물론 쉽지 않고 망설여지기도 하겠지만, 미래의 내 삶을 영화처럼 펼쳐보는 셈 치고 과감하게 예고편을 만들어보는 것은 어떨까?

또 하나, 호주에 다녀온 후 나는 달라지기 시작했다. 내 생각을 표현하는 일에 더욱 과감해졌고, 어쩐지 용기가 생긴 것 같았다. 사실 호주에 가기 전에는 막연히 두려움이 앞섰다. 언어도 다르고, 타지에서 혼자 생활해본 적도 없고…. 막상 모험과 같았던 호주 연수를 무사히 마치고 나니, 하고 싶은 다른 일들에 대해서도 고민하지 않고 바로 뛰어드는 추진력이 생겼다.

내 외모도 변하기 시작했다. 호주 홈스테이에서 만난 친구 사야코 덕분이었다. 까맣게 그은 피부에 염색한 금발이 잘 어울리던 사야코는 애교가 많고 옷을 잘 입는 친구였다. 나는 밤마다 사야코의 방으로 건너가 영어로 수다를 떨었고, 우리는 금세 단짝 친구가 되어 늘 붙어 다니기 시작했다.

당시만 해도 나는 잘 꾸미지 않았고 옷차림도 수수했다. 반면 사야코는 눈에 띄는 화장과 패션으로 어딜 가나 주목받는 아이였다. 사야코에게 처음으로 화장하는 법을 배웠고, 사야코를 따라 과감한 옷차림에 새까맣게 스모키 화장도 해봤다. 처음에는 조금 망설여졌지만 막상 사람들은 나한테 별 신경도 쓰지 않았다. 호주에서 보낸 패셔너블한 시간을 계기로 내 안에서 겨울잠 자던 미카코가 되살아나기 시작했다. 변한 외모 덕분에 친구들에게서 리욘세(리연+비욘세)라는 별명도 얻었다.

한국에 돌아온 후에도 자꾸 남의 시선을 신경 쓰던 버릇에서 조금씩 벗어날 수 있었다. 생각의 초점이 달라졌기 때문이다. 여행 전에는 '이러면 남들이 뭐라고 하겠지? 손가락질할지 몰라.' 였다면, 여행 후에는 '나는 이렇게 하는 게 좋아. 이러면 나는 행복해.'로 바뀐 것이다. 초점이 오롯이 나 자신에게로 돌아오고 있었다. 어린 시절에 우리는 본능에 충실하며 살 수 있었다. 하지만 커가면서 그 초점이 자꾸 밖으로 향하기 때문에 삶이 피곤해지는 게 아닐까? 그 초점을 나에게로 다시 돌리는 것이 진짜 행복을 찾는 과정인 것 같다.

날카로운
첫 주사의 기억

간호학생이 된 후 가장 충격적이었던 날은 아마도 처음으로 주사를 놓았던 날이지 싶다. 국내 의학 드라마를 많이 봤지만 간호학생들이 실습하는 장면은 없었다. 미국 드라마에서는 본 적이 있는데, 간호학생이 마네킹 팔처럼 생긴 것에 주사 연습을 하고 있었다. 그래서 드디어 내게 닥친 주사 실습 직전까지도 당연히 마네킹으로 연습할 거라 생각하고 있었다.

"오늘 수업은 실습실에서 한다."

교수님의 말이 떨어지자마자 들뜬 기분으로 실습실로 향했다. 나는 평소에 실습수업을 좋아했다. 이론수업은 처음부터 끝까지 앉아서 듣기만 해야 하지만, 실습 때엔 직접 뭔가를 할 수 있어서 덜 지루했다.

실습실에 제일 먼저 도착해 문을 열어 보니 책상 위에 귤과 주사기가 놓여 있었다.

'아~ 마네킹이 아니고 귤에 주사 연습을 하는구나. 재밌겠다!'

근육주사와 정맥주사 잘 놓는 방법, 약물 성분과 다양한 주사 방법에 따른 테크닉에 대해 배우고 나서 드디어 연습해보는 시간이 되었다. 나도 이제 주사를 놓게 되는구나. 어쩐지 전문 의료인이 된 듯해 벌써 우쭐해지는 기분이었다.

실제로 간호대에서는 귤로 주사 놓는 연습을 많이 한다. 주삿바늘을 살에 찌르는 느낌과 비슷하기 때문이다. 우리도 식염수를 주사기에 채운 다음 귤에 찔러 넣었다. 푹 하고 생각보다 쉽게 들어갔다. '사람에게 주사를 놓을 때 이런 느낌일까?' 옆에 있는 친구와 재밌다며 신나게 연습을 하고 있었다. 그렇게 화기애애하던 실습실이 교수님의 한 마디로 순식간에 얼어붙었다.

"이제 서로에게 근육주사를 놓는다. 번호순대로 나와."

엄마야, 내 엉덩이~!

아니, 이게 무슨 상황이지? 자격증도 없는 1학년 간호학생한테 내 엉덩이를 내줘야 한다고? 마찬가지로 애송이에 불과한 내가 다른 사람 살에 직접 주사를 놓는다고? 내 정신은 빛의 속도로 안드로메다로 떠나기 시작했다. 내 차례가 가까워져 올수록 얼굴은 흙빛으로 변하고, 식은땀이 등줄기를 타고 흘렀다.

결국 내 차례가 오고야 말았다. 내가 먼저 주사를 맞아야 하는 상황. 심장이 요동치고 별별 생각이 다 들었다.

'혹시 잘못되면 어쩌지?'

'신경을 찔러서 마비 오는 거 아니야?'

'감염되면 어떡해?'

긴장해서 망부석이 된 나를 교수님이 시간 없다고, 빨리 침대에 누우라고 다그쳤다. 수술대라도 오르는 것처럼 혼이 나가 있던 나는 모든 것을 내려놓은 사람처럼 비장하게 침대에 올랐다.

차가운 알코올 솜이 살이 닿자 온몸에 소름이 돋았다.

'엄마야~~~.'

"뭐해, 일어나지 않고."

엥, 벌써 끝났어? 너무 긴장한 나머지 아무 통증도 느끼지 못했다. 심지어 바늘이 들어가는지조차 몰랐다. 결국 아무 탈 없이 비타민 주사를 맞고 얼떨떨한 정신으로 침대에서 내려왔다.

이제 가출한 정신을 주워 담고 내가 친구 엉덩이에 주사를 놓을 차례였다. 수업도 열심히 들었고 교수님이 옆에서 자세히 지도해 주는데도, 막상 주사기를 잡으니 정신이 하나도 없었다. 눈 딱 감고 과감하게 주사를 찔러 넣었다. 그때 마음은 딱 '에라, 모르겠다.'였다. 명색이 전문직 간호사가 될 사람인데, 그런 마음으로 주사를 놓다니 믿을 수 없는 경험이었다. 주사를 다 놓고 얼른 친구의 안위를 확인했다. 정말이지 '얘가 죽었나 살았나' 확인하는 심정으로.

예전에 왜 그렇게 무섭게 굴었니?
이제는 내 친구 같은 주사기.

친구는 멀쩡했다. 일생일대의 충격과 공포가 가시고, 순간 알 수 없는 자신감이 샘솟는 것 같았다. 그렇게 실습은 별 탈 없이 끝 났다. 집에 와서 가족들에게 몇 번씩 자랑하고, '이제 누가 아프면 내가 주사 놔줄 거야!' 하고 너스레를 떨었다.

양팔에 시퍼런 훈장

다음 수업에는 정맥주사 실습이 이어졌 다. 근육주사 때와는 또 다른 긴장감이 맴돌았다. 근육주사와 비 교하면 정맥주사는 고난도의 테크닉이 필요하기 때문에 나뿐 아 니라 친구들도 긴장한 눈치였다. 나는 지난번 수업에 정신줄을 놓 았던 것에 비하면 놀라울 정도로 덤덤했다. 극도의 긴장 끝에 무 탈하게 주사를 놓고 난 터라 자신감이 가득 충전돼 있었던 것. 교 수님의 지도로 친구의 팔에 정맥주사를 놓는 데 성공하긴 했으나 한 번으로는 감을 익히기에 턱없이 부족하다는 생각이 들었다. 병 원에서 봤던 정맥주사를 잘하는 간호사 선생님들이 대단하게 느 껴졌다. 친구들도 나도 모두 서로의 실습 대상이 되어 양쪽 팔에 시퍼렇게 멍이 들었다.

몇몇 친구들은 무척 긴장해서 못하겠다고 포기하기도 했다. 한 친구는 식은땀을 뻘뻘 흘리며 정맥주사를 하던 중 카테터가 혈관에 정확히 들어가자 피가 솟구쳐 나오는 걸 보더니 픽 쓰러졌다. 기절한 친구를 옮기고 정신을 차리게 한다고 실습 현장은 한바탕 난리가 났다. 덕분에 그날 수업은 응급실 못지않은 긴장감이 감돌았다.

　간호대에는 주사 연습용 인형들이 있지만 이렇게 서로에게 실습하는 경우도 많다. 간호대에 지원하려는 친구들은 미리 마음의 대비를 해보자. ☺ 나에게는 인생에서 손꼽을 만큼 무시무시한 순간이었지만, 전문적인 간호사가 되기 위해 진정한 첫걸음마를 뗀 날이 아니었나 싶다. 양팔에 시퍼런 훈장을 달고서 생각했다. 간호사의 길은 참 멀고도 험하구나….

실습생은
앉지도 말라고?

병원 실습은 간호학을 배우는 학생들의 필수 코스로, 방학마다 몇 주에 걸쳐 진행된다. 짧은 기간 동안 여러 부서를 돌며 부서의 특성과 간호사의 업무를 가까이에서 들여다보고 이해할 수 있다. 또 학교에서 배운 기본 간호학 내용을 환자들에게 직접 실습해볼 기회를 가질 수도 있다. 실습하는 동안 자신이 간호사가 된 모습을 머릿속에서 상상하며 어떤 부서가 내게 맞을지 미리 생각하는 것도 중요하다.

이렇듯 중요한 실습이지만 많은 간호학생이 그 기간을 힘겹게 보낸다. 나 역시 인생의 흑역사가 시작됐다고 여겨질 만큼 고된 시간이었고 마음도 많이 다쳤다. 첫 실습을 나가기 전에는 기대 반 걱정 반으로 무척 두근거렸다. 하지만 정작 실습 동안에는 희망보다 실망을 더 느꼈고, 여러 가지가 부조리하게 다가왔다.

마음의 상처는 실습을 나가기 전 간호학 강의에서부터 시작되었다. 교수님 중 한 분이 이렇게 말했기 때문이다.

"멍청하게 아는 것도 없으면서 간호사들 도와주겠다고 나대지 말고, 공부나 열심히 해. 나중에 취직해서 전문대 나왔다는 소리 들으면서 멍청한 간호사 대우받지 말고."

그 교수님은 간호학을 가르쳤는데, 학생들은 수업시간마다 초긴장 상태를 유지해야 했고 모욕적인 언사도 수시로 들었다. 나는 수업을 들을 때마다 무슨 총알받이라도 된 것 같았고, 그런 교수의 태도에 몹시 화가 났다.

수업이 끝난 후 친구들에게 불만을 터뜨렸다.

"저 교수님 진짜 어이없어. 저렇게 사람 대놓고 무시하는 건 아니지!"

그런데 친구들의 반응은 나와 정반대였다.

"저 교수님 진짜 멋있지 않냐? 카리스마 장난 아니지?"

어리둥절할 뿐이었다. 아직 사회생활을 해보지 않은 햇병아리들은 저런 말을 조언이라고 달게 받아들여야 하나? 시간이 지나면 감사하게 여겨지는 걸까? 내가 칭찬을 들으면 더 힘이 나는 성격이라 그런지는 몰라도, 시간이 지난 지금에 와서도 간호학생 시절이나 신규 때 들었던 독한 말들이 여전히 이해가 안 된다. 우리는 자긍심을 가지고 환자를 돌봐야 하는 사람들이다. 자존감을 해치는 말을 채찍질 삼아 성장해야 한다고 생각하지 않는다.

귀로 간호를 하나

응급실에서 실습할 때였다. 한창 꾸미기 좋아하는 나이 아닌가. 어느 날 아주 작은 큐빅 귀고리를 하고 있었는데 그걸 본 응급실 간호사 한 명이 정색하며 말했다.

"학생, 지금 실습하는데 귀고리를 끼고 온 거야? 당장 빼."

어느 정도 예상은 했지만 반감이 들었다.

"왜요?"

"학생이 빼라면 빼야지 무슨 말이 많아?"

호되게 혼이 났고, 결국 귀고리를 뺐다. 귀로 간호를 하는 것도 아닌데 코딱지만 한 작은 귀고리가 뭐가 문제란 말인가? 다른 간호사들은 되는데 왜 학생들은 하면 안 된다는 것인지 모를 여러 가지 제재가 실습하는 동안 끊임없이 이어졌다. 양말은 무늬가 없는 하얀색 발목 양말만 신어야 하고, 머리는 그물망 달린 검정 핀으로 한 올도 삐져나오지 않게 묶어 고정시켜야 했다.

2학년 때 제주도에서 마지막 실습으로 나갔던 종합병원에서의 실습은 정말 힘들었다. 먼저, 이해할 수 없는 규제가 많았다. 5층짜리 건물이었는데 간호학생은 엘리베이터를 탈 수 없었다. 의자에 앉지도 못하게 했고, 간호학생끼리 이야기를 하거나 같이 다니는 것도 금지했다. 도대체 왜? 간호사 스테이션에 있는 의자는 정식 간호사만 앉을 수 있기 때문이고, 엘리베이터는 크기가 작아 병원의 환자와 방문객들이 타기에도 부족하다는 이유였다. 같이 다니면 안 되는 것은 그저 시끄럽고 보기 좋지 않아서라고 했다.

어이없는 규칙이지만 실습 점수를 잘 받아야 하는 간호학생 입장으로선 그저 순종하는 수밖에 없었다. 온종일 서 있어서 압박 스타킹을 신고 있어도 다리가 퉁퉁 부었다.

하지만 이런 규제보다 더 견디기 힘들었던 것은 모르는 걸 물어도 가르쳐주려고 하지 않고, 도울 게 있느냐고 물어도 네가 뭘 아느냐는 식으로 무시하는 일부 간호사들의 태도였다. 부서의 특성이나 분위기에 따라서 간호학생이 뭔가를 배우고 참여할 수 있는 환경이 조성되기도 하지만, 내 경험상 병풍처럼 방치되거나 거치적거리는 방해꾼 취급받는 경우가 참 많았다.

배우러 간 곳에서 부당한 대우를 받는 억울함, 온종일 서 있어야 하는 데서 오는 육체적 피로 때문에 나중에는 분노마저 느낄 지경이었다. 아무리 아직 학생이라고 해도 간호학 공부를 하고 있고 나중에 자기들처럼 간호사가 될 텐데 좀 더 전문적으로, 인간적으로 대해줄 수는 없었을까.

나는 어떤 간호사가 될까

실습이 거의 끝나가던 어느 날, 엄마와 저녁 약속이 있었다. 병원 앞으로 데리러 온 엄마 얼굴을 보는 순간 긴장이 풀리면서 눈물이 쏟아졌다. 실습이 너무 힘들어서 간호사라는 직업에 회의가 들 만큼 질려버렸다. 당장 그만두고 싶은 마음뿐이었다.

"엄마 나 때려치울 거야. 실습 점수 잘 받아보겠다고 이러고 있는 내가 이해가 안 돼! 다리가 너무 아파서 걷지도 못하겠어."

"간호사는 힘든 직업이야. 지금 실습이 괴롭지만 이건 그냥 관문이고 금방 지나가는 시련이야. 10년 후에 멋진 간호사가 된 모습을 생각하면서 힘들어도 조금만 참자."

"간호사는 이렇게 힘들게 견뎌야 된다고? 그렇다면 당장 그만두고 다른 직업을 찾아봐야겠네!"

"그게 아니라, 네가 열심히 공부하고 이 모든 과정을 통과하고 나면 네가 바라는 모습과 가까운 간호사가 될 수 있다는 뜻이지."

물론 나는 진로를 바꾸지 않았다. 대신 그때부터 더 자주 내가 원하는 간호사가 어떤 모습인지에 대해 생각했고, 어떻게 하면 그런 간호사가 될 수 있을지 궁리해 나만의 계획을 '데스노트'에 적어나갔다.

'지금 나 무시하지? 10년 뒤에 두고 봐! 완전 능력 있고 인간적인 간호사가 될 테니까.'

그렇게 생각하며 이를 악물었던 때로부터 벌써 10년이 넘게 흘러 햇병아리 간호학생이었던 내가 어느새 중견 간호사가 되었다. 물론 아직도 많이 부족하고, 한참 더 배우고 경험해야 한다는 걸 안다. 하지만 10년 후에 곱씹어도 여전히 그때 겪은 부당한 대

"지금 실습이 힘들겠지만 이건 그냥 관문이고
금방 지나가는 시련이야."

우와 모멸감은 결코 인생에 보탬이 되는 경험이 아니었다고 분명히 말할 수 있다.

실습을 나온 간호학생들은 아직 어리고 병원이 낯설다. 잔뜩 긴장한 데다 공부까지 하느라고 심신이 힘들다. 선배 간호사들이 부디 간호학생들을 잘 대해주면 좋겠다. 간호학생은 배우기 위해 병원에 온 것이 아닌가. 간호사라는 직업에 더 흥미를 갖고 공부하고 싶은 마음이 들도록 도와줘야 하고, 나아가 간호사가 된다는 것에 자부심을 가질 수 있도록 선배들이 본보기를 보여야 한다.

그리고 지금 이 순간에도 병원 실습에 괴로워하고 있는 학생 여러분, 너무 기죽지 말자. 공부하러 간 거지 눈치 보러 간 거 아니다. 점심시간이 한 시간 주어지면 딱 한 시간 쉬고 다시 돌아와서 공부에 열중하면 된다. 자기 권리는 당당하게 주장하고 부당하게 여겨지는 일에는 의문을 표해도 된다. 그러면서 자기에게 맡겨진 일을 똑똑히 해내려고 노력하면 그만이다. 여러분이 간호사의 미래다!

처음 만난
미국 간호사

나이팅게일이 아니야

간호사는 귀한 직업이다. 하지만 솔직히
말해서, 아픈 이들에게 봉사하고 생명 사랑을 실천하겠다는 나이
팅게일 같은 마음을 가지고 간호대에 진학하는 열아홉 살짜리 학
생이 그리 많지는 않을 것 같다. 나 역시 간호사가 되겠다는 생각
은 해본 적도 없었는데, 뉴욕에 가서 살고 싶다는 소망을 실현할
현실적인 수단으로 간호대에 진학했으니까. 적어도 나에게는 간
호사가 하는 일의 순수한 가치나 위상보다 '전문직'이라는 실질적
메리트가 더 크게 다가왔던 게 사실이다.

그런데 새삼 간호사의 위상과 일의 보람에 대해 새롭게 돌아
보게 된 계기가 있었다. 북제주군과 자매결연 맺은 캘리포니아 고
등학교의 학생과 학부모들이 문화 교류 사업의 하나로 제주도를

방문했다. 나도 고등학교 때 그 프로그램의 혜택을 받아 2주 동안 캘리포니아에 갔던 경험이 있었고 해서 자원봉사를 신청해 안내 역할을 맡았다.

제주공항에 도착한 일행이 호텔에 짐을 풀고 한정식집으로 식사를 하러 갔다. 한식을 처음 먹어보는 학생도 많았는데 생각보다 맛있게 잘 먹어줘서 보는 나도 기분이 좋았다. 그런데 여학생 하나가 음식이 입에 안 맞았는지, 비행기에서 멀미를 해서 그랬는지 식당에서 나오자마자 얼굴이 하얗게 질리며 구역질을 하기 시작했다. 다들 모여들어 걱정했고 당황한 행사 담당자들은 당장 병원에 가자, 의사한테 보여야 한다, 한바탕 소동이 났다. 그때 학부모 가운데 한 분이 사람들을 진정시키며 이렇게 말했다.

"걱정하지 마세요. 우리는 간호사랑 같이 왔어요."

그때 사람들이 홍해처럼 갈라지며 그 사이로 50대 정도 돼 보이는 여자 한 분이 걸어 나왔다. 금발에 파란 눈, 야무지게 다문 입술. 일행과 함께 온 30년 차 미국 간호사였다. 그녀는 아픈 학생의 상태를 차분하게 살펴보고 나서 괜찮다며 사람들을 안심시켰다. 그러고는 그 학생을 데리고 먼저 호텔로 돌아갔다.

'와, 카리스마가 줄줄 넘치네. 나도 저런 간호사가 될 수 있을까?'

보통 사람들에겐 아무 일도 아닌 에피소드일 것이다. 하지만 예비 간호사인 나에겐 놀라운 순간이었다. 같이 여행하는 사람중에 간호사가 있다고 그를 100퍼센트 믿고 안심하는 모습 자체가 새로운 문화 충격이었다. 사람들의 태도에서 굳이 말로 듣지 않아도 미국에서 간호사의 위상이 어떤지 고스란히 느낄 수 있었다. 그에 비해 한국에서는 간호사의 사회적 이미지가 다소 떨어지는 것 같아 좀 씁쓸했지만, 나 자신도 간호사에 대한 인식과 비전을 달리하게 된 경험이었다. 간호사라는 직업이 조금씩 내 가슴을 뛰게 하고 있었다.

멘토를 만나다

　　　　3학년 2학기 취업 준비가 한창이던 어느 날, 학교에서 미국 간호사의 강연이 있다는 공지가 날아왔다. 너무 설렌 나머지 잠까지 설쳤다. 미국 간호사에 대한 실질적 정보를 얻기가 하늘의 별 따기였는데, 이렇게 직접 만날 기회가 찾아오다니.

　강연의 주인공은 제이미 김 선생님. 정장을 말끔하게 차려입은 모습이 왠지 멋있었고, 웃음이 항상 얼굴에 머물러 있는 듯 인상이 좋은 분이었다. 선생님은 한국에서 태어나고 자라 국내 병원에서 일하다 미국 간호사에 뜻을 두고 이민을 갔고 지금은 뉴욕의 병원에서 일하고 있는 간호사였다. 나와 비슷한 꿈을 품었던 분이라는 생각이 들어 처음부터 강연에 빠져들었다.

　뉴욕에서의 간호사 생활에 대해 많은 이야기를 들을 수 있었다. 처음 이민 가서 겪은 온갖 고생부터 시작해 혼자 멀리 타국에 나와 있어 더 절절했던 부모님에 대한 그리움, 동양인에 대한 차별과 무시를 견디고 병원에서 인정받기까지의 노력, 동료와의 관계가 어려워 혼자 화장실에서 눈물지은 에피소드 등 재밌으면서 때론 가슴 뭉클한 이야기가 나를 사로잡았다. 나아가 미국에서 간호사의 이미지와 사회적 위치, 의사와의 대등한 관계 등 환자를 간호하는 데 있어 간호사의 영향력이 한국보다 비교적 크다는 설명도 인상적이었다.

미국에서 간호사로 인정받고 그것을 고국에서도 인정받아 이렇게 강연자로 초청받아 온 것 자체가 내가 꿈꾸던 성공한 미국 간호사의 모습이었다. 그러나 선생님은 '뉴욕에서 간호사를 하는 게 성공'이라고 말씀하지 않았다. 그저 한국과는 다른 미국 간호사의 생활에 대해 솔직담백하게 전해주었다. 겸손하고도 진지하게 이야기하는 선생님이 너무 매력적이었고, 간호사라는 직업 자체가 얼마나 근사할 수 있는지 새삼 깨달았다. 그날 나는 처음으로 어떤 사람의 존재 자체가 내게 영감을 줄 수 있음을 경험했다.

깊은 감명을 받은 나는 강연이 끝나고 당장에라도 달려가 말을 걸고 싶었다. 궁금한 것도 너무 많았고 그저 아무런 이야기라도 나눠보고 싶었다. 하지만 우물쭈물 망설이며 선뜻 다가가질 못하고 있었다. 그런데 그때 낯익은 사람과 이야기를 나누기 시작한 선생님. 낯익은 사람은 바로, 우리 엄마였다. (전날 너무 설레발을 쳤더니 엄마도 호기심에 강연에 들렀다고 했다. 엄마 고마워요!) 엄마는 강단에서 내려온 제이미 선생님에게 거침없이 다가가 말을 건네더니 이쪽으로 오라고 나에게 손짓했다. 땀이 삐질삐질 나고 심장은 방망이질을 쳤다. 쭈뼛쭈뼛 선생님께 다가가 인사를 했고, 그렇게 우리의 인연이 시작되었다.

몇 번이고 고쳐 썼던 첫 이메일을 시작으로 계절마다 안부를 전했다. 신규 시절 힘든 시간을 보낼 때 가장 많이 편지를 썼다. 미국 간호사의 실상을 알 길이 없던 나에게 선생님은 한 줄기 빛과 같았다. 본인이 직접 거쳐온 과정에 대해 가감 없이 들려주신 덕에 막연했던 내 꿈이 좀 더 현실에 가까워질 수 있었다.

처음 만난 순간부터 지금까지 힘들 때마다 다독여주고 흔들리는 나를 다잡아주며 선생님은 늘 내 멘토이자 마음의 안식처가 되어주셨다. 나 자신의 가능성을 발견하고 늘 꿈을 꾸게 해준 분, 다시 한 번 제이미 선생님에게 고마운 마음을 전한다.

69

저 하늘의
별을 따러 가자

어느덧 마지막 학년이 되고 구직의 시기
가 코앞으로 다가왔다. 부모님 품에서 곱게만 자라온 나인데, 머
지않아 사회에 내동댕이쳐져 혼자 힘으로 살아가야 한다니. 곧 닥
칠 현실을 생각하면 오소소 소름이 돋았다. 무작정 서울로 갈 수
있을까? 서울의 좋은 병원에 취직하기란 '하늘의 별 따기'라고들
했고, 실제로도 우리 학교 학생들 대부분은 제주도를 비롯한 지방
대학병원이나 소규모, 개인 병원에 취업하고 있었다.

하지만 막상 제주도에서 취업할 생각을 하니 가슴이 답답했다.
도내 병원에서 실습을 여러 번 해본 터라 제주도 간호사의 실상을
누구보다 잘 알고 있었다. 서울보다 보수도 적고 지방일수록 간호
사에 대한 대우가 서울보다는 좋지 않다고 들었다. 나는 막연히
성공하고 싶었다. 비록 처음부터 꿈꿨던 길은 아니지만 내가 선

택한 길에 대해 후회하고 싶지 않았고, 내가 처한 환경에서 할 수 있는 한 최선의 나를 만들어 세상에 내보이고 싶었다. 일등은 아니었지만 늦어도 잘할 수 있다는 것을 증명해 이놈의 일류만 추구하는 사회에 이단 옆차기를 날려주고도 싶었다.

남들에게 뒤처지고 싶지 않은 조바심, 지금이라도 늦지 않았다는 확신, 하루하루 더 나아지고 싶은 마음…. 여러 고민과 욕망이 뒤엉켰던 그 시절, 조금은 더 성숙해진 열정을 쏟아 부을 목표가 내게 필요했다.

운명의 가위바위보

간호대에서의 마지막 학년인 3학년 여름 방학에는 제주도가 아닌 서울 병원에서의 실습이 우리를 기다리고 있었다. 유명한 대학병원에서 간호사들이 일하는 모습을 직접 볼 수 있다는 사실에 무척 설렜다. 삼성병원, 아산병원, 고려대학교병원 등 여러 선택지가 있었는데, 예상대로 삼성병원에 가장 많은 지원자가 몰렸다. 나 역시 삼성병원에 지원했다. 최종 결정은 가위바위보에 맡겨졌다. '제발, 삼성. 제발~' 기도하며 손바닥을 투척했다.

예~스! 가위바위보 요정이 보우하사 나는 다행히 원했던 삼성병원으로 실습을 가게 되었다. 논현동에 친구와 함께 쓸 하숙집을 구하고, 실습 시작하기 며칠 전 서울에 올라가 이런저런 준비를 했다. 실습 하루 전날엔 길도 익힐 겸 혼자서 버스를 타고 병원에 가보았다. 버스에서 삼성서울병원이라는 안내방송이 나오고, 멀리 울창한 나무 숲 사이로 커다란 병원이 보였다. 제주도의 작은 병원에서만 실습해보았던 나는 그 규모에 놀라고 시설에 또 한 번 놀랐다.

2주 동안의 실습은 심혈관외과 준중환자실과 정형외과에서 진행되었다. 심혈관외과는 말이 준중환자실이지, 정작 현실은 중환자실이나 다를 바 없이 바빠 보였다. 환자들 모두 심전도기를 달고 있었다. 이상한 리듬이 있을 때마다 바로 알아차리는 간호사 선생님들이 신기하기만 했다. 심장 리듬에 대해 배우는 것은 흥미로웠지만 병동 자체가 매우 힘들고 고되어 보였다. 반면 정형외과는 환자의 중증도가 낮다 보니 병동의 분위기도 조금 더 유연하고 간호사들도 여유가 있어 보였다. 전에는 정형외과에 큰 관심이 없었지만 실습하면서 나중에 한번 일해보고 싶다는 생각이 들었다.

삼성, 넌 내가 찍었어

실습을 마무리할 때 학교마다 한 명씩 대표로 프레젠테이션을 해야 했다. 학교에서는 발표하겠다고 나선 적이 한 번도 없었지만 이번만큼은 욕심이 났다. 게다가 같이 실습 온 친구들도 서로 미루는 분위기여서 내가 하겠다고 나섰다. 미래에 내가 근무하게 될 병원이라고 생각하고 정말 열심히 준비했다. 동네 피시방의 자욱한 담배 연기 속에서 '이러다 암 걸리는 거 아니야?' 하며 콜록거리면서도 멋진 발표 자료를 만들겠다고 버티며 정성을 쏟았다.

발표는 우리 학교에서 실습 온 학생들 그리고 삼성병원 과장님(삼성병원에서는 수간호사를 과장님이라고 부르는 경우가 많다)과 함께 회의실에서 1시간 동안 진행됐다. 나는 정형외과 병동에서 실습하며 인상 깊게 봤던 슬관절전치환성형술(TKRA: Total Knee Replacement Arthroplasty) 환자를 사례로 발표했다. 삼성병원에 취직하고 싶다는 마음과 우리 학교를 대표해야 한다는 생각 때문에 어찌나 부담되고 떨리던지. 제주도에서 온 간호학생들도 똑똑하고 야무지다는 것을 보여주기 위해 당차게 발표하려고 최선을 다했다.

발표가 끝나고 과장님의 피드백 시간이 이어졌다. 말투는 차분했지만 정곡을 찌르는 냉철한 분석이었고, 환자를 생각하는 따뜻한 마음마저 묻어났다. 우리나라 최고의 병원에서, 내가 준비한 자료로 친구들과 같이 공부하고, 이렇게 멋진 피드백을 받다니… 가슴이 뜨거워지는 경험이었다.

나는 우리나라에서 제일 잘나가는 병원 중 하나라는 여기, 삼성서울병원에 취직하기로 굳게 결심했다. 원하는 학교에 가지 못했기 때문에 직장만큼은 내가 정말 마음이 끌리는 곳으로 가고 싶었다. 간호사로서 성공도 하고 싶고, 부모님께 자랑스러운 딸이 되고 싶었다. 일단 칼을 뽑았으니 무를 썰어도 제대로 야무지게 썰어야지 하는 생각이 들었다. 실습이 끝나던 날, 삼성병원을 이글거리는 내 눈동자에 가득 담았다. 이런 주문을 외우면서.

여기가 아니면 안 된다.
나는 꼭 여기 와야 한다.
아니, 나는 이미 삼성병원 간호사다.
그러니까 나는 돌아와야 한다.

마지막 날 찍은 병원 사진을 휴대폰 바탕화면에 깔고 매일 보고 또 보았다. 약해질 때마다 전화기가 뚫리도록 노려보며 '나는 할 수 있다.' 되뇌며 힘을 냈다.

강건한 목표의
심리학

삼성병원 실습 후 동기부여가 확실하게 된 나는 목표를 가지고 그 어느 때보다 열심히 공부하기 시작했다. 학교에서 최고의 우등생은 아니었지만, 삼성이 탐낼 만한 지원자가 되려고 나름의 전략을 마련하고 준비에 돌입했다. 1학년 때 방황하며 깎아 먹은 학점을 끌어올리려고 노력하고 토익 공부에도 신경 썼다.

토익은 삼성병원 실습 한 달 전부터 공부를 시작했다. 실습 기간에도 서울에 갔으니 마음껏 돌아다니고 쇼핑도 하고 싶었지만 나중으로 미뤘다. 대신 주말마다 미리 신청해둔 모의 토익과 정규 토익, 텝스 시험을 치르러 다니며 정신없이 보냈다.

그러다 어느덧 원서 쓰는 시기가 되었다. 이때는 다들 굉장히 민감했다. 누가 어느 병원을 쓰는지 예의 주시하지만 정보는 공

자신의 꿈을 소중히 여기자. 다른 사람에겐 허황돼 보일지라도,
나에게는 현실 가능한 목표가 된다.

유하지 않는 친구들도 있었다. 정작 나는 삼성병원 공채를 뒤늦게야 알게 되었다. 같이 삼성으로 실습 갔던 다른 반 친구가 지나가는 얘기로 물어봐 줬던 것이다.

"삼성 공채 오늘까지더라, 원서 냈어?"

눈앞이 하얘졌다. 바로 집으로 달려가 원서를 쓰기 시작했다. 벌벌 떨면서 몇 시간 만에 원서를 완성해 접수하려는데, 지원자가 몰렸는지 홈페이지가 먹통이었다. 그때 생각을 하면 지금도 아찔하다. '내 인생은 왜 이렇게 막장 드라마야! 다 준비해놓으면 뭐해, 정작 원서 때를 놓치는데!' 나 자신을 얼마나 원망했는지 모른다.

다음 날 아침 일어나자마자 병원으로 전화를 걸었다. 인사과 직원이 며칠 전부터 문제가 있었다며 오전 중으로 홈페이지를 점검할 예정이니 오후에 지원서를 보내라고 했다. 죽으란 법은 없구나! 다행히 원서를 무사히 접수시켰다.

내 꿈은 소중하니까

삼성서울병원과 함께 서울대학교병원에도 원서를 넣었다. 교수님이 중복 지원은 안 된다고 했고, 친구들은 대개 따르는 분위기였지만, 나는 말씀을 어기고 가고 싶은 병원 두 군데에 지원했다.

'한 군데만 썼다가 떨어지면 내 인생은 누가 책임져줄 거야?'

나중에 친구들끼리 어디에 원서를 냈는지 이야기를 나눴다. 한 친구가 내 지원 내용을 듣더니 어이없어하며 이렇게 말했다.

"야, 우리가 어떻게 그런 델 가겠냐? 서울에서 4년제 나온 애들도 가기 힘든데. 거긴 좋은 학교 나온 애들만 가는 어려운 병원들이야."

나는 굴하지 않고 내 포부를 밝혔다.

"삼성병원을 발판으로 경력 쌓아서 미국 간호사가 될 거야."

친구들이 모두 박장대소했다.

"얘 봐라. 전문대 나와서 존스 홉킨스 가겠다고 하겠네? 하하하하."

친구가 하도 재치 있게 놀려서 나도 같이 깔깔 웃었다. 지방 전문대에 다니던 우리의 상황에서는 너무 원대한 꿈이었던 것도 사실이다. 그때까지 우리 학교에서 삼성병원에 신입으로 입사한 사람은 하나도 없다고 들었다. 하지만 내 안의 강건한 집념이 그런 대화에도 유연하게 맞장구치면서 웃을 수 있는 여유를 주었던 것 같다.

'니들은 웃어라, 내 꿈은 내가 이룬다!'

자기가 품은 꿈이 너무 크거나 무모하다고 해도, 남들이 뭐라고 비웃건 간에, 자기 자신이 웃어넘겨서는 안 된다. 다른 이가 보기에는 허황한 꿈일 수 있지만, 나에게는 현실 가능한 목표일 수 있다. 언제나 집중하고 담담하게 추구하는 자세가 필요할 뿐이다.

자신에 대한 확고한 믿음과 투철한 계획이 있었기에 나는 굳은 심지를 갖고 어떤 말에도 흔들리지 않을 수 있었다.

나만 몰랐던 SSAT

서류를 접수하고 오매불망 결과를 기다렸다. 드디어 서류전형 발표가 났다. 나를 포함한 우리 학교 학생 다섯 명이 통과했다. 전문대는 뽑지 않는다는 풍문을 듣고 걱정이 많았는데, 이렇게 여러 명이 시험을 볼 수 있게 되어서 신이 났다. 서류가 통과한 다음 2차 관문은 삼성직무적성검사(SSAT)였다.

뭔가 도움이 되는 이야기를 해주고 싶지만, 사실 나는 SSAT에 전혀 대비하지 못했다. 아이큐 테스트 비슷한 문제에 영어와 간호학이 약간 포함되어 있다기에 그저 통과 의례처럼 보는 시험이겠거니 생각하고 특별히 신경 쓰지 않았던 것이다. SSAT를 따로 준비할 수 있다는 것조차 몰랐다. 시험을 보기 전 예비소집이 있던 날 다른 지원자들이 말하길, SSAT 대비 모의고사 문제집이 있다는 게 아닌가.

'난 대체 뭐 하고 있었던 거지?'

다시 한 번 멘붕이 왔다. 시험이 당장 내일인데 책이 눈에 들어올 리가 만무했다. 그래도 울며 겨자 먹기로 서점에 가서 일단 샀다. 아예 안 보는 것보다는 낫겠지. 책이 꽤 두꺼워 반 정도만 훑어볼 수 있었다.

시험은 삼성병원 인근의 고등학교에서 치러졌다. 서류 통과한 사람들이 한곳에 모두 모였다. 셀 수도 없는 인파를 보자 후들후들 떨리기 시작했다. 시험 자체는 정말 아이큐 테스트 같았고 간호학 문제도 약간 있었다. 섹션마다 시간이 정해져 있어 문제를 빨리 풀어야 한다는 것을 첫 교시가 끝나고야 알아차렸다. 이렇게 시간이 부족할 줄 몰랐다. 식은땀이 나면서 가슴이 쿵쾅거렸지만 정신을 차리고 스피드를 올렸다.

시험지는 한꺼번에 주지만, 다음 교시로 넘어가는 페이지는 시간에 맞춰서 같이 넘겨야 하고, 지난 교시의 시험지로 다시 돌아가서 문제를 볼 수는 없었다. 마지막 섹션은 영어 문제라 그나마 편한 마음으로 풀었다. 시험장에서 나오자 하늘이 노랗게 보였다. 홀가분한 마음도 있었지만, 미리 준비하지 못한 아쉬움에 눈물이 찔끔 났다. 요즘이야 인터넷으로 쉽게 알 수 있겠지만 당시 제주도는, 특히 우리 학교는 취업 관련 정보가 턱없이 부족했다.

낙담하고 있는 와중에 좋은 소식도 있었다. 서울대학교병원에도 서류 합격. 삼성에서 떨어진다면 서울대학교병원밖에 기댈 구석이 없었다. 여기도 삼성과 마찬가지로 원서가 통과되면 시험을 치러야 했다. 하지만 삼성의 최종 발표가 있기 전에 필기시험을 준비해야 해서 한 군데 올인해야 하나 고민이 들었다.

발랄한 면접 지원자

삼성병원 2차 발표가 났다. 우리 학교의 지원자는 모두 떨어졌는데 나만 합격이었다. 믿기지가 않았다. SSAT는 공부한다고 잘 볼 수 있는 시험이 아니라는 얘기가 있었는데, 그래서였는지 운 좋게 나한테 잘 맞는 문제가 나온 덕이었는지, 어쨌든 합격한 사실이 너무 놀랍고 기뻤다. 하늘이 내게 한번 더 기회를 준 거라고 생각했다. SSAT 준비를 못 해 아쉬웠던만큼 면접에 혼신의 노력을 쏟기로 했다.

원서도 혼자 썼듯, 면접 준비도 나 혼자 했다. 학교에는 합격했다는 사실을 알리지 않았다. 최종 합격이 되면 그때 알려도 늦지 않다고 생각했다. 우선 삼성병원 홈페이지를 샅샅이 살폈다. 병원 조직이나 문화, 원하는 인재상이 어떤지 꼼꼼하게 파악했다. 그리고 인터넷 검색을 통해 예상 문제를 만들고 답변을 준비했다.

드디어 대망의 면접일. 정장을 입은 내 모습이 참 어색했다. 면접 당일에 처음 정장을 입으면 상대방 눈에도 내가 어색해 보인다기에 면접 전에 몇 번 입어보긴 했다. 당연히 검은색 정장을 입어야 하는 줄 알았는데, 다른 지원자들이 입고 온 걸 보니 생각보다 색상이 다양했고 화려한 스타일도 눈에 띄었다. 나는 옅은 기초화장에 아이라인만 그렸는데, 제대로 메이크업을 한 사람도 많아서 마치 아나운서 면접장에 온 것 같았다.

면접은 다섯 명이 한 팀을 이뤄서 보았다. 다들 굉장히 긴장해 있길래 이렇게 바싹 언 상태로는 면접을 잘 보기 힘들 것 같아서 주변 사람들에게 말을 걸어봤다. 지원자들 모두 나보다 한두 살씩 많았고, 게다가 서울대, 연대, 고대 등 소위 말하는 빵빵한 대학 출신들이 수두룩했다. 긴장이 된다면 지방 전문대 출신에 나이까지 어린 내가 더했겠지만 쫄지 않으려고 노력했다.

우리 팀 순서가 임박해 면접실 앞 의자에 앉아 기다리던 순간, 그때의 설렘과 긴장감은 이루 말할 수 없었지만 나는 들어가는 순간까지도 조잘거리고 있었다. 앞선 팀이 문을 열고 나오자 드디어 우리 순서였다.

"우리 팀 파이팅!"

내가 큰소리로 외쳤다. 그러자 우리 팀 모두가 다 같이 '파이팅'을 외쳐 주었다. 인사과 직원도 '참 특이한 학생이네.' 하는 표정으로 나를 보고 미소를 지었다. 그리고 "기회는 한 번뿐이니 후회하지 말고 면접 잘 보고 나오세요."라고 우리를 응원해주었다. 왠지 힘이 솟았다.

면접실로 들어가 인사를 하고 의자에 앉았다. 한 명씩 간단하게 자기소개를 하고 나서 개별 질문이 이어졌다. 나는 세 가지 질문을 받았다.

'왜 이곳의 간호사가 되고 싶나?' '왜 제주도에서 여기까지 왔나?' '어떤 간호사가 되고 싶은가?'

나는 눈을 동그랗게 뜨고 면접관들의 눈을 바라보면서 조목조목 대답했고, 말을 마친 후에는 미소를 지어 보였다. 어떤 대답을 하건 자신 있는 '눈맞춤'이 면접에서 제일 중요하다고 들었기 때문이다. 후회 없이 면접을 치르고 싶은 간절한 마음으로 면접 전 연습을 정말 많이 했고, 실전에서도 최선을 다했다.

기적 같은 최종 합격

서울대학교병원 시험은 결국 포기했다. 그래서 더 간절했다. 삼성병원의 최종 발표를 기다리며 하루하루를 불안한 마음으로 보냈다. 기다리는 동안에는 온갖 사소한 것도 후회됐다. '면접 더 잘 볼걸…' '그때 더 똑똑하게 대답하는 건데…' '더 강한 인상을 심어줬어야 하는데…' 면접이란 건 아무리 잘 봐도 시간이 지나면 아쉬움이 점점 부풀기 마련인가 보다.

드디어 병원에서 이메일이 도착했다. 덜덜 떨면서 메일을 확인했다.

"삼성서울병원에 최종 합격하셨습니다. 축하합니다."

그렇게 빌고 또 빌었던, 최종 합격 통보였다. 머리 위로 폭죽이 터지는 것 같았다.

'드디어 제주도를 탈출한다. 차가운 도시 여자가 될 테야!'

이 멋진 소식을 우선 부모님께 알렸고, 곧바로 내 절친한 친구에게 알리려 전화를 걸었다.

"나 합격했어. 이제 서울 갈 수 있어!"

"……."

나는 폴짝폴짝 뛰면서 꺅꺅 소리를 지르고 있는데 막상 친구에게선 아무런 대꾸가 없었다. 계속 정적이 흐르자 이상한 느낌에 조용히 귀를 기울였다. 흐느끼는 소리가 들렸다. 친구는 축하한다고 말하고 있었는데 울먹이느라 제대로 말을 잇지 못했다. 어릴 때부터 붙어 다닌 내 가장 친한 친구였다. 친구는 서울로 대학을 가고 나는 제주도에 남게 돼 무척 아쉬워했다. 우리는 늘 손편지를 주고받았고, 방학이면 겨우 만나 회포를 풀곤 했다. 그런데 드디어 가까이 살며 자주 볼 수 있게 된 것이다. 그동안 내가 학교 때문에 많이 힘들어했고, 좋은 병원에 가려고 안간힘을 쓴 것도 속속들이 알고 있었던 친구다. 그 애가 울자 내 눈에도 눈물이 고였다. 우리는 전화기를 붙들고 한참을 엉엉 울었다. 좋우 일을 이렇게 함께 기뻐해 줄 수 있는 친구가 있다는 것이 너무 감사했다.

학교에서는 내 합격 소식을 듣고 모두 깜짝 놀랐다. 담임선생님마저 놀라움을 금치 못했다. 많은 친구가 축하하고 기뻐해 줬지만, 의아함을 넘어 못마땅하게 여기는 사람도 있었다. 어느 쪽이 됐건 다들 궁금해했다.

'전교 1등도 아닌 김리연이 어떻게 우리 학교에서 유일하게 삼성서울병원에 합격했나?'

이 질문은 지금까지도 많이 받는다. 지방 전문대를 나와서 삼성서울병원에 입사할 수 있었던 비결이 뭐냐고. 사실 나도 정답은 모르겠다. 굳이 꼽자면, 삼성병원에서의 실습 경험과 꾸준히 쌓아올린 영어 실력, 철저했던 면접 준비가 내 합격 비결인 것 같다. 면접에서 '비록 최고는 아니지만 최선을 다해왔고, 앞으로도 그런 간호사가 되겠다.'라는 의지를 진정성 있게 어필하려고 애썼다. 나는 명확하게 목표를 세웠고, 남들은 비웃었지만 내 가능성에 대해서 의심하지 않았다. 그리고 어떤 상황에서든 전력투구했다.

졸업 전에 합격해서 마음이 붕붕 뜨는 것 같았지만 마지막까지 학교생활을 충실히 하려고 했다. 아직 마음을 놓을 수는 없었다. 간호사 국가고시를 치르기 전이었기 때문이다. 병원에 합격한 마당에 국시에 떨어지면 모든 것이 수포가 되는 것이다. 떨리는 마음으로 국가고시에 임했고, 다행히 합격했다.

이제부터 삼성의 멋진 간호사가 되고 신나는 도시 생활을 만끽하는 거야! 나는 꿈에 부풀어 하루하루를 보냈다. (그때는 정말 그렇게 될 줄로만 알았다.)

<u>Rock it and own it!</u>
<u>나는 언제나 목표를 향해</u>
<u>전력투구했다.</u>

병원 취업,
면접이 좌우한다

자기소개서가 기본이다

자기소개서는 서류 통과를 위해서도 잘 써야 하지만 면접을 볼 때도 중요한 베이스 역할을 한다. 자기소개서를 잘 써놓으면 면접에서 대답하는 내용의 수준도 올라간다. 서류 전형은 분량이 정해져 있어서 모든 얘기를 다 넣을 수는 없다. 예상 질문에 대해 몇 가지 다른 내용으로 답변을 준비해두는 게 좋은데, 이때 제출한 자기소개서와 모순되는 내용으로 전개하지 않는 것도 중요하다.

병원의 비전과 인재상을 숙지할 것

자기가 지원하는 병원에 대해서 확실하게 아는 것은 기본이다. 제일 좋은 방법은 해당 병원의 홈페이지를 꼼꼼히 훑어보는 것. 병원이 내세운 비전과 인재상을 숙지하자. 최근의 사보와 관련 기사를 검색하는 것도 좋다. 병원이 내세우는 것들은 어쩌면 이상적이고 식상할 수도 있지만 그들이 듣고 싶어 하는 말이라는 점은 분명하다. 그 말을 어떻게 내 이야기에 녹여낼지 궁리하면서 인터뷰를 준비해보자.

88

간호사라서 다행이야

면접 의상과 화장

면접 의상의 모범답안은 흰색 블라우스와 검정 스커트, 검정 구두라고 하지만, 꼭 이렇게 입지 않아도 된다. 단정하고 깔끔한 선에서 자신의 개성을 살리는 것도 좋다. 노 메이크업은 수수해 보이는 게 아니라 오히려 초췌해 보일 수 있다. 맑은 피부 톤에 건강한 혈색을 표현하자. 화장이 서툴다면 맘 편히 전문가에게 맡기는 것도 방법. 승무원 메이크업으로 해달라고 하면 무난하다.

자신감을 연기하자

면접 볼 때 가장 중요한 것은 자신감이다. 말이 쉽지, 없던 자신감이 갑자기 생기지는 않을 것이다. 그럴 때는 자신감이 있는 것처럼 연기하면 된다. 면접 시간은 그리 길지 않다. 정확하게 따져보면 2~3분 정도가 내게 주어질 뿐이다. 눈 딱 감고 무대 위에 오른다 생각하고, 이 짧은 시간 동안만큼은 전도연 송강호가 되어보자. 연기도 면접도 잘하려면 연습 외에 왕도가 없다. 어떤 질문에든 거의 반사적으로, 그렇지만 자연스럽게 술술 대답할 수 있기까지 연습 또 연습해야 한다. 민망하기 짝이 없게 부모님을 면접관으로 앉혀놓고 연습하는 것도 좋은 방법이다.

자기소개는 짧고 인상적으로

자기소개는 되도록 짧고, 인상 깊게 써서 마련해두자. 가뜩이나 긴장되는데 자기소개가 길면 까먹어서 멘붕에 빠질 수 있다. 면접관들의 눈을 바라보며 당찬 목소리로 소개하는 것은 기본. 특기나 취미가 있다면 그것과 연결해보자. 외국어를 잘하는 지원자는 첫마디를 해당 외국어로 시작해도 좋겠다. (자신이 없다면 역효과를 낼 수 있으니 빼도록.) 등산이 취미라면 이렇게 시작해볼 수도 있다.

"안녕하십니까! 등산을 좋아하는 끈기 있는 지원자 ○○○입니다. 주말마다 산 정상에 오르는 저의 집념은 인내심을 많이 요구하는 직업인 간호사에게 꼭 필요한 조건이라고 생각합니다. 환자분이 건강하게 퇴원하는 날까지 끈기 있게 최선을 다할 수 있는 간호사 ○○○입니다."

실수했다면 만회하자

중요한 면접에서 긴장하는 것은 당연하다. 실수했다고 위축되면 안 된다. 내가 실수한 것은 나도 알고 면접관도 안다. 여기서 포인트는 실수한 것 자체가 아니라 실수를 해도 끝까지 잘하려고 하는 '태도'를 보여주는 것이다. 실수했다면 그것을 인정하고 다시 당차게 대답하면 된다. 당황한 표정으로 버벅대다가 완전히 포기하지 말고 "떨려서 실수했습니다. 다시 하겠습니다!"라고 얘기하고 천천히 제자리로 돌아오면 된다. 어느 정도의 당돌함은 절실함과 유연성으로 비칠 것이다.

원 없이 놀아볼까,
뭐라도 준비할까

간호학생들은 국가고시를 보기 전에 이미 병원에 합격하는 경우가 많고, 대형 병원은 많은 간호사를 한 번에 입사시킬 수 없기 때문에 기수로 나눠 입사일을 정하거나 TO가 나면 그때그때 입사시킨다. 합격 발표로부터 실제 입사하기까지 대기하는 시기를 '웨이팅 기간'이라고 부른다.

이 기간은 각자 다른데, 짧을 수도 있고 길 수도 있다. 1년을 넘기는 경우도 있다. 이때 원 없이 놀라는 충고도 있고, 필요한 공부를 하거나 경험을 쌓으라는 조언도 있다. 뭘 하는 게 좋을지에 대해서는 개인마다 다를 것 같다.

나는 웨이팅이 합격 후 10개월, 졸업 후 5개월이었는데, 제대로 된 아르바이트를 해본 경험이 없어서 이때 해봤다. 돈도 벌고 사회생활도 간접적으로 체험해볼 수 있었던 좋은 경험이었다. 언제 불러주나 초조해하며 시간을 보내기보다, 다시 없을지 모를 여유 시간이므로 계획적으로 잘 활용하도록 하자.

여행하기

입사 후에는 여행 한번 편하게 하기가 힘들어진다. 장기간 여행은 더욱 어렵다. 가능하다면 이때 장기 여행을 다녀오라고 권하고 싶다. 멀리 가도 좋고 국내 일주를 해도 좋다. 웨이팅 기간이 길어 아르바이트 등으로 돈을 조금 모을 수 있다면 부모님과의 여행도 추천하고 싶다. 한번 일을 시작하게 되면 돈도 벌겠다 효도하고 싶은 마음은 굴뚝같아도 가족 여행을 가기가 쉽지 않다.

어학 공부

병원에 입사하면 업무 습득하기도 바빠 한동안 어학 공부에서 손을 놓기 쉽다. 입사 전에 기본 실력을 탄탄하게 다져놓으면 공백기가 길어져도 나중에 효력을 발휘한다. 이때 어학연수를 다녀오면 비교적 짧은 시간에 어학 실력을 크게 신장시킬 수 있다. 어학연수가 경제적으로 부담된다면 어학원이나 대학 부설 어학 프로그램도 좋다. 어학연수를 추천하는 이유는 외국어 습득에 더 좋아서라기보다 해외 체류 경험이 주는 동기부여 때문이다. 한국에서 공부해도 원어민과 자유롭게 대화할 수 있는 수준으로 어학 실력을 키울 수 있다.

봉사활동

의료 봉사활동을 하거나 병원에서 봉사활동을 해보는 것도 좋다. 간호사 일을 미리 경험해볼 수 있고, 앞으로 자신이 속할 세계의 예고편을 보게 될 수도 있다.

아르바이트

앞으로 병원 일은 신물 나게 할 테니 뭔가 다른 분야의 일을 경험해보는 것은 어떨까? 나는 웨이팅 동안 카페에서 아르바이트를 했다. 간단하게라도 뭔가를 만들어 내놓는 즐거움도 느꼈고, 손님을 상대하면서 훗날 환자들과의 소통에서 더 유연하게 대처할 수 있는 노하우도 얻을 수 있었다. 무엇보다 돈을 버니까 마냥 부모님께 손 빌리지 않아도 되는 것이 장점.

Part 2

신규의 기쁨과 슬픔

66

나이트를 서는 날에도 끝나면
녹초가 된 몸을 이끌고 학원에 갔다.
아무리 힘들어도, 가서 졸더라도,
병원을 탈출하고 싶다는 의지가
내 등을 학원으로 떠밀었다.

99

Dreaming

girl

웰컴 투 더 정글

삼성에 합격한 예비 간호사들이 거쳐야 할 첫 관문은 2주간의 연수원 생활이었다. 두근두근 떨리는 마음으로 버스에 몸을 실었다. 그런데 버스에서 내리면서부터 뭔가 분위기가 심상치 않았다. 군대에 한 번도 가본 적 없지만, 군대가 이런 걸까 싶은 연수가 시작되었다.

아침이면 기상 벨이 귀가 아프게 울려 다들 깜짝 놀라 일어났다. 부랴부랴 운동복을 갈아입고 밖에 모이면 빨간색 모자를 쓴 조교가 우리를 무섭게 훈련시켰다. 매일 PT체조를 하고, 달리기를 하고, 산을 탔다. PT체조를 할 때 구호 소리가 작거나 생략해야 하는 마지막 구호를 누가 실수로 말하면 횟수가 두 배로 늘었다. 다들 혼이 나갈 지경이었다.

가장 힘든 시간은 산을 탈 때였다. 무조건 주어진 시간 내에 모두 정상을 밟아야 했다. 그 산에는 등산로가 따로 없고 경사가 엄청나게 가팔라서 맨손으로 풀과 나무를 쥐어뜯으면서 올라갔다. 모두 땀을 뻘뻘 흘리면서 미친 듯 정상에 올랐다가 아름다운 경관을 즐길 새도 없이 그 가파른 산을 허겁지겁 내려왔다.

한번은 강둑을 따라 고래고래 소리를 지르며 구보를 하던 중에 갑자기 조교가 우리를 불러 세웠다. "힘든 거 알고 있다!"면서 하늘을 보고, 지금 보고 싶은 사람을 크게 부르라는 게 아닌가. 모두 '이건 또 무슨 상황이지?' 하며 어리둥절해 했다. 우리를 울리려는 속셈이 분명했다. 아니나 다를까 모두 목이 쉬도록 자기가 보고 싶은 사람을 부르다가 갑자기 설움에 받쳐 눈물이 터져 나왔다. 순식간에 강둑은 울음바다로 바뀌었다. 우리는 서로를 부둥켜안고 힘들어도 같이 도우며 훈련을 끝까지 잘 마치자고 다짐했다.

훈련을 마치고 연수원으로 다시 달려서 돌아오는 길, 강물에 비친 아름다운 석양을 바라보며 우리는 하나같이 이런 생각을 했다. '아, 배고프다….'

고된 훈련 덕분인지 연수원에 있는 동안 눈 떠 있는 시간엔 항상 배가 고팠다. 다행히 식당 밥이 아주 맛있게 나와서 꿀맛으로 먹었다. 그래도 운동을 하고 수업을 몇 시간 듣고 나면 또 배가 고팠다.

간식을 사 먹곤 했지만 매점은 항상 문을 빨리 닫아서 원할 때마다 사 먹을 수도 없었다. 과자 한번 원 없이 먹어보고 싶다고 노래를 부르던 어느 날, 체육대회가 열렸다. 1등 팀에게는 간식 한 상자가 포상으로 주어졌다. 모두 과자 상자에 눈이 멀어 무섭게 경기에 임했다. 나 역시 이글이글 불타올랐다. 나는 연수원에 들어가기 전까지 내 체력이 그렇게 좋은 줄 몰랐다. 결국 우리 팀이 우승을 차지하고, 나는 MVP로 뽑혔다. 그날 밤 우리 팀은 거하게 과자 파티를 벌일 수 있었다.

그런데.
우리 왜 울고 있지?

운동 외에도 다양한 강의를 들었다. 병원의 이념에 대해 배우고 간호학 수업도 했다. 특정한 의료 상황을 만들어 놓고 연극을 하는 시간도 있었다. 나도 최선을 다해서 발연기를 선보였다. 명화 감상법 수업과 승무원 출신 강사가 진행하는 매너 수업까지 받았다. 강사는 한 명씩 동영상을 찍어 보여주면서 이제까지 스스로도 몰랐던 습관이나 말버릇을 고치는 연습을 시켰다.

교육을 받을 때는 허리를 똑바로 세우고 흐트러짐 없이 앉아 있어야 했다. 조금이라도 자세가 풀어지면 벌로 반성문을 썼다. 그 밖에도 뭔가 꼬투리를 잡히면 반성문을 써야 했는데, 걸릴 때마다 반성문의 글자 수가 두 배로 늘었다. 나중에는 천 단어 단위의 반성문을 쓰게 될 수도 있었다.

연수 일지도 매일 작성해서 검사를 받았다. 그날그날 배운 것들에 대해 써서 제출하면, 각자의 멘토인 현직 삼성병원 간호사들이 피드백을 해줬다. 마지막 날에는 연수원에서 배운 것들을 확인하는 시험을 봤다. 다행히 모두 무사통과.

시험을 마치고 나서 장기자랑 및 퇴소식을 했다. 장기자랑으로 다들 노래를 불렀지만 나는 평소에 갈고닦은 댄스 실력을 선보였다. 신나게 놀고 나서는 마지막으로 모두에게 초를 나눠주고 조명을 껐다. 촛불을 켜고 슬픈 음악이 흐르자 뭔가 경건한 분위기가 흘렀는데, 갑자기 한두 명씩 울기 시작하면서 초상집 분위기가 됐다. 뭐가 그렇게 슬프고 서러웠는지, 우리는 누가 죽기라도 한 것처럼 서로 붙잡고 엉엉 울었다. 다른 병동에 가도 서로 잊지 말고 계속 연락하자며 손편지 주고받고 남은 시간을 정답게 보냈다.

지금은 좋은 추억으로 남았지만, 냉정하게 생각해보면 왜 그렇게 위압적인 분위기에서 체력적으로 힘든 훈련을 시켰는지 이해가 가지 않는다. 신규 간호사로 일하는 데나 병원에 적응하는 데별 도움이 되지 않았던 것 같다. 혹독한 훈련 속에서 동기애를 기르라는 뜻이었을까? 즐거운 분위기, 전문적 교육을 통해서도 얼마든지 동기들과 친해졌을 것 같지만…. 어쨌든 연수원에서 나는 죽이 잘 맞는 친구 둘을 얻었다. 밤마다 과자 파티를 하며 친해진 우리는 이후 서로 어려울 때 힘이 되는 소중한 동료가 되었다.

촛불을 켜고 광화문 촛불집회에 동조한 다이인들의 묵시적 의사였다.
추위는 어떤 원초적인 침묵처럼 남았다.

시작부터 삐걱,
그래도 파이팅!

입문 교육, 태움의 시작?

연수원 교육을 마치고 병원에서 진행되는 입문 교육을 받았다. 여러 종류의 교육이 진행되었는데, 주로 병원 시스템과 간호학을 배웠다. 기본 간호학을 실습을 통해 되짚어 보는 수업도 있었다. 병동의 차팅 프로그램, 마약류 약품들의 기록과 관리에 대한 교육도 받았다. 하루 정도는 간호조무사 업무를 해보기도 했다.

중요한 교육이기 때문에 열심히 임했다. 하지만 교육을 담당하는 간호사에게 미운털이 박혀 마음고생을 좀 해야 했다. 연수원에서는 이것만 끝나면 힘든 고비가 지나가겠거니 했는데, 연수원이 체력적으로 힘들었다면 입문 교육은 심적으로 힘들었다. 키가 크고 머리를 밝게 염색해서 동기들 사이에서 눈에 띄는 데다 간호사가 되었다는 사실에 너무 들떠서 조금 까불었던 게 실수였다.

그 간호사는 나를 표적으로 삼아 군기를 잡으려 했던 것 같다. 강의 시간에 나에게만 집중적으로 질문했고, 실습 중에도 못한다고 자꾸 타박했다. 항상 도끼눈을 뜨고 예의 주시하는 통에 숨도 쉬기 어려웠다. 긴장해서 실수라도 할라치면 '너는 그 정도밖에 안 되는 애야.'라는 식으로 몰아붙였다. 이게 말로만 듣던 간호사들의 '태움'이라는 것일까. (선배 간호사들에게 괴롭힘을 당하거나 혼나는 것을 은어로 태움 당한다고 표현한다. '재가 될 때까지 활활 태운다'는 뜻) 꿋꿋이 버티긴 했는데, 다만 고대했던 삼성병원의 입문 교육을 제대로 즐기지 못한 게 못내 아쉬웠다. 지나고 보니 입사 초기엔 당분간 눈 가리고 입 다물고 귀 막고 돌부처처럼 지내는 것도 적응의 지혜인 것 같다.

부서 배정받던 날

괴로웠던 입문 교육은 어느덧 끝나고 부서를 배정받는 날이 다가왔다. 나는 1지망 수술실, 2지망 정형외과, 3지망 국제진료소로 써 냈다. 1지망으로 수술실을 쓴 이유는 3교대가 아니라 공부에 더 집중할 수 있을 것 같아서였다. 예전에 수술실에서 실습했을 때 체계적이고 깨끗한 환경이 마음에 들었다. 또 일반 병동과 달리 수술실은 오버타임을 하면 그에 합당한 보수를 받는 것도 장점. 정형외과는 삼성병원 실습 때 느낌이 좋았다. 그렇게 분위기 좋은 병동에서 일하고 싶었다. 국제진료소는 그동안 배웠던 영어를 잊지 않고 계속 쓸 수 있고, 훗날 미국에 가는 데 도움이 될 거라 여겼다. 국제진료소를 쓴 사람은 나밖에 없었다. 신규가 배정받기 어려운 부서라는 것은 알고 있었지만 그래도 한번 도전해보고 싶었다.

어떤 부서에 가게 될까? 모두 들떠 있는 가운데 간호복이 지급되었다. 우리는 감격과 설렘이 가득한 표정으로 새 간호복을 끌어안고 귀를 쫑긋 세웠다. 교육을 담당했던 간호사가 한 사람씩 호명하며 부서를 알려줬다. 이럴 수가…. 동기들 모두 본관에 있는 여러 부서에 배정받았는데, 뜻밖에도 나 혼자 별관에 있는 이비인후과에 배정되었다.

자기가 지원하지 않은 곳에 가게 된 동기는 거의 없었다. 다들 나를 딱하게 바라보는 바람에 갑자기 눈물이 쏟아졌다. 그토록 바라던 삼성병원에 들어왔는데 막상 가고 싶은 부서에 못 가게 된 것이 억울했다. 친한 동기 몇몇이 깜짝 놀라서 나를 밖으로 데리고 나왔다. 비상계단에 앉아 속상한 마음을 털어놓는 나를 동기들이 위로해주었다.

'그래, 어차피 배정이 끝난 이상 내가 어쩔 수 있는 일은 없어.'

속상한 마음을 애써 삭이고 동기 언니의 기숙사로 갔다. 유리창 너머로 멀리 삼성병원이 보였다. 이비인후과에 배정된 사실이 떠올라 다시 한숨이 나왔다. 아니야, 이건 나답지 않아. 인생이 뜻대로만 되는 건 아니잖아? 나는 그럴 때마다 주변의 위로 몇 마디에 바로 훌훌 털어버리는 아이였다.

'이제 그만~! 비록 내가 원한 부서는 아니지만, 그곳에서 내가 할 수 있는 최선을 다하자. 이비인후과에서도 배울 게 많을 거야. 이것도 내 꿈에 이르는 과정 중 하나겠지. 그렇게 원하고 바라던 병원에서 일할 수 있는 게 어디야!'

고개를 흔들어 우울함을 떨쳐냈다. 그러고 우리는 신이 나서 새로 지급 받은 간호복을 입어보았다. 연두색 바탕에 구름이 둥실둥실 떠 있는 간호복을 입자, 내 마음도 어느새 구름 위에 떠 있는 듯 가벼워졌다.

그래, 이제 시작이야.

부서 고민은 간호학생 때부터

부서에 대한 고민은 닥쳐서 하기보다 학생 때부터 시작하는 게 좋다. 어떤 부서에서 일하고 싶은지, 왜 그 부서에 가고 싶은지, 그 부서가 내게 맞는지 시간을 두고 신중하게 생각해봐야 한다. 그래서 병원 실습이 정말 중요하다. 실습을 나갔을 때 관찰자의 입장에만 머물지 말고 '내가 이 병동의 간호사라면?'이라는 입장에서 현장을 살펴봐야 한다. 관심 있는 부서에서 일하는 간호사 선배들에게 가서 장단점을 들어보면 실질적인 정보를 얻을 수도 있다.

신규는 돈 쓸 기운도 없다,
무조건 이때 모으자

학생 시절 늘 용돈을 받아 쓰며 살아서 애당초 경제관념이 없던 나는 간호사가 되고 나서도 계획 없이 돈을 쓰곤 했다. 처음에는 버는 족족 써도 문제가 없었다. 하지만 기숙사를 떠나면서 바로 위기가 닥쳤다. 월세와 기본 생활비가 무시무시했다. 간호사 초년 시절이야말로 목돈을 모을 수 있는 절호의 기회라는 것을 뒤늦게 깨닫고 땅을 쳤다. 특히 신규 시절 1년은 다행인지 불행인지 돈 쓸 힘조차 없을 만큼 피곤한 나날이 이어지니까 이때 집중적으로 모으면 당당한 독립을 준비할 수 있다. 나처럼 어리석은 과거를 후배 간호사들은 되풀이하지 마시고, 입사하는 순간부터 재테크 마인드를 가지고 계획적인 경제생활을 해보자!

106

● 기숙사에 들어가자

집에서 출퇴근할 수 없는 여건이라면 우선은 기숙사에 들어가는 게 무조건 이득이다. 병원에 따라 규정이 다르겠지만 대부분 2년까지 살 수 있다. 기숙사에 있는 동안은 현금이 풍부해 흥청망청 쓰기 쉽다. 하지만 앞으로 살아가는 동안 주거비가 소비에서 아주 큰 비중을 차지한다는 것을 가슴에 새겨두자. 2년 뒤 맘에 안

드는 싸구려 집을 구하거나 여윳돈이 없어서 쩔쩔매는 상황을 겪고 싶지 않다면, 이때의 저축이 정말 중요하다.

적금으로 강제 저축

어떤 재테크 상품이 좋으냐고? 그냥 일반 적금이면 된다. 불리는 건 나중에 생각해도 된다. 지금은 그저 차곡차곡 모으는 것이 우선이니까. 나는 적금 통장 두 개를 만들고, 그것을 돈 감옥으로 정했다. 거기 들어간 돈은 절대 나올 수 없다는 철칙을 세우고 만기까지 해지하지 않았다. 첫 번째 통장은 정기적금으로 월급의 10퍼센트 정도가 자동으로 빠져나가도록 했다. 꾸준히 넣는 게 포인트. 처음부터 큰 액수로 설정하면 해지하기 쉬우니까 부담 가지 않는 선으로 정하는 게 좋다. 두 번째 통장은 자유적금으로, 한 달 동안 쓰고 남은 돈을 모두 여기에 넣었다. 적금은 이체 일자도 중요하다. 월급이 들어왔을 때 카드대금이 빠져나가는 날짜보다 앞서 저축액이 나가도록 했다. 그러면 연체가 무서워서라도 카드를 적게 쓰게 된다.

체크카드, 신용카드 하나씩

처음에는 신용카드가 얼마나 안 좋은 건지 몰랐다. 그래서 신용카드를 여러 개 만들어 썼다. 그랬더니 월급은 통장을 스치고 바로 사라졌다. 미리 당겨서 쓰는 신용생활은 내 월급을 사이버머니로 만들뿐더러 지출 습관도 무계획적으로 만든다. 기왕이면 현금을 쓰는 게 좋고(현금영수증은 꼬박꼬박 챙기자!) 그다음이

체크카드, 마지막이 신용카드다. 그것도 하나씩만 남겨두자. 신
용카드로 할인된다고, 포인트 많이 쌓인다고 좋아할 거 없다. 그
거 다 돈 더 많이 쓰라는 미끼다. 신용카드로 쌓으려고 하지 말
고 포인트는 따로 적립카드를 만들어서 모으자.

초간단 가계부 쓰기

재테크의 기본은 가계부 쓰기다. 내가 어디에 얼마나 쓰는지 잘
모르는 사람들이 의외로 많다. 특히 사회 초년생은 돈 흐름에 대
한 개념이 제대로 없어서 나쁜 습관이 들기 쉽다. 연봉만 기억하
고 매달 얼마가 들어오는지 정확히 모르는 경우도 많고, 꼭 써야
할 돈을 제대로 따져보지 않고 냅다 적금만 잔뜩 들곤 해약 않겠
다고 빚내서 저축하는 사람도 봤다. 아주 세세히 적을 필요는 없
다. 요새는 좋은 가계부 앱도 많으니까 간편한 방법을 찾아서 내
돈이 들고나는 흐름을 파악하자.

돈 안 드는 스트레스 해소법 찾자

신규는 돈 쓸 기운도 없다고 했지만, 돈 쓰는 재미가 들면 신규
고 뭐고 없다. 스트레스는 잔뜩 받는데 시간은 없지, 그럴 때 돈
쓰는 일이야말로 쉽고 빠르고 즐겁다. 요거 꼭 조심해야 한다.
자기만의 돈 안 드는 스트레스 해소법을 찾아보자. 나는 운동을
열심히 했고 서점에 틀어박혀 책 읽는 것도 좋아했다. 운동은 특
히 좋다. 간호사 일은 체력이 특히 중요하고, 몸이 편해야 마음
도 편해지니까.

신규는
동네북

말투가 왜 그래?

이비인후과는 별관에 있었다. 본관에 배정되지 않았다는 것과 수술실에 가지 못했다는 사실에 많이 실망했지만 그래도 삼성 간호사가 되는 꿈을 이뤘다는 성취감에 열심히 일해보기로 파이팅을 외치며 출근했다. 설레는 마음으로 이비인후과 병동에 도착해 씩씩하게 인사했다.

"안녕하세요. 신규 간호사 김리연이라고 합니다. 잘 부탁드립니다."

이날 과장님(수간호사)과의 첫 만남은 병동에서 유명한 사건으로 남았다. 잔뜩 긴장했지만 되도록 좋은 인상을 남기려고 애쓰며 이런저런 이야기를 나누고 있었다.

'그런데 내가 너무 묻는 말에 대답만 하고 있네. 이런 거 별로

안 좋다고 하지 않았나?'

내 딴에는 분위기를 좋게 하겠다고 과장님께 이렇게 여쭤봤다.

"과장님은 이비인후과에 오래 있으셨어요?"

별 뜻 없는 이 질문은 무뚝뚝한 내 말투 때문에 '당신 여기서 몇 년 일했어? 경력이 어떻게 돼?'라는 뉘앙스로 바뀌어 소문이 돌았다. 나는 일거에 개념 없는 신규로 찍혔다.

병동이 낯설고 애교도 없는 성격이라 질문을 받으면 늘 짧고 힘차게 답하곤 했는데 그 때문에 로봇 같다는 핀잔도 듣곤 했다.

"누가 보면 군대 온 줄 알겠다. 제주도 사람들은 말투가 원래 그래?"

처음에는 대체 나 가지고 왜들 이러나 싶었다. 그런데 가만히 살펴보니 다른 간호사들 말투가 나와는 영 딴판이었다. 예를 들어 과장님 전화를 받을 때, 다른 간호사들은 "과장님, 오늘 날씨 너무 좋지요? 오늘 제가 맛집에 갔었는데 너무 괜찮았어요. 다음에 우리 회식 때 꼭 같이 가용~." 하는 식이었다. 나는 바짝 쫄아서 "네, 김리연 간호사입니다. 네, 말씀하신 대로 하겠습니다."라고 용건에 관해서만 대답하다 보니, 어느새 무뚝뚝한 말투의 특이한 신규가 되고 말았다.

새로 시작한 병원 생활이 나에겐 온통 의문투성이로 다가왔다. 정해진 8시간 이상 근무를 해도 추가 수당은 나오지 않았다. 그런데 선배들은 근무가 끝나도 따로 교육을 해주는 것도 아니면서 집에 가지 못하게 했다.

병동 생활은 그야말로 여자들의 군대였다. 교육은 딱 한 번만 해줬다. 그 이후로 다시 물어보거나 실수라도 하면 큰일이라도 난 듯 병동이 뒤집혔고, 바보 천치 같은 신규가 왔다고 동네방네 소문이 났다. 물어보면 가르쳐주기보다 면박 먼저 주고, 허둥지둥 책을 뒤져 답을 찾고 있으면 큰 호의라도 베푸는 듯 알려주는데, 그때마다 야단맞고 바보 취급을 당해야 했다.

'사회생활이 원래 이런 건가?' 하루하루 힘겹게 생활하면서 혼자 울기도 많이 울었다. 나 말고도 신규 간호사 대부분이 적응하기 힘들어했고 간혹 퇴사하기도 했다. 내 동기 중에도 그만두는 경우가 생기기 시작했다. 나는 '2년만 버티자!'라는 심정으로 이를 악물었다. 괜히 자존심이 상해서 내색을 하지 않아 더 힘들었던 것 같다.

내가 부당한 대우를 받았을 때 너무 속상했기 때문에, 나만은 저런 간호사가 되지 말아야지 생각하며 동기와 새로 들어온 신규들에게 잘 대해주리라 다짐했다. 나중에 후배가 들어왔을 때 내 마음대로 부려 먹을 수 있는 어리바리한 신규가 아닌 내 동료로 대했고, 말을 낮추지 않고 존칭을 쓰면서 최대한 친절하게 가르쳐 줬다. 훗날 병원을 퇴사한 후에도 한동안 후배들이 근무하다가 궁금한 것이 있을 때 내게 전화를 걸었다. 병동의 간호사 문화는 그 정도로 선배에게 뭐 하나 물어보기 무서운 분위기였다.

활활 타오르는 신규

방언 터진 김에 '신규의 현실'에 대해서 좀 더 이야기해보려고 한다. 많은 간호사 지망생이 선망하는 병원에서조차 신규의 나날은 눈물 마를 새가 없었다. 물론 전적으로 내가 거의 10년 전 경험하고 느낀 바를 적는 것이니, 모든 병원과 병동이 이럴 거라고 오해하지는 않았으면 좋겠다. 하지만 '헉, 나랑 똑같아.'하며 격한 공감을 느낄 신규 간호사도 여전히 많을 것 같다. 그대들에게 응원을 보낸다. 나도 같은 과정을 겪었고, 단번에 나아지지는 않았지만 변화를 향해 한 발 한 발 무거운 걸음을 내디뎠다. 현재가 너무 힘들다고 포기하지 말고 자신이 계획한 미래를 생각하며 버텨나가자.

▶ 밥 좀 먹읍시다

병원의 직원 식당은 음식이 꽤 맛있었다. 조식, 중식, 석식, 야식까지 신경 쓴 음식들이 나오고 메뉴도 다양해서 나는 식사 시간을 정말 좋아했다. 하지만 이 모든 것을 즐길 시간이 많이 없었다. 재빨리 밥을 먹고 병동으로 돌아가야 했다. 병동에서 꽤 먼 식당으로 가는 시간과 배식을 받고 먹은 후 돌아오는 시간까지 대략 20~30분 정도. 맛을 느낄 새도 없이 배에 집어넣고 간다는 느낌으로 식사하기 일쑤였다. 혹여나 밥을 먹고 있는 도중에 내 담당인 병실에서 간호사를 찾는 콜벨을 울리면 삐삐와 블랙베리에 불이 난다. 이것은 곧 먹는 걸 멈추고 식판도 놔둔 채 미친 사람처럼 병동으로 뛰어 올라가야 하며, 허겁지겁 병동에 도착하면 나를 대신해 환자를 봐주던 선배 간호사에게 욕을 바가지로 먹는다는 뜻이다.

식사하러 자리를 비우기 전에 환자들이 콜벨을 누를 일이 없도록 필요한 일을 다 하고 가지만 병동 특성상 자리를 오래 비우기 쉽지 않았다. 이비인후과는 기관 내 삽관을 한 환자가 많고, 특히 수술 후 막 삽관해 적응 중인 환자들은 분비물이 많이 나오기 때문에 자주 석션(suction)을 해줘야 한다. 5분, 10분만 지나도 그렁그렁 소리를 내는 환자를 두고 밥을 먹으러 갔다가 콜벨이 울리면 불호령이 떨어졌다. 그래서 어떤 날은 그냥 밥을 걸렀다. 물론 선배들은 콜벨이 울려도 비교적 편안하게 밥을 먹지만, 신규 간호사들은 식사를 아예 포기하고 안 먹는 경우가 많고 스트레스가 심해 위를 버리는 경우가 허다하다. 나도 어린 나이였지만 위가 급격히 나빠져 내시경 검사까지 받았다.

데이 근무와 이브닝 근무에는 환자 12명을, 나이트 근무에는 18명을 돌봤다. 두경부암 수술 환자가 많아서 기관 내 삽관 관리를 하느라 눈코 뜰 새 없이 바쁠 때가 제일 힘들었다. 라운딩은 30분에 한 번씩 도는 것이지만 실제로는 더 자주 드나들어야 했다. 한 환자를 간호하다 보면 옆 환자의 튜브에서 그렁그렁 소리가 났고, 그 환자의 분비물을 제거하고 나면 또 옆 환자에게서 그렁그렁 소리가 나는 식이다. 그럴 때엔 화장실 갈 시간조차 없다.

병실 안에서 나오지도 못하고 환자가 콜벨을 누르는 일이 없도록 정성껏 간호를 하고 있으면 또 '왜 간호사 스테이션에 나와 있지 않느냐' '병동으로 걸려오는 전화는 왜 받지 않느냐' 하며 선배로부터 불호령이 떨어졌다. 이미 겪어본 선배들은 이러지도 저러지도 못 하는 상황이라는 것을 잘 알았지만 아랑곳하지 않고 무섭게 혼을 냈다.

▶ 병원형 인간의 탄생

신규 간호사는 자연스레 병원형 인간, 병원 24시의 인생을 살게 된다. 신규의 우주는 병원을 중심으로 돈다. 신규 첫해에는 휴가가 있었지만 쓸 수 없었다. 다른 병동에서 일하는 입사 동기들 모두 휴가를 갔지만 나는 휴가를 못 쓰게 해서 갈 수가 없었다. 이듬해부터는 휴가를 쓸 수는 있었지만 길게는 쓸 수 없었다. 집에

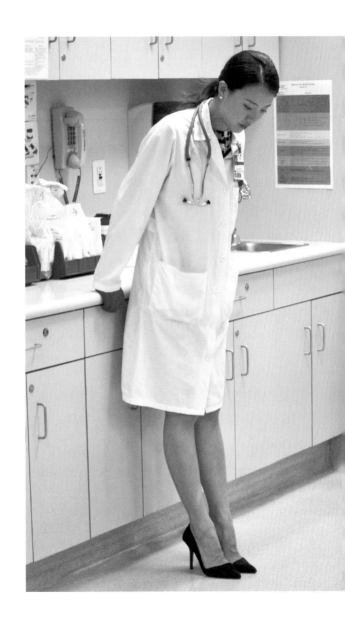

가서 가족들과 느긋하게 시간을 보내고 여행도 가고 싶었지만 꿈도 꿀 수 없었다.

나이트 근무는 정말 힘들었다. 공부할 때도 밤을 새워보지 않았는데 밤새워 일하는 것은 도무지 적응이 안 됐다. 연차가 쌓일수록 나이트 근무는 적어진다. 그 자리를 차지하는 것은 후배들이다. 한번은 어떤 선배가 중요한 일이 생겼다며 그달 나이트 근무를 대신 서달라고 하기에 그렇게 했다. 다음 달 내 나이트를 대신 해주겠다고 했지만 막상 다음 달이 되자 없던 얘기가 되었다. 반대로 신규는 친인척의 장례 외에는 급하게 일을 뺄 수 없었다. 아무리 중요한 일이라고 해도 신규가 개인 사정을 들먹이며 병동 근무표를 바꾸는 일은 불가능했다. 한마디로 '어디 후배가 감히!' 하는 분위기가 지배했다.

그뿐인가? 신규의 오프는 오프가 아니었다. 병원에서 행사가 있거나 컨퍼런스가 있으면 오프 즉, 비번이어도 출근을 해야 했다. 병동 꾸미기, 행사 준비, 송년회 장기자랑 등 간호와 전혀 상관없는 잡다한 일도 신규 차지였다. 나는 간호사의 일 이외에는 하고 싶지 않았다. 하지만 아무도 하고 싶어 하지 않는 바로 그런 일들이 신규인 내 몫이었다.

▶ 컨퍼런스 역시 태움의 시간

컨퍼런스 분위기도 내가 기대했던 것과 많이 달랐다. 나는 컨퍼런스란, 경력이 많은 간호사나 의사가 그날의 주제에 대해서 자신들이 가진 경험과 지식을 나눠줌으로써 참여한 사람들에게 공부의 기회를 주는 시간이라고 생각했다. 그러나 현실에서는 배움의 시간이 아닌 태움의 시간에 가까웠다.

신규들은 컨퍼런스 때마다 바짝 긴장했다. 항상 아무것도 모르는 신규들이 발표자가 되어 선배들 앞에 서야 했다. 선배들은 발표를 듣고 질문 공세를 한다. 잠도 못 자고 준비를 하지만 병동에 배치된 지 얼마 되지 않은 신규에게서 당연히 제대로 된 지식이 나올 리 없으니, 다음 수순은 소위 말해 '깨지는' 타임. 뭐가 잘못되었는지 지적은 쏟아지지만, 그렇다고 답을 알려주지는 않는다. 공부는 하고 발표를 하느냐, 뭘 알아야 물어볼 것 아니냐 등등 질의응답은 그저 혼나는 시간으로 바뀐다. 첫 컨퍼런스가 끝나고 나면 신규들은 으레 그 자리에서 울거나 집에 돌아가며 눈물을 흘렸다. 그리고 이 관례는 신규가 들어올 때마다 반복됐다.

간호사 서바이벌 대회를 벌이는 것도 아닐 텐데 왜 그렇게까지 혹독하게 신규를 궁지에 몰아넣는 걸까? 그것이 과연 간호사의 실력이나 위상을 높이는 데 필요한 것인지는 모두가 한 번쯤 생각해봤으면 좋겠다. 서로에게 도움이 되는 길이 무엇인지 터놓고 이야기 나눌 수 있다면 우리의 현실도 조금씩 나아지지 않을까?

때론 여우처럼,
때론 곰처럼

● 업무는 확실히 익힌다

물론 단시간에는 힘들다. 하지만 되도록 업무를 빨리 익힌다면
누구보다 자신이 편하다. 초반에는 적응하는 데 기력이 다 빨리
겠지만, 그래도 남은 기운을 짜내 공부하면서라도 무조건 빨리
담당 업무를 익히자. 불필요하게 태움 당하고 거기에 괴로워하
며 시간과 감정을 낭비하는 일이 신규에게는 많다. 물론 아무리
잘해도 어려움은 남지만, 그래도 그런 낭비를 최소화하는 길은
자기 업무를 확실히 익히는 것 말고는 없더라.

● 의사를 확실하게 표현하자

자신의 의사를 어느 정도는 분명히 해줘야 한다고 생각한다. 좋
으면 좋다, 싫으면 싫다 얘기하는 것이 두루뭉술하게 넘어가는
것보다 낫다. 안 그러면 싫은 일에 휘말려 이러지도 저러지도
못하는 상황에 처할 수 있다. 다만 너무 강하게 어필하지 않는
것이 포인트. 유연하게 자신의 의사를 표현하는 방법을 익히도
록 하자.

간호사 세계에는 많은 말과 질투와 오해가 오간다. 되도록 자신의 사생활이나 솔직한 감정을 알리지 말자. 관계를 위해서 어느 정도 오픈해야 하고 그 정도는 본인의 결정에 달렸지만, 경험상 많은 것을 내보일수록 나중에 돌아오는 괴로움도 컸다. 그 괴로움은 오롯이 본인 몫이다. 스스로 감당할 수 있을 만큼만 자신을 보여주도록 하자.

아무래도 매일 얼굴을 보는 사이라 서로에게 관심이 갈 수밖에 없으니 말이 많아지는 것이 당연하다. 자신의 색깔을 너무 드러내지 말고 있는 듯 없는 듯, 신규 때는 묻어가는 편이 삶이 평탄할 수 있다. 그렇게 하루하루 보내다 보면 내가 원하는 경력을 쌓을 수 있다.

● 수간호사와는 무조건 좋은 관계를

수간호사와의 관계는 항상 좋게 유지해야 한다. 내 마음에 딱 맞는 분을 만나는 경우는 드물다. 어떤 종류의 사람을 만나든 친분을 잘 쌓는 것이 좋다. 수간호사는 간호사로서의 나에 대한 평가를 외부적·내부적으로 남기는 사람이고, 나중에 다른 병원이나 학교를 갈 때 꼭 필요한 추천서를 써줄 수 있는 사람이기 때문이다.

● 친해질 수 없는 선배와는

신규 간호사의 퇴사 이유 1위가 태움이라는 얘기가 있을 정도로, 병원에서는 마음이 맞지 않는 선배와의 관계에서 오는 스트레스가 어마어마하다. 싫은 사람과 일하는 것보다 괴로운 일은 없다. 그러나 군대 뺨치는 간호사 세계에서 선배는 아무리 싫어도 피하거나 무시할 수 없는 존재다. 이때는 그저 '리스너'가 되는 방법밖에 없다는 게 내가 경험 끝에 내린 결론이다. 내 쪽에서 하는 말은 최대한 줄이고 그저 묵묵히 들어주는 것이 스트레스를 피하는 왕도다. 후배를 인간적으로 대하지 않는 선배는 인간 대접 받을 자격이 없다. 친해지려는 시도일랑 하지 말고, 그냥 세월 가는 대로 두는 게 약이다. 다만 조금이라도 헷갈리거나 모르는 것이 있을 때는 혼이 나더라도 꼭 물어보도록 하자. 선배의 야단은 사라지지만, 내가 저지른 실수는 사라지지 않는다.

동기는 버팀목

동기는 회사 생활을 하는 데 너무나 중요한 역할을 한다. 선배는 견디면 그만이지만, 동기와 틀어지면 병원 생활 자체가 너무 힘들어진다. 아무리 가까운 애인이나 가족이라고 해도 간호사가 아니면 내 상황을 완전히 공감해주기 어렵다. 동기의 고충은 동기가 안다. 사람이 다 다른데 동기라고 다 마음이 맞을 수는 없다. 그래서 더 배려하고 도와야 한다. 힘들 때 나 몰라라 해서는 안 된다. 동기와는 탁 터놓고 같이 이야기하는 기회를 만들어 보는 것이 필수. 힘든 병원 생활에서 그 어떤 사람보다 버티는 힘이 돼줄 수 있기 때문에 동기와는 무조건 사이좋게 지내는 것이 좋고, 갈등이 있을 때도 최대한 인간 대 인간으로 풀고 관계를 이어나가야 한다.

누구나 선배가 된다. 내가 예전에 선배에게 안 좋은 대우를 받았다고 나도 똑같이 후배를 함부로 대한다면 당신은 그릇이 그것밖에 안 되는 사람이다. 처음 사회에 나온 신규를 충분히 이해하고 배려해주는 것이 선배 된 도리가 아닐까. 나도 일하느라 바쁜데 자꾸 와서 물어보고 실수하면 인내심이 바닥 날 수도 있겠지만, 애초에 1~2년은 밑 빠진 독에 물 붓듯 가르친다 생각하자. '귀찮을 정도로 자주 물어보라.'고 자꾸 일러두는 게 오히려 의료사고를 막을 수 있는 방법이다.

내 생애 첫 칭찬 카드

병동을 배정받으면 병원을 지원할 때 썼던 자기소개서가 해당 병동으로 보내진다. 나는 특기로 영어를 써서 냈는데, 그게 내 발목을 잡을 줄이야…! 덕분에 외국인 환자가 오면 다들 내 등을 떠밀었다.

"영어 자신 있다며? 네가 가서 설명해."

간호를 내가 도맡는 것은 물론이고, 외국인 환자가 스테이션 근처에만 와도 그 많던 간호사가 모두 사라지고 나만 멀뚱하게 남기 일쑤였다. 영어 실력은 가뜩이나 힘든 병동 근무에 별 도움이 못 됐다. 수당은커녕 아무 혜택도 없었다. 한편으로는 조금 억울했지만, 그래도 영어는 내가 늘 정복하고 싶은 목표였기 때문에 힘든 와중에도 따로 공부까지 해가며 열과 성을 다해서 간호했다.

외국인 환자가 그렇게 많은 건 아니었지만 기회가 있을 때마다 새로운 표현이나 용어를 연습하려고 노력했다. 특히 내가 배운 의학 용어를 원어민처럼 발음하려고 많이 신경 썼다.

외국인 환자를 거의 전담한 덕분에 그들과 좋은 추억이 많다. 특히 감사를 표현하는 방식이 키스와 포옹 등이라 타국에서 겪는 그들의 외로움이 피부로 더욱 잘 전해졌다. 그래서인지 괜히 더 안쓰럽고 찡했던 것 같다.

한번은 갑상샘 수술을 받으러 입원한 외국인 환자가 있었다. 그는 입원 내내 보호자 하나 없이 혼자였다. 어느 날 나이트 근무를 서고 있었는데 그 환자가 밤이 깊도록 잠을 이루지 못하고 있었다. 불이 환한 병실로 들어가 바이털 사인을 체크하고, 마침 평소와 달리 그렇게 바쁘지 않아 잠시 이야기를 나눌 수 있었다. 그는 서울의 어느 대학에서 심리학을 가르치는 교수였고, 가족이 한국에 올 수 없어서 혼자 입원한 것이었다.

"타지에서 혼자 수술받는 게 쉽지 않았을 텐데 용감하시네요. 수술이 잘 됐으니 푹 쉬시면 금세 완쾌할 거고, 다시 건강하게 생활할 수 있을 거예요."

그는 고맙다고 대답하고 나서 내게 물었다.

"왜 간호사가 됐나요? 꿈이 뭐예요?"

"언젠가 미국에서 간호사가 되는 것이 제 꿈이에요. 암 환자를 돌보는 간호사가 되고 싶어요."

"당신은 마음이 따뜻해서 꼭 좋은 간호사가 될 수 있을 거예요. 혹시라도 내 추천서가 필요하면 언제든지 얘기해요."

그러면서 자신의 명함을 건넸다. 병동에서는 무뚝뚝하다는 얘기만 들었는데… 이렇게 좋은 말을 해준 사람은 처음이었다. 왠지 내가 더 위로를 받은 것 같아서 뭉클했다.

며칠 후 그 환자는 퇴원했다. 오전에 퇴원하는 바람에 이브닝 근무를 맡았던 나와는 인사를 나누지 못했다. 대신 '짧은 입원 기간이었지만 자기를 잘 간호해준 김리연 간호사에게 감사 인사를 전하고 싶다.'고 적은 칭찬 카드를 남겼다.

병동 벽에 붙여놓은 그 카드는 신규 생활 내내 큰 힘이 되어주었다. 병동 업무를 익히고 공부에 과제까지 해야 하는 신규 간호사인 내게 외국인 환자는 사실 혹 하나 더 붙은 격이었다. 하지만 고단함도 잠시, 그 감사 편지를 볼 때마다 뿌듯함을 느끼며 더 좋은 간호사가 되리라 다짐하곤 했다.

내겐 너무 무서운 환자

이비인후과 병동에서 일할 때 나는 아기나 어린아이 환자들이 제일 무서웠다. 정맥주사 놓기가 까다롭기 때문이다. 정맥주사에 꽤 이력이 붙었지만 5세 이하 아이들의 자그마한 팔에 주사를 놓는 것은 아무래도 마음이 편치 않다. 일단 아이들이 너무 작고, 울면서 괴로워하는 걸 보기가 너무 힘들다.

그래도 어린 환자들과 교감하는 나만의 비법이 있다. 간호복을 보면 아이는 일단 긴장한다. 먼저 최대한 친근하게 말을 많이 건다. 그리고 아이가 좋아할 만한 스티커를 주면서 내 가슴에 달려 있는 간호사 명찰에 붙여달라고 부탁한다. 그러면 아이는 예쁜 스티커를 골라서 붙여야 된다는 생각에 집중해 잠시 자기가 병원에 있다는 사실을 잊는다. 그때 정맥주사를 시작한다. 주사를 보면 아이들은 무서워하고 울고 소리도 지른다. 여기서 포인트는 재빨리 주사를 시작하되 계속 아이와 대화를 하는 것이다. 아이가 주사를 맞고 있다는 사실에 덜 집중하게 되어 생각보다 편하게 주사를 놓을 수 있다. 주사를 놓은 후 수액을 연결할 때쯤 아이는 울음을 터트릴 만반의 태세를 갖춘다. 이때 재빨리 테이프를 붙이면서 아이에게 뭐를 제일 좋아하느냐고 물어본다. 자동차가 제일 좋다고 하면 테이프 위에 자동차를 그리고 파란색 형광펜으로 색칠해준다. 주사 때문에 공포에 질려 있던 아이는 자동차 그림 하나로 긴장을 풀고 다시 까르르 웃는다.

어느 날 귀여운 남자아이가 입원했다. 이 꼬마 환자는 너무 작아서 정맥주사를 놓기가 어려웠다. 병동 간호사가 총동원돼 시도했지만 결국 실패하고 정맥주사 전문 간호사를 호출해야 했다. 그렇게 힘들여 성공한 주사를 매달고 꼬마는 다음날 수술을 받았다. 수술을 받고 병동에 올라온 아기 환자들은 대개 열이 많이 오른다. 그래서 정맥주사로 수액을 주는데 아무리 고정을 해도 자는 동안 뒤척이다 보니 주삿바늘이 자주 빠진다.

꼬마 환자가 수술하고 올라온 날은 마침 내가 나이트 근무였다. 인계 받을 때부터 아이는 열이 많이 나고 있었다. 라운딩을 돌다 새벽 1시가 가까워질 즈음 주사가 거의 빠진 것을 발견했다. 심장이 쿵쾅쿵쾅 뛰었다. 밤에는 주사를 성공하지 못했을 때 도움을 청할 정맥주사 팀도 없다. 열이 심한지라 아이의 목숨이 걸렸다는 생각까지 하면서 초인적인 집중력을 발휘했다. 그 짧은 순간 어찌나 식은땀이 나던지 환자보다 내가 더 땀을 흘렸다. 다행히 바늘이 제자리에 잘 들어갔고, 보호자는 다시 아이를 안고 잠을 청했다.

다음날 아이는 아무렇지 않게 일어나서 밥도 잘 먹고 잘 놀았다. 병실을 돌고 있는데 아이가 나를 따라왔다. "○○○님, 엄마 어디 갔어요?" 하고 묻자, 아이가 수줍어하며 사탕 하나를 내밀었다. 너무 귀엽고 사랑스러웠다. 아이 어머니도 멀리서 미소를 짓고 있었다. 그때부터 아이는 숨어서 내가 일하는 모습을 지켜보다가 틈이 나면 뛰어와 내 다리에 매달려 장난치곤 했다. 그렇게 한동안 내 주위를 빙빙 맴돌며 쫓아다니다 얼마 후 퇴원했다. 너무 기특하고 예뻤던 환자로 기억한다. 어린 환자들은 정맥주사 때문에 (아마 서로에게) 공포의 대상이지만, 이렇게 건강하게 퇴원할 때면 마음이 정말 뿌듯하다.

환자들에게서 받은
걸친 카드와 선물들,
더 좋은 간호사가 되어야지
다짐하게 해준다.

　　　　　　　나는 어르신 환자들에게 특히 더 마음이 가곤 한다. 그분들의 얼굴에서 묻어나는 연륜과 느긋한 태도가 좋고, 내 할머니 할아버지 생각이 나서 더 애정이 생긴다. 어린 나에게도 감사하다는 말을 잊지 않고 챙기시면 내가 더 감사했다.

　병동이 항상 바쁜 것만은 아니다. 주말에는 응급 수술을 제외하면 수술 스케줄이 없어 조금 한가했다. 그럴 때면 혼자 입원해 있는 할머니, 할아버지 환자를 모시고 병동을 빙빙 걸어 다녔다. 수술을 받은 후에는 자주 걷는 것이 좋다. 수술시 전신마취를 해서 인공호흡기로 호흡했기 때문에 다시금 폐를 확장시켜야 하기 때문이다. 병원은 면회 시간이 정해져 있어서 보호자가 늘 붙어 있지 못했다. 보호자가 없을 때면 내가 챙겨서 한 분씩 팔짱 끼고 이야기를 나누면서 천천히 걷곤 했다.

　기억에 남는 할아버지 환자가 있다. 수술 후 기관 내 삽관을 하고 있어서 대화가 불가능했고, 다리도 수술해서 거동이 힘든 상태였다. 할아버지는 중환자실에서 올라온 후 열이 많이 났다. 열 내리는 약을 쓰고 혈액 검사도 다시 했지만 좀처럼 나아지지 않아서 다른 환자들보다 심혈을 기울여 돌봤다. 미온수 마사지를 한참 하고 나서야 열이 내리기 시작했다. 환자가 다소 편안한 모습을 보이자 나도 마음이 놓였다.

　그때 갑자기 할아버지가 허공에 손을 허우적거리며 내 팔을 잡아당겼다. 왜 그러는지 영문을 몰라 당황해서 어디가 불편한지, 혹은 아픈 곳이 있는지 여쭈었다. 할아버지는 아니라고 고개를 저으며 할 말이 있는 듯 계속 손을 흔들었다. 그래서 글자를 쓸 수 있게 손바닥을 내어드렸다. 할아버지가 떨리는 손가락으로 한 자 한 자 천천히 적은 글자는 "감사합니다"였다. 새내기 간호사였던 내게 할아버지가 전해주신 인사가 얼마나 따뜻했는지, 아직까지도 그 온기가 생생하다.

모든 환자가 한마음으로 식사시간을 기다리지만, 할머니 할아버지 환자들이 맛있게 밥을 드시면 유난히 뿌듯하고 귀여워 보이기까지 했다. 식사를 잘 못하는 분들은 조금씩 도와드리기도 했는데, 깨끗이 그릇을 비울 때면 뽀뽀라도 해드리고 싶을 정도로 나도 기분이 좋았다. 그렇게 할머니 할아버지 들은 나의 은근한 사랑을 받으시면서 입원했었다.

병실에서 꼭짓점 댄스를

병원에서 일하면서도 발랄한 성격을 다 감출 수는 없었다. 월드컵으로 대한민국이 뜨겁던 어느 날 오후, 나는 이브닝 근무를 서고 있었다. 내부분이 암 환자인 병실에 들렀더니 어쩐지 분위기가 착 가라앉아 있었다. 환자들은 수술을 받은 직후라 거동이 힘들어 덩그러니 침대에 누워 있었다. 온 국민이 거리로 뛰쳐나와 응원전을 펼치는데 혼자 누워 있으려니 우울한 기분이 드는 것도 당연했다.

마침 그 병실의 유일한 어린아이 환자가 '꼭짓점 댄스'를 연습하겠다고 나섰다. (당시 김수로가 춘 꼭짓점 댄스가 선풍적 인기를 끌었다.) 아이의 재롱에 병실 분위기도 한결 밝아졌다. 환자들에게 나눠줄 약을 정리하고 있는데, 아이가 갑자기 내게 물었다.

"간호사 선생님! 선생님도 꼭짓점 댄스 출 줄 알아요?"

항상 분주하게 돌아다니며 필요한 것만 묻고 답하던 시절이라 환자들은 나를 '로봇' 같다고 생각하고 있었고, 그래서 더 내 대답에 이목이 집중되었다.

"그럼요, 꼭짓점 댄스는 이렇게 추는 거예요."

춤 하면 또 김리연 아니던가. 나는 '오~ 필승 코리아!'를 부르며 꼭짓점 댄스를 선보였다. 그러자 모든 환자가 와하하 웃음을 터뜨렸고, 나는 약을 나눠준 후 카트를 끌고 유유히 병실을 나왔다.

나중에 선배 간호사가 와서 물었다.

"너 진짜로 병실에서 꼭짓점 댄스 췄어?"

"네. 췄습니다."

그 후로 또 한동안 '병실에서 꼭짓점 댄스 춘 간호사'라는 꼬리표를 달고 다녀야 했다. 그렇지만 기운 빠져 있던 환자들에게 잠시나마 웃음을 줄 수 있었다는 사실에 나도 덩달아 웃음이 났다.

간호사는
언니가 아닙니다

언니, 아가씨 또는
저기요

"언니, 여기 좀 봐주세요." "아가씨, 수술 부위가 아파요."

한국에서 간호사로 일하면서 제일 언짢은 것 중 하나가 호칭 문제였다. 사람마다 부르는 방식도 다양했다. 언니, 누나, 아가씨, 여기요, 저기요 등은 기본이고 '여사님'처럼 상상도 하지 못한 호칭으로 불리기도 했다. 호칭은 그 직업의 첫인상이나 사회적 이미지를 드러낸다고 생각하는데, 그렇게 보면 간호사는 전문직으로서 제대로 인정받지 못하고 있었다. 이상한 호칭으로 불릴 때면 어찌나 자존심이 상했는지 분한 마음에 이렇게 정정하기도 했다.

"저는 언니도 아가씨도 아닙니다. 김리연 간호사라고 불러주시겠습니까?"

　그러면 '간호사가 웬 유세?' 하는 식으로 반응하는 사람도 있었고, 동료 간호사들조차 뭐 그리 유난스럽게 구냐고도 했다. 하지만 나는 호칭이 정말 중요한 역할을 한다고 생각한다. 대접받고 싶어서가 아니라, 간호사들이 자신의 일을 '프로페셔널'하게 받아들이고 수행해나가기 위해서 그렇다.

　왜 의사는 선생님이고, 간호사는 언니나 아가씨로 불려야 하나? 의사는 간호사보다 공부를 많이 하고, 더 점수 높은 대학(학부)에 들어갔기 때문에 당연한가? 내 생각은 이렇다. 간호사는 개별적인 존재로 의사와 비교당할 수 없다. 의사는 의사의 일을 하고, 간호사는 간호사의 일을 한다. 서로 조력자 입장에 있지만 엄연히 두 개의 다른 역할을 수행한다. 의사가 간호사 일을 할 수 있을까? 반대로 간호사가 의사 일을 할 수 있을까? 당연히 둘 다 못한다. 두 직업은 종속적인 관계가 아닌 개별적인 역할로 정의되어야 마땅하다. '경력 많은 간호사가 의사보다 낫다.'식의 이야기도 말이 안 된다. 의사도 간호사도 누구와 비교해서 사회적 지위 고하를 가늠할 일이 아니라, 모두 직업인으로서 마땅히 존중받아야 한다.

　더불어 환자들이 나를 프로페셔널한 간호사로 대해주기를 바라기 전에 내가 환자를 대하는 자세에서 먼저 변화가 있어야 한다. 삼성병원에서는 원칙상 환자의 이름을 부를 때 ○○○님이라고 불러야 했다. 할아버지, 할머니, 꼬마야 등의 호칭은 금지되었다. 말할 때에도 소위 '다나까' 말투를 쓰라고 권장했다. 처음에는 너무 예의를 차린 말투며 꼬박꼬박 '님'이라고 붙여 부르는 일이 힘들었다. 하지만 시간이 지나면서 곧 익숙해졌다. 그렇게 말투와 호칭을 바꾸고 나서는 우리 자신이 더 전문적인 간호사가 된 듯한 느낌이 들었고, 다른 간호사와 대화를 나눌 때도 서로 더 존중하는 분위기가 만들어지곤 했다. 또한 환자들이 간호사를 보는 이미지에도 영향을 많이 끼쳤는지 좋은 피드백을 받았다.

이미지는 스스로
만드는 것

간호사들이 서로를 대하는 태도가 만드는 이미지도 크다. 친한 의사들과 대화를 나누다 이런 이야기를 들은 적이 있다.

"저번에 아무개 간호사 올드(선배 간호사)한테 완전 활활 타던데(심하게 혼나던데)? 우리 회진 중이라 다 들리는데 어떻게 저러나 했어요."

간호사들은 후배가 잘못한 일이 있으면 그 자리에 환자나 다른 의료진이 있어도 개의치 않고 호되게 꾸짖거나 깎아내린다. 내가 간호학생으로 실습 나간 병원에서는 선배 간호사가 신규 간호사에게 환자 차트를 집어던지고 볼펜으로 머리를 콕콕 찍는 모습을 본 적도 있다. 학생 때는 '저런 대우를 받으면서 왜 아무 말도 못 하지?'라고 생각했지만, 막상 병원에서 일하고 보니 이해가 됐다. 병동 분위기 자체가 그런 행동이 정상인 듯 조성된 곳이 많고, 그런 분위기에서는 이의를 제기하는 사람이 오히려 피해를 본다.

반면에 의사들은 1년 차, 2년 차가 잘못을 저질러도 간호사나 환자들 앞에서는 절대 혼내지 않았다. 들은 바로는, 당직실이나 비상계단에서 더 무서운 '훈계'가 이루어진다고 했다. 환자와 보호자, 다른 동료들 앞에서 후배를 혼내는 선배는 자기가 더 높은 곳에 있다는 것을 과시하는 걸까? 나는 오히려 간호사 전체의 사회적 이미지를 끌어내리는 행동이라고 생각한다. 보는 사람에게는 누가 후배고 선배인지는 보이지 않고, 그저 '간호사'가 무시당하고 있는 광경일 뿐이다.

승무원들은 후배가 잘못을 하면 선배가 나서서 먼저 사과를 하고 고객이 안 보이는 곳에서 나무라거나 잘못을 개선하기 위한 회의를 한다. 우리나라처럼 이미지를 중시하는 나라에서는 스스로 이미지 메이킹을 할 필요가 있다. 구시대 간호사의 이미지에서 벗어나 당당한 전문직 간호사의 이미지를 만들어가야 할 때이고, 그렇다면 먼저 노력해야 한다. 존중받고 싶다면, 먼저 존중해야 한다. 예전에 다른 병동의 수간호사 선생님과 이야기를 나눈 적이 있는데, 신규인 나에게도 처음부터 끝까지 자연스럽게 존칭을 써주었다. 무척 듣기 좋았고, 왠지 자신감도 생기는 것 같았다.

그분을 존중하게 되는 것은 물론 그분의 인성마저 빛나 보였다.

　동료들 사이에서도 서로 이름을 부르기보다 '아무개 간호사'라고 부르는 것이 좋다. 물론 사적인 자리에서는 편하게 부르고 이야기해도 상관없지만, 일하는 곳에서는 가급적 반말도 삼가는 것이 어떨까. 나는 신규 때부터 품었던 그런 생각을 나중에 후배가 들어왔을 때 실천에 옮겼다. 존댓말을 쓰고 꼭 누구 간호사 하고 불렀다. 말로써 먼저 서로 존중하는 모습을 보이면 많은 것이 달라질 수 있다고 믿는다.

신규 교육으로
주차표 뽑기?

　　　　　　　코미디 프로그램에서 간호사를 풍자하는 것에 분노하는 간호사들이 있다. 개인적으로 그런 프로그램을 좋아하지는 않지만 격한 반감도 느끼지 않는다. 코미디언들이야 웃기는 게 직업이라 재밌는 소재를 찾다 보니 그렇게 만들었겠지, 하고 넘겼다. 진정 분노해야 할 '웃기는' 일들은 현장에서 더 일어난다.

　처음 입사해서 입문 교육을 받을 때 의아했던 프로그램이 두 가지 있었다. 먼저, 얼굴 부분만 뚫린 해바라기 모양 탈을 쓰고 병원 정문에 서서 큰소리로 인사를 해야 했다.

"안녕하세요, 신규 간호사입니다. 잘 부탁드립니다."

병원을 오가는 사람들이 우리를 보며 웃었는데 정말 민망했던 기억이 난다. 그리고 주차장에 서서 차를 몰고 들어오는 사람들에게 인사를 하고 주차표를 뽑아서 건네는 일도 교육에 포함돼 있었다. 주차 서비스가 간호와 무슨 관련이 있는 건지 도통 이해할 수 없었다.

아무리 신규라고 해도 간호와 전혀 상관없는 일을 하고 있는 걸 보면서 대중들 머릿속에 '전문직'이라는 이미지가 남을 수 있을까? 병원 시스템 전반을 살피는 교육이라고 애써 좋게 볼 수도 있겠지만, 같은 병원에서 일하는 의사나 약사, 사무직원 들의 입문 교육도 과연 이런 식일지 의문이 들었다.

코미디를 보며 발끈해 봐야 자격지심이라는 소리밖에 못 드는 게 현실이다. 우리나라 간호사들이 전문가로서 제대로 된 대우를 받지 못하는 게 억울하다면 내부에서부터 스스로 간호사 이미지를 깎아 먹는 문화를 변화시켜야 한다. 환자를 전문적으로 응대하는 모습, 동료와 일에 대해 기탄없이 의논하는 분위기, 서로를 대하는 태도와 부르는 호칭… 그런 것이야말로 시시껄렁한 코미디보다 더 중요한 본보기가 된다. 내 말투와 태도가 벌써 간호사의 이미지다. 우리가 한번 멋지게 만들어보자.

그렇지만 나도 우리나라 의학 드라마에는 불만이 많다. 간호사가 되기로 결심한 후 의학 드라마에 관심이 가기 시작했다. 드라마를 통해 한 번도 가보지 못한 큰 병원들을 간접적으로 구경하고 의료진이 일하는 모습도 유심히 보면서 미래의 내 모습을 그려보곤 했다. 드라마를 보다가 모르는 것이 나오면 의학사전이나 인터넷을 뒤져보기도 했다.

그런데 막상 간호대학을 다니고 실습을 나가면서 간호사 현실에 눈 뜨게 되자 드라마가 그저 재미로만 다가오지 않았다.

'한국 드라마에서 간호사는 왜 차트 들고 의사 뒤만 쫓아다니지?'

'왜 항상 어딘지 모자란 모습을 보이는 거지?'

'의사는 선생님이고, 간호사는 왜 그냥 간호사야?'

'간호사는 머리에 망을 하거나 유니폼 등 규제가 많은데, 의사는 그냥 가운만 입으면 되네?'

한국 드라마에서 그려지는 이미지들이 진짜 한국 간호사의 현실인 건지 의문이 들기 시작했다. 장황한 클래식 음악이 나오며 의사들이 떼로 돌아다니고, 머리를 동그랗게 말아 묶고 기죽은 듯 차트를 품에 안은 간호사들이 뒤를 따른다(현실에서 이런 일 별로 없다). 의학 드라마의 주인공은 항상 의사이고, 간호사를 '김간~' 식으로 부르는데 심히 배알이 꼬였다.

재밌게 본 외국의 의학 드라마들에서는 간호사도 멋지고 자립적으로 그려졌다. 반대로 한국 의학 드라마만 보면 화가 솟구쳐서 나중엔 아예 보지 않았다. 그런 식으로 간호사 이미지를 만드는 드라마를 인정하고 싶지 않았고, 정말 미래에 내가 저런 대우를 받게 되는 건가 하는 불안을 떨치고 싶었다.

실제 간호사가 되어 보니 의사와 간호사는 하는 일, 할 수 있는 일의 영역이 완전히 달랐다. 서로 존중하고 협력하는 관계도 병원에서 무척 중요시된다. 물론 사람들이 의사를 더 멋있다고 생각하니 드라마 주인공은 양보하겠지만, 간호사도 충분히 멋진 모습으로 그려질 수 있지 않을까? 의사보다 간호사 수가 더 많고, 간호사 지망생 수도 매우 많은데 정작 간호사의 세계에 대해 제대로 알려주기보다 왜곡된 이미지를 퍼뜨리고 있으니 안타깝다.

한국에 정말 똑똑하고 훌륭한 간호사들이 많다. 한국 드라마에서도 점점 매력적인 간호사 캐릭터가 등장하기 시작하지만, 아직 갈 길이 멀다. 멋진 간호사를 주인공으로 한 드라마도 곧 만날 수 있기를 소망한다.

신규 시절 나는 병원 생활이 너무 힘들고 고됐다. 첫 2년 동안은 단 한 번도 월차나 병가를 쓰지 않고 일해서 더 지쳐갔던 듯하다. 한번은 심한 감기에 걸려 열이 끓고 오심과 탈수 증세가 심한데도 수액을 팔에 꽂고 폴을 끌고 다니면서 나이트 근무를 한 적도 있었다.

몸도 많이 상했지만 마음고생이 더 심했다. 1년이 지날 즈음에는 일에 많이 적응해 몸은 그렇게까지 힘들지 않았는데 상사에게서 오는 스트레스만큼은 점점 더 감당하기 어려웠다. 보고 싶지 않은 사람을 매일 봐야 하고 억지로 비위까지 맞춰야 한다는 생각을 하면 치가 떨렸다.

마음에 맞지 않는 선배와 일하는 날이면 그냥 내 몸이 사라져버리면 좋겠다는 생각이 절로 들었고, 태움을 당하고 모욕적인 말을 들을 때는 이대로 병원을 박차고 나가고 싶다는 욕구에 시달렸다. 간호사고 뭐고 다 때려치우고 싶었다. 나는 내 삶을 사랑하고 긍정의 아이콘이고 간호사라는 일이 좋은데도 그런 무책임하고 극단적인 생각까지 했나.

그때는 그 검고 어두운 터널이 영원히 끝나지 않을 것만 같았다. 병원은 내 인생의 일부일 뿐이고 신규의 시간도 언젠가는 지나게 마련인데, 당시엔 그런 생각을 하지 못했다. 살면서 어느 국면에는 분명히 하루하루를 버티는 기술이 필요하다. 나 역시 눈물 콧물 흘리며 지냈지만 요만큼이라도 더 즐겁게 버티기 위해 여러 가지 시도를 했다.

멘토라는 등불

신규 간호사는 새롭게 배워야 할 게 너무도 많다. 그런데 대부분은 책에 나와 있지 않다. 직접 경험해서 배우고 주변 사람의 조언으로 배워야 한다. 그래서 하루빨리 멘토를 찾는 것을 추천하고 싶다. 그저 좋은 선배를 만나 친해지라는 이야기가 아니다. 내 비전과 이상을 현실로 사는 분을 찾고 그분과의 관계를 마음을 다해 쌓아나가야 한다. 이것은 말처럼 쉬운 일이 아니지만 꼭 필요하다. 눈앞이 깜깜한 신규에게 멘토는 고개를 들어 저 멀리 빛나는 목표를 보게 해주는 사람이다.

정말 감사하게도 나는 일찌감치 두 사람의 멘토를 만났다. 첫 번째 멘토는 대학 시절 만난 제이미 김 선생님이고, 다른 한 분은 삼성서울병원에서 만난 남연희 선생님이다. 두 분 모두 내게 끊임없이 영감을 주는 존재였고 병원 생활을 버틸 힘이 되어주었다.

남 선생님은 삼성 신규 시절 내 프리셉터(신규 간호사가 업무에 잘 적응할 수 있도록 임상 경험이 풍부한 경력 간호사가 프리셉터, 즉 지도 간호사를 맡아 한 달 동안 일 대 일로 교육한다)였는데, 나를 늘 챙기고 아껴주었다. 때로는 언니처럼 서울 생활에 대한 조언을 주고, 업무에 관해서는 선생님처럼 꼼꼼하게 교육했다. 내가 다른 간호사에게 혼날 때면 나보다 더 속상해하고 때로는 절대 같은 실수를 저지르지 말라며 더 꾸짖기도 했다. 하지만 선생님의 마음이 느껴져 섭섭하지 않았고 오히려 더 열심히 공부해야겠다는 의지가 생겼다. 간호사를 천직처럼 여기는 분이라 존재만으로도 보고 배울 게 많았는데, 심적으로도 든든한 버팀목이 되어주었다. 고향에 가고 싶어도 그럴 수 없어 우울해 있으면 기막히게 알아채곤 "리연아, 오늘 맛있는 거 먹고 영화도 보자!" 하며 나를 데리고 나갔다.

한여름 더위가 기승을 부리던 어느 날, 유난히 내가 기운이 없어 보였는지 나를 데리고 집으로 가서 삼계탕을 끓여주기도 했다.

"솜씨가 없어서 맛이 없을지도 몰라. 그래도 많이 먹어."

눈물이 나는 것을 꾹꾹 참으며 그릇을 비웠다. 나도 이렇게 마음이 따뜻한 간호사, 후배를 아끼는 선배가 되겠다고 다짐하며.

나의 또 다른 멘토 제이미 선생님은 뉴욕에서 일하고 있었다. 나는 힘든 일이 있을 때마다 이메일을 보냈고, 선생님은 한 번도 빠짐없이 답장을 보내주었다. 당장 너무 힘들어 미래가 보이지 않을 때 선생님이 있었기에 아득히 멀어 보이는 꿈을 향해 한 발 한 발 나아갈 수 있었다. 한국에서 간호사 경력을 쌓을 수 있었던 것도, 차근차근 미국 간호사를 준비할 수 있었던 것도, 모두 무작정 미국으로 가겠다는 나를 말리고 실질적인 정보를 제공해준 선생님 덕분이다. 영어 때문에 힘들었던 경험담을 수차례 들려주며 회화의 중요성을 일러주어서 꾸준히 영어 공부에 매진했고 결과적으로 미국에서 빨리 취직하고 큰 어려움 없이 일할 수 있었다.

선생님이 해준 여러 이야기 가운데 내 마음 깊이 새겨진 말이 있다.

"지금은 미국 간호사로 취직하는 게 무척 힘들어요. 하지만 미국에서 간호사가 된 사람들의 공통점은 끝까지 그 꿈을 놓지 않았다는 거예요. 계속해서 추구하다 보면 꼭 자기가 원하는 방향은 아니더라도 비슷하게 원하는 궤도에 오르게 되더라고요. 그러니까 포기하지 않는다면 리연도 언젠가는 미국에서 일하는 자신을 발견하게 될 거예요."

미래가 불확실하거나 뚜렷한 목표가 없을 때 멘토는 나의 등대가 되어준다. 힘겨운 시절을 버텨내고 내 꿈에 더 쉽게 가까워질 수 있는 비결, 멘토를 꼭 만들어보자.

어떤 날은 오늘 출근해야 하는 이유가 필요할 만큼 힘들었다. 그럴 때면 이런 공상을 펼치며 발길을 재촉했다.

'나는 지금 영화배우야. 간호사가 나오는 영화의 주인공. 오늘 나만의 영화를 한 편 찍는 거야. 같이 일하고 싶은 동료, 멋진 선배, 따뜻한 마음과 냉철한 지식을 가진 간호사 캐릭터지.'

내 영화는 집을 나서면서 큐 사인이 떨어진다. 누가 보든 말든 나만의 탁월한 발연기가 시작된다. 하루는 미드 <이알(ER)> 등장인물과 비슷한 간호사를, 하루는 깐깐하지만 속정 깊은 간호사를, 어떤 날은 동료들을 웃겨주는 기쁨조 간호사를, 때론 다른 의료진과 환상의 호흡을 자랑하던 영화 속 간호사를 연기한다. 그러다 영화의 엔딩 크레디트가 오를 시간이 되면 필름을 딱 끊고 미련 없이 퇴장한다. 이제부터는 온전히 자신의 삶을 즐기는 주인공이 될 시간이니까.

어제가 너무 힘들어서 오늘 간호사로 사는 것이 불가능하게 느껴질 때, 하루 동안 영화배우가 되어보는 것은 어떨까? '피할 수 없으면 즐겨라.' 같은 강요는 하고 싶지 않다. 싫은데 어떻게 즐기라고? '피할 수 없으면 그냥 연기하라!' 이것은 나의 넘쳐나는 하루살이용 서바이벌 노하우 가운데 하나다. 그렇게라도 버텨보자. 나의 꿈을 위해서.

144

오늘 하루 미국 드라마에 등장하는
멋진 간호사 역할을 연기해보자.

모든 사람이 나를 좋아할 순 없다. 기를 쓰고 노력해도 안 되는 것은 안 되는 거다. 그럴 때는 너무 스트레스받지 말고 자신이 할 수 있는 부분에만 최선을 다한 뒤 그 사실에 만족하고 말자. 사람의 마음은 원체 얻기 어려운 법. 그 어떤 역경을 견뎌내고서라도 얻을 가치가 있는 사람의 마음이라면 계속 노력해야겠지만, 그렇지 않다면 과감하게 포기하는 것도 용기 있는 태도다.

때론 힘들 때 힘들다고 표현하는 것도 좋은 방법. 얘기하지 않으면 아무도 내 상황을 몰라준다. 나 역시 한때는 병원을 그만두고 싶을 정도로 힘들었는데 아무 이야기를 하지 않았었다. 나중에 살짝 내색했을 때 다들 '그 정도로 스트레스받고 있는 줄 몰랐다.'라고 반응했다. 혼자서는 그렇게 끙끙 앓았는데 사람들이 조금이라도 알아주니 견디기가 한결 수월했다. 신기한 노릇이다.

뭐든 긴가민가할 때는 무조건 물어보자. 물어보면 혼날 게 뻔할 때 머릿속에서 자꾸 '맞을 거야, 맞았던 것 같아.' 하는 소리가 들려올 것이다. 그 목소리, 들어선 안 된다. 큰 실수를 하는 것보다 혼이 나더라도 물어보고 넘어가는 게 백번 맞다. 그게 내 간호사 면허를 지키는 길이다. 혼내면서 교육하는 것이 당연하다고 생각하는 병원 분위기가 잘못된 것이지, 신규가 묻고 또 묻는 것은 잘못이 아니다. 한두 번 듣고 모두 외우고 이해하는 사람은 드물다. 그러니 자책하지 말자. 심한 분노나 절망에 빠지지도 말자. 다들 그런 시기를 거쳤다. 혼이 나면 그냥 훌훌 털어버리자. 혼자 곱씹으면서 그늘진 얼굴로 다니는 것보다 속없다는 소리를 들을지언정 그냥 헐헐 웃고 넘기는 편이 낫다.

나만의
취미 생활 갖기

지금 돌이켜보면 신규 시절 그토록 고통스러웠던 이유 중 하나는 너무 병원에만 집중하는 생활을 했기 때문인 것 같다. 몸도 마음도 병원에 100퍼센트 맞춰지는 '병원형 인간'이 되는 것을 경계해야 한다. 간호사들은 자기만의 스트레스 해소 방법을 찾고 그럴 기운조차 없을 때도 오히려 더 꾸준히 밖에서 뭔가를 하는 게 좋다.

블로그,
꿈을 스크랩하다

나는 여러 가지 취미를 만들어 즐겼다. 그중 하나가 블로그였다. 현재의 상황에서 벗어나고 싶을 때면 블로그에 글을 올리면서 스트레스를 풀었다. 처음 블로그를 시작한 것은 간호학생 시절이었다. 막연히 미국 간호사가 되고 싶고, 좋은 병원에 취직하고 싶다는 목표만 갖고 있다가 동기부여 수단으로 블로그를 시작했다. 화려하거나 유명한 블로그는 꿈도 꾸지 않았고, 누가 들어와 보겠나 싶어서 남의 시선도 의식하지 않았다. 폴더는 딱 두 개. 먼저 '내가 이룰 꿈'이라는 폴더를 만들어 가고 싶은 병원 사진들을 검색해 하나둘 올렸다. 좋은 자료를 발견하면 그것도 스크랩했다. 몇 년 뒤 마침내 삼성병원에 입사하게 되었을 때 삼성에 관한 포스팅은 '내가 이룬 꿈'이라는 폴더로 이사를 보냈다.

병원에 입사한 후 초기에는 잘 시간도 부족해 한동안 블로그에 신경 쓰지 못했다. 그래도 병원 근무가 힘들거나 유독 우울한 날엔 혼자 컴퓨터 앞에 앉아 '내가 이룰 꿈' 폴더에 모아놓은 뉴욕의 멋진 병원 사진들을 보며 위로받곤 했다.

'힘내라, 김리! 언젠가는 이 병원 중 하나에서 일을 하게 될 거야. 기다려라, 멋진 병원들아!'

그러다가 언젠가부터 패션에 관한 포스팅을 하기 시작했다. 주로 친구들과 <섹스 앤 더 시티>의 주인공이 된 것처럼 한껏 멋을 부리고 사진을 찍어서 올렸다. 이런 포스트는 올리는 데 시간이 많이 들지만 워낙 패션에 관심이 많기 때문에 힘들기보다 오히려 스트레스가 해소되었다. 이후 여러 패션 관련 이벤트에 참여하면서 블로그가 한층 업그레이드되었다. 참여 조건으로 블로그 포스팅을

이전의 블로그에 뉴욕에서의 일상과 간호사 생활에 대한
소소한 이야기를 풀어놓고 있다.

원하는 이벤트가 많아서 자꾸 하다 보니 기술이 늘었기 때문이다.

블로그를 통해 색다른 경험도 해볼 수 있었다. 패션지 『엘르』
에 독자 에디터로 참여해 웹매거진을 만들어보기도 하고(직접 예쁜
상품들을 찾아 레이아웃을 짜고 기사를 써서 소개했다), 『메종』 뷰티
칼럼에 내 글이 실리기도 했다. 한 달에 한 번 내 사진과 함께 내
가 쓴 리뷰가 수록된 잡지를 받아볼 수 있다니! 이런 즐거움이 블
로그를 계속하게 하는 원동력이 되어주었다.

점점 재미가 붙으면서 좀 더 자세하고 유용한 정보를 주는 블로그를 만들고 싶다는 생각이 들었다. 하지만 병원 일을 하면서 더 많은 게시물을 올리기는 무리였다. 그런 고민을 하는 와중에 웹디자이너인 올케가 아이디어를 제공했다.

"패션에 관한 포스트만 가지고는 힘들 거예요. 제일 잘 알고, 좋은 정보를 줄 수 있는 쪽을 생각해보세요."

"내가 제일 잘 아는 거? 그럼 간호사에 관해서 해볼까?"

"좋은데요?!"

첫 포스트로 내가 삼성서울병원에 입사하기까지의 이야기를 썼다. 방문자가 확연히 늘기 시작했다. 그렇게 내가 알고 있는 간호사 관련 정보와 병원에서 겪는 소소한 일상에 대해서 하나둘 써서 올렸다. 당시에는 인터넷에서 간호사에 대한 실질적인 정보를 찾기가 쉽지 않았다. 예비 간호사들은 '선배들이 무섭다.' '태움을 당한다.' 같이 막연하고 부정적인 이야기 일색의 '카더라' 통신만으로는 부족했다. 한편 검색을 통해 찾을 수 있는 간호사 수기는 대부분 나이가 지긋하거나 어느 정도 자리에 오른 분들이 쓴 거라서 어딘지 위화감이 들었다. 99퍼센트의 평범한 간호사들에게 필요한 정보가 있었기 때문에 내 블로그가 주목받을 수 있었던 것 아닐까 싶다. 방문자가 점점 늘어나는 게 너무 신이 나 퇴근 후에도 힘든 줄 모르고 블로그를 했다.

블로그는 지금도 내 생활의 활력소다. 블로그를 통해 좋은 인연도 많이 만났다. 요새도 가끔 옛 포스트를 보며 웃음 짓곤 한다. 소중한 꿈과 추억을 차곡차곡 쌓아두는 다락방 하나쯤 슬그머니 만들어보는 것도 좋지 않을까?

공부를 취미로

'더럽고 치사해? 그럼 공부해!'

힘들다고 매일같이 친구에게 하소연하고, 부모님께 죽는소리 하는 내가 밉고 싫었다. 그래서 입사 후 3개월 만에 미국 간호사 면허 공부를 시작했다. 데이 근무하는 날엔 퇴근하고 나서 수업을 듣고, 이브닝 근무하는 날엔 수업을 듣고 나서 출근했다. 나이트 근무를 서는 날에도 끝나면 녹초가 된 몸을 이끌고라도 학원에 갔다. 아무리 힘들어도, 가서 졸더라도, 병원을 탈출하고 싶다는 의지가 내 등을 학원으로 떠밀었다.

입사 초반에 퇴사하고 싶을 정도로 힘들어서 여러 직위에 있는 간호사들과 면담을 했다. 달라지는 것은 없고 오히려 왜 높은 사람들에게 퇴사 얘기를 하느냐는 질타가 돌아왔을 뿐이다. 병원 환경을 바꾸기란 불가능해 보였다. 그래서 퇴사하겠다는 마음을 일찌감치 먹었다. 하지만 당장은 아니라는 생각이 들었다. 떠날 때 떠나더라도 지금보다 나은 모습으로 나가고 싶었다. 병동 간호사가 퇴사할 때는 대개 적응하지 못해서 또는 힘든 일을 견디지 못해서 그만둔다는 꼬리표를 달고 나가는 게 보통이었다. 그렇게 패배자처럼 혀 차는 소리를 들으며 그만두기는 죽기보다 싫었다.

공부에 박차를 가했다. 나 자신을 갈고닦아서 더 좋은 곳으로 갈 수 있는 기반을 마련하고 정확히 2년 뒤 퇴사하기로 했다. 사실 공부에는 전혀 흥미가 없었다. 학창 시절 친구들이 공부를 잘해서 칭찬을 듣고 상을 받아도 부럽다는 생각은 전혀 들지 않았다. 하지만 목표가 생기자 공부가 취미가 되었다. 간절히 되고 싶은 무언가가 있는데 그것이 열심히 공부하면 이룰 수 있는 것임을 안 순간 열정이 절로 샘솟았다.

미국 간호사 면허 시험 외에도 여러 방면에서 기회를 찾았다. 국제기구에도 관심이 많았다. 세계보건기구(WHO)나 국제연합(UN) 같은 국제기구에서 더 나은 세상을 만드는 일에 동참하고, 한국뿐 아니라 세계 곳곳의 어려운 사람들을 돕고 싶었다. 국제기구에 근무했던 사람들이 자기 경험에 대해 강연하는 자리에서 2개국어를 하는 게 유리하다는 정보를 듣곤 틈틈이 일본어 공부도 했다.

물론 영어에는 끊임없이 에너지를 쏟았다. 병원에 다니면서 영어회화를 늘리기가 쉽지 않았다. 그래서 일부러 만든 취미 활동이 영어 동호회 모임과 서울글로벌센터 봉사활동이었다. 회화 실력도 늘었지만 무엇보다 좋은 친구들을 많이 만났다. 특히 동호회에는 공통 관심사가 영어라서 그런지 마음이 맞는 친구들이 많았다.

다른 분야에 종사하고 다른 나라에서 온 친구들과 어울려 병원 밖 세상 이야기를 나누고 함께 활동하노라면 병원에 갇혔던 내 시야도 한층 넓어지는 듯했다. 악에 받쳐 공부하겠다고 시작한 취미였지만, 그 만남들이 나에게는 힐링의 시간이 되었다.

운동, 일석이조의 즐거움

내 취미 생활에서 운동을 빼놓을 수 없다. 3교대 근무를 하면서 시간을 맞추기 어려웠지만 그래도 꾸준히 하려고 노력했다. 워낙 움직이는 것을 좋아하기도 하고 어려서부터 늘 해왔지만, 운동은 간호사로 오래 살아남기 위해 반드시 취

미로 삼아야 했다.

　일단 병원 근처 평생학습관 문화센터에 다니기 시작했다. 근무 때문에 시간이 안 맞아서 여러 날을 빠져야 하지만 저렴하니까 부담 없이 계속 등록할 수 있다는 게 최대 장점. 게다가 꽤 다양한 강좌가 개설돼 있고 강사진도 빵빵했다. 거기서 어렸을 때 배우다 중단한 발레를 다시 배우기 시작했다. 국립발레단 출신의 강사가 처음부터 체계적으로 가르쳐준 덕분에 처음 발레를 배우던 때로 돌아간 것 같았다. 항상 설레는 마음으로 수업 들으러 가던 기억이 난다.

　김연아 선수 덕에 나라 전체가 한창 피겨스케이팅에 열광하던 때, 나도 피겨에 관심이 생겨서 바로 강습을 끊었다. 몇 달 동안

꾸준히 배우자 처음에는 어설펐지만 어느새 편안하게 얼음을 지치고 있는 나를 발견했다. 강사가 가르쳐주는 동작들을 연습하고 또 연습해 성공할 때면 마음만은 김연아 선수가 된 듯 대단한 희열을 느낄 수 있었다.

꼭 한 가지 운동만 할 필요는 없다. 나는 관심이 가는 것은 뭐든지 무작정 해봤다. 그 모든 시도가 내겐 새로운 도전이 되었고, 일상의 활력을 잃지 않도록 해주었다. 건강은 늘 새로운 꿈을 꾸고 그것을 향해 나아가는 바탕이 되어준다. 간호사를 꿈꾸는 친구들이 자신의 스트레스를 건강하게 해소할 수 있는 취미를 하나씩 만들기를 추천하고 싶다. 그리고 그중 하나는 꼭 운동이었으면 하는 바람을 살짝 덧붙여 본다.

꿈을 글로 쓰면
현실이 된다

간호사의 인생은 길다. 하루하루를 열심히 살아가는 것도 중요하지만, 커리어의 큰 그림을 그려보고 계획을 세워두는 것도 필요하다. 아무리 느린 걸음이라도 어디로 가야 할지를 아는 것과 모르는 것은 완전히 다르다.

'언젠가는 무엇'이 아니라 '이때에는 무엇'이라는 시간 계획을 세워두면 그저 병원과 집을 오가는 나날 속에서도 좀 더 알찬 간호사 생활을 할 수 있다. 또한 힘든 병원 생활을 버티고 장기적으로 간호사로서의 삶을 이어나갈 힘을 준다.

자기만의 간호사 인생 계획표를 세워보자. 물론 항상 계획한 대로 되지는 않는다. 아니, 그것이 자연스럽다. 꿈조차 변하기 마련이니까. 따라서 이 계획표는 고정된 것이 아니다. 자신의 상황에 맞춰 계속 수정해나가야 한다. 계획이 조금 수정되거나 늦어진다고 스트레스받지 말자. 지금보다 나은 어딘가를 향해 나아갈 수 있도록 꾸준하고 우직하게 노력하게끔 이끄는 섯이 이 계획표의 역할이다. 꿈은 알이 아니다. 품고 있다고 저절로 깨지지 않는다. 자신의 꿈과 그것을 이루기 위해 밟아야 할 단계들을 구체적으로 적어보자.

어디서부터 시작해야 할지 모르겠다는 이들을 위한 팁!

자신이 10년 후 어디에, 어떤 모습으로 있고 싶은지 상상해보자. 그리고 그 시점에서 현재까지 거꾸로 계획을 세워보는 것. 그러면 동기 부여도 되고 생각처럼 시간이 넉넉하지 않다는 생각도 든다. 조바심 내라는 소리가 아니라, 뭐든 나중으로 미루지 말라는 이야기다. 영원할 것 같은 신규 생활이지만 사실 그리 오래가지 않는다. 울고불고 하다가 눈 깜짝할 새 지나고 만다. 현실을 직시하고 구체적인 계획을 세운다면 10년 후 분명 더 나은 간호사가 되어 있을 것이다.

<긍정파워 OOO의 간호사 커리어 플랜7

아자아자! 할 수 있다!!
한 번 사는 인생, 내 마음대로 살자!

- 2020년 23세: 병원 입사
- 2022년 25세: 퇴사(경력 커리어 만들기)
* 퇴사 전 할 일 → 미국 간호사 면허 취득, 영어 공부 꾸준히
- 2022~2023년: 한국에서 영어 공부 하기
* 공부하는 동안 → IELTS 목표 점수 획득, 영어회화 마스터하기
- 2023년 26세: 미국 유학, RN to BSN 과정 공부 + 구직 준비
- 2025년 28세: 학사 취득 + 미국 병동 간호사로 취업해
  경력 커리어 쌓기
- 2027년 30세: 중환자실로 옮겨 1년 경력 쌓기
- 2028년 31세: 병원 그만두고 대학원 진학
- 2030년 33세: 대학원 졸업 + 마취 전문 간호사(NP) 되기
- 2032년 35세: 다시 중환자실에서 일하기 + 미국 간호대 교수 되기
  + 국제기구에서 봉사활동 하기

첫 심폐소생술

　　　　　큰 병원에서 간호사로 일하면 좋은 점은 다양한 케이스의 환자를 접하고 두루 공부할 수 있다는 것이다. 부인과 병동에 근무하는 동기는 일주일에 한 번은 심폐소생술(CPR)을 했다. 병원에서는 심폐소생술이 필요할 때 전체 방송을 통해 심정지(arrest)를 알린다. 그러면 정말 의학 드라마처럼 의료진이 해당 병동으로 뛰어가곤 한다. 심폐소생술 알림 방송이 부인과에서 날 때마다 '아이고 내 동기 오늘도 고생하네.' 걱정하곤 했는데, 반대로 내 경우는 너무 경험이 없어서 그런 상황에 놓이면 어떻게 해야 하나 내심 불안했다. 이비인후과 병동에도 위중한 환자가 많았지만 심폐소생술을 하는 경우는 드물었다.

　　그러던 어느 날 드디어 올 것이 오고야 말았다. 이브닝 근무 중이었다. 며칠 전 두경부암 수술을 받고 중환자실에서 올라온 환자가 있었는데, 퇴근을 앞두고 마지막 라운딩을 돌다가 그 환자의 상태가 이상하다는 사실을 발견했다. 맥박이 너무 빠르게 뛰고 있었다. 콜벨로 선배를 불렀다. 환자를 확인한 선배가 다급하게 말했다.

"리연아, 시피알 방송해!"

스테이션으로 뛰어가서 방송 요청을 하느라 번호를 누르는데 손이 부들부들 떨렸다.

"시피알 비(B), 시피알 비. 별관 7동 이비인후과 병동."

몇 분 만에 심폐소생술팀을 비롯한 의료진이 벌떼처럼 몰려왔다. 심폐소생술 상황이 자주 발생하는 병동이 아니기 때문에 주위 병동의 의료진도 도와주기 위해서 몰려왔다. 덕분에 병실은 내가 파고들기도 힘들 만큼 꽉 차서 나중엔 심폐소생술팀만 남고 모두 돌아가도록 조치를 취해야 할 정도였다.

환자가 완전히 의식을 잃은 것이 아니라서 힘들어하는 모습을 안타깝게 지켜봐야 했다. 의료진은 상의를 하고 약을 쓰기 시작했다. 담당 간호사로서 내가 한 일은 누가 무슨 오더를 했고 어떤 약을 줬는지와 함께 환자의 상태를 시시각각 기록하는 것. 투약이나 바이털 사인 확인 등은 모두 선배들이 했고, 내게는 1분 간격으로 꼼꼼하게 기록하라는 지시가 떨어졌다. 1분이 그렇게 길게 느껴진 건 처음이었다. 혼란스러운 상황이 어느덧 마무리되고 응급조치를 마친 환자는 중환자실로 이송되었다. 다행히 환자는 끝까지 의식이 있어 계속 안심시키며 중환자실로 보냈다. 겨우 마음이 놓였다.

처음 겪어본 상황에 너무 놀랐고 두려움마저 느꼈다. 사람의 생명이 얼마나 소중한 것인지, 동시에 얼마나 깨지기 쉬운 것인지가 충격적으로 다가왔다. 환자를 보내고 이런저런 생각에 빠졌다가 정신을 차리고 보니, 이제는 엄청난 차팅을 해야 한다는 부담감이 몰려왔다. 시간은 벌써 자정을 넘어가고 있었다. 정성껏 차팅을 하고 보니 새벽 3시가 다 되어서야 집에 갈 수 있었다.

피곤한 몸을 이끌고 돌아와 잠을 청했지만 긴장감이 남았는지 정신이 말똥말똥했다. 결국 이리저리 뒤척이다가 몇 시간 뒤에나 잠이 들었다. 그 후 퇴사할 때까지 심폐소생술을 할 기회는 없었다. 나 자신도 다시 겪고 싶지 않은 경험이었지만, 내가 돌보는 환자들도 그런 상황을 겪게 하고 싶지 않았기 때문에 이후로 좀 더 주의를 기울여 간호하는 계기가 되었다.

모교 후배가 준 교훈

병원에서 일한 지 1년 정도 되었을 때 반가운 소식이 들렸다. 모교의 간호학생들이 내가 일하는 이비인후과 병동으로도 실습을 온다는 것. 데이 근무를 하고 있는데 멀리서 익숙한 실습복을 입은 학생 네 명이 병동 스테이션으로 걸어오는 모습이 보였다.

"안녕하세요. 이번에 제주도에서 실습 온 간호학생입니다."

너무 반가웠고 수줍게 인사하는 모습이 예뻐서 잘 해주고만 싶었다. 서울에 있는 병원에 실습을 왔다고 잔뜩 긴장해서는 벽 쪽에 붙어서 걸어 다니는 학생들이 병아리처럼 귀여웠고 마치 예전 내 모습을 보는 것 같았다.

학생들을 데리고 다니면서 어떤 환자들이 입원 중인지, 일이 어떻게 흘러가는지, 자주 쓰는 약은 무엇인지 등을 알려주며 교육을 진행했다. 그리고 학생들이 최대한 정맥주사나 채혈 등을 직접 해볼 수 있도록 했다. 실습 마지막 날 제출해야 하는 리포트에 대해서도 같이 고민해주고, 예전의 나처럼 피시방을 전전하며 고생하지 않도록 의학 도서관 등 병원 시설을 이용할 수 있게 알려주었다.

점심시간이 되었는데도 쭈뼛쭈뼛 눈치를 보며 서 있기에, 학생들 등을 밀며 식당으로 어서 가라고 했다.

"점심시간은 12시부터 1시까지니까 1분도 빼지 말고 한 시간 푹 쉬고 오세요. 내가 근무하지 않는 날에는 챙겨줄 수 없으니, 괜히 눈치 보지 말고 식사하러 다녀온다고 담당 간호사에게 보고하고 챙겨 먹어요."

학생들은 신이 나서 "식사 다녀오겠습니다!" 외치곤 씩씩하게 식당으로 향했다. 식사를 마치고 온 학생들은 조금은 편해진 모습이었다.

병실에 들어갔다가 나오는데 학생들이 모두 병풍처럼 서 있었다. 제주도에서의 실습 분위기를 알기에 왜 그러고 있는지 이해가 갔다. 나는 의자를 내어주면서 모두 앉아 있으라고 했다. 간호사는 차팅하느라 잠깐씩 앉아 있는 시간이 있지만 간호학생들은 그런 간호사를 따라다니느라 앉을 시간이 거의 없다. 게다가 잔뜩 긴장해서 실습이 끝나고 집에 갈 때쯤엔 간호사보다 더 피로감을 느낄 터였다. 내가 일하는 병동에서 실습하는 학생들을 과제도 제대로 못 할 정도로 피곤하게 만들고 싶지 않았다. 그래서 기회가 된다면 앉아 있으라고 당부했다.

일하다 짬이 나서 학생들과 담소를 나누는데, 한 학생이 불쑥 이렇게 말했다.

"선배님은 우리 학교에서 유일하게 졸업 전에 삼성병원 들어간 간호사라고 학교에서도 소문이 자자해요. 선배님은 저희 우상이에요."

그 말을 들은 순간 얼굴이 화끈거렸다. 힘들어서 그만두고 싶다고 징징거리던 내 모습이 부끄러웠다. 입사 후 한 번도 신경 쓰지 못했던 모교에서 학생들이 나를 그렇게 봐주고 있었다는 사실이 뿌듯하면서도 현실을 부정적으로만 보던 내가 창피했다. 한때 내가 얼마나 간절하게 삼성병원 간호사가 되고 싶어 했었는지 다시 떠올릴 수 있었다. 나는 이미 손에 넣었다고 그것을 작게만 여기고 있었는데, 여전히 누군가는 이 자리를 꿈꾸며 열심히 노력하고 있음을 깨달았다. 그 후부터 좀 더 감사하는 마음으로 병원에서 일하게 되었다. 정작 자신들은 몰랐겠지만 간호학생들은 내게 큰 교훈을 남겨주고 돌아갔다.

내 마음 다독이기

가끔 왠지 모르게 슬퍼지는 날들이 있다. 직업 특성상 아픈 사람들을 많이 접하기 때문일 것이다. 집에서 책을 읽다가도, 카페에서 누굴 기다리다가도, 예상치 못한 순간 문득 내가 간호했던 환자들이 떠오르곤 한다.

삼성병원에서 일하면서 가장 기억에 남는 환자가 한 분 있다. 두경부암 수술을 받고 입원했는데, 큰 수술을 치러서 그런지 많이 힘들어했다. 중환자실에서 올라온 후 한동안 밤마다 소동이 있었다. 중환자실에서 투여하던 약물을 하나둘씩 중단하자 몽롱했던 정신이 다시 돌아오기 시작하면서 손에 꽂힌 정맥주사 라인과 목에 있는 튜브를 떼어버리려고 침대 위로 올라서서 손으로 허공을 휘젓곤 했다. 간호사와 의사 여럿이 달려들어 제자리로 눕히길 여러 차례 반복했다.

파란만장했던 회복 기간을 거치고 몇 주 후 드디어 퇴원하게 된 날 온 병동 식구들이 함께 기뻐했다. 하지만 머지않아 다시 암이 재발해 재수술을 받으러 입원했고, 두 번째 수술 후에도 처음과 마찬가지로 많이 힘들어했다. 그분을 간호하면서 내가 너무 일에 치여 환자의 고통을 잘 헤아려주지 못하는 것은 아닌가 하는 생각이 많이 들었다. 치료를 잘 받고 다시 퇴원하게 되었을 때, 기쁜 마음도 들었지만 지난번보다 많이 약해진 모습에 마음이 안쓰러웠다. 한동안 외래로 방사선 치료를 받으러 내원했는데, 수술 이후 말을 할 수 없게 되어 대화를 나누지는 못했지만 만날 때마다 정감을 주는 분이었다. 보호자들도 심성이 고와서 오며 가며 마주칠 때마다 반갑게 손을 잡고 인사 나누곤 했다.

그러던 어느 날, 그분이 다시 내원한다는 소식을 듣고 퇴근 시간을 지나서 기다리고 있었다. 멀리서 그분이 보호자와 함께 간호사 스테이션을 향해 걸어오는 것을 보았다. 안 좋은 예감이 들었다. 가까이서 본 그분의 얼굴은 확연하게 부어올라 있었다. 부종이 너무 심해서 눈을 뜨지 못해 부축을 받아야 했다. 순간 마음이 무너져 내리는 것 같았다. 멍하니 서 있다가 입원 수속을 마치고 병실로 들어가는 두 사람의 뒤를 따랐다. 창가 쪽 침대에 걸터앉은 그분의 손을 잡고 인사를 건넸다.

"안녕하세요. 저 누군지 아시겠어요? 김리연 간호사예요."

그랬더니 고개를 끄덕이며 내 손을 찾아서 꼭 잡아주었다. 갑자기 뭔가가 가슴을 치고 목까지 차오르는 걸 느꼈다. 나도 모르게 눈물이 왈칵 쏟아지고 있었다. 되도록 프로페셔널하게 환자들

꽃처럼 파릇한 여자라고 친구의 눈총까지 놓친 수 없는 것
마력마음을 줄 다스려 주는 일로 _받아야한다

을 대하려 했던 나였지만, 그날만큼은 그분의 손을 잡고 펑펑 눈물을 흘렸다. 마음이 너무 아파서 병실에 자주 들어가 보지 못했는데, 며칠 후 퇴원한 그분이 자택에서 편안하게 돌아가셨다는 소식을 들었다.

유난히 애정이 가는 환자들이 있다. 그들은 불쑥 내 마음속에 찾아들곤 하는데, 나도 모르게 눈가에 촉촉한 것이 차오른다. 그럴 때면 그냥 한바탕 눈물을 쏟는다. 그분들을 잊으려 하기보다 다시 한 번 생각하며 애도하는 것이 좋을 것 같아서다. 모든 환자가 완치되는 것은 아니라서 슬프고 나의 한계도 느끼지만, 그래서 매 순간 더욱 정성을 다해서 환자를 간호하게 된다.

환자를 어떻게 간호하고, 어떻게 대해야 하는지에 대해서는 대학 시절부터 배워서 잘 알고 있었다. 하지만 그분들을 돌보면서 한없이 안타깝고 무거워지는 내 마음을 달래는 법에 대해서는 배운 적이 없었다. 간호사는 직업상 슬픈 상황에 많이 부닥치는데, 어떻게 그런 순간들을 컨트롤하고 자신을 달래줘야 하는지 생각해보는 시간을 갖는 것이 정말 중요하다.

나는 나름대로 방법을 찾던 중 어릴 때 버릇을 소환했다. 어린 시절 나는 동네 책방 구석에서 책을 읽다가 잠들곤 했다. 내가 없어지면 엄마는 으레 그 책방에 와서 나를 데려가곤 했다. 병원이 오프인 날 종종 혼자서 교보문고에 갔다. 예전 동네 책방과는 비교할 수 없을 만큼 크지만, 책장들 사이에 앉아 있으면 옛날 생각이 났다. 사람들이 잘 다니지 않는 구석에 자리를 잡고 책을 읽다 보면 어느새 고민이나 슬픔이 사라지는 것 같았다. 그렇게 교보 문고의 구석 자리들은 내 추억의 장소가 되었다.

간호사는 대부분 환자의 슬픈 시기와 함께한다. 그 슬픔을 기 쁨으로 바꾸어 퇴원시키는 것도 간호사의 역할이다. 환자들이 남 기고 간 슬픔을 내 나름대로 정리하는 것도 좋은 간호사가 되기 위해서 꼭 필요하다. 다음 환자가 입원하더라도 햇살처럼 밝은 태 도로 그분의 슬픔과 병까지 따스하게 녹일 수 있도록.

간호사는 업무상 의사들과 많은 이야기를 나눈다. 주로 어떤 이야기를 나눌까? 삼성병원에서 내 경험을 정리해보자면 크게 다음과 같이 구분된다.

● 데이 근무(오전 7시~오후 3시) 때에는 주로 당일 수술 환자들에 대해 이야기를 많이 나눈다. 아침 회진을 돌면서 수술 부위에 소독이 필요한 환자들, 바뀌는 처방이나 앞으로의 계획에 대해서도 이야기한다.

● 이브닝 근무(오후 3시~오후 11시) 때에는 새로 입원한 환자에 대한 의논이 많다. 예를 들면, 수술 전 항생제 반응 검사에서 양성 반응이 나온 환자의 항생제를 바꾸는 문제를 의논하

거나, 수술 전에 해야 할 CT 촬영 또는 혈류 검사 등을 확인하면서 소통한다.

● 나이트 근무(오후 11시~익일 오전 7시) 때에는 다음 날 이루어질 치료에 대한 처방을 확인한다. 환자들의 처방을 확인하면서 틀린 것이 있으면 담당 레지던트에게 연락해 고쳐달라고 요청한다. 처방이 틀리면 다음 날 환자를 간호하는 데 매끄럽지 않기 때문이다. 반복되는 처방임에도 불구하고 틀리게 처방되는 경우가 많다.

이렇듯 간호부와 진료부 간의 원활한 의사소통은 병원이 제대로 돌아가는 데 있어 무척 중요한 요소다. 처음에는 뭐든 미숙하기 마련이지만, 특히 여중과 여고를 거쳐 간호학과를 나와서 그런지 낯선 남자들(대부분의 의사)과 소통하는 것이 그렇게 어색하고 부끄러웠다. 그러다 보니 이런 에피소드도 있었다.

의사에게 보고하는(notify) 방법을 배우고 있었는데 프리셉터 선생님이 갑자기 이렇게 말했다.

"저기 지금 걸어오고 있는 의사 선생님에게 직접 해보세요."

남자 레지던트였다. 떨리는 마음으로 다가가 말을 걸었다.

"홍길동 선생님, 1호실 홍길동 님이 통증 호소하는데 어떤 약 줄까요?"

순간 프리셉터와 레지던트 모두 웃음을 터뜨렸다. 내가 너무 긴장한 나머지 환자 이름을 말하지 않고 레지던트 이름을 두 번 반복한 것이다. 처음에는 이렇게 어리숙했지만 시간이 지나면서 점점 나아졌다.

다행히 내가 일하게 된 병동에 제주도 출신 의사가 두 명이나 있었다. 제주도 사람들은 고향 사람을 만나면 유난히 반가워하고 서로 잘해주는 분위기가 있다. 오빠가 둘 생긴 것처럼 든든했다. 다른 레지던트들에게 '고향 동생이니 모두 잘 대해주라'며 소개해주기도 해서 진료부 의사들과의 관계는 비교적 수월하게 출발할 수 있었다.

간호학생 시절 실습을 나갔을 때 본 의사와 간호사 간의 관계는 매우 수직적이었다. 그에 비해 삼성병원은 의사와 간호사가 좀 더 대등한 관계로 일했다. 그런 점에서는 매우 만족감을 느꼈고 간호사로서 자부심을 가지고 생활할 수 있었다.

대화가 필요해

한번은 나이트 근무를 막 시작해서 환자 파악을 하고 있는데 같이 일하는 레지던트가 병동으로 들어왔다. 무슨 일이 있었는지 표정이 좋지 않았지만, 다음 날 새로 입원하는 환자가 많았기 때문에 바로 필요한 이야기를 꺼냈다. 그런데 환자의 처방에 대해 의견을 묻는 내게 잔뜩 신경질을 부리면서 대답하는 게 아닌가. 나도 화가 나서 따끔하게 한마디 하고 병실로 들어가버렸다.

"선생님, 무슨 일이 있는지는 모르겠지만 함께 일하는 사람을 그런 식으로 대하는 것은 잘못된 태도입니다. 다른 사람에게 화풀이하는 것은 별로 좋지 않아요."

레지던트는 뜨끔하기도 하고 미안하기도 했는지 내가 근무를 하는 내내 병실 근처에서 곤란한 표정으로 서성거렸다. 당직도 아니었는데 자러 가지도 못하고 그러다가 결국 새벽녘에 와서 사과를 했다. 자기 말투 때문에 오해받는 경우가 자주 있다며 앞으로 조심하겠다고 했고, 나도 흔쾌히 사과를 받아들였다. 그렇게 오해를 풀고 감정도 남기지 않은 덕에 이후로는 오히려 서로 친해졌다.

간호사, 의사 모두 상당한 자존심을 자랑하는 직종이라 갈등은 늘 일어날 수밖에 없다. 나 역시 같이 일한 의사 모두와 한 번씩은 마찰을 빚었다. 그 자체는 너무 자연스러운 일이므로 스트레스받거나 상대에 대한 적대감을 키울 필요가 전혀 없다. 관건은 크고 작은 사건들을 어떻게 풀어나가느냐. 나는 대화로 풀어나가는 방법을 택했다. 사람들이 다 내 맘 같지는 않다. 하지만 마음은 통하게 되어 있다. 상대방이 알 것이라고 짐작하지 말고 내 생각을 솔직담백하게 표현하자는 게 내 기본 태도였다. 그게 잘 통했는지 나중에는 의사들과 곧잘 친해졌고, 직장생활도 한결 수월해졌다.

의사와 간호사는 바쁘고 피곤한 와중에 신경이 날카로워져서 애증의 관계로 변하는 일이 많은데, 서로 존중해주며 일한다면 좋은 조력자로서 뛰어난 팀워크를 발휘할 수 있다. 그래서 의사소통이 중요하다.

신규 때는 실수도 많이 하겠지만 그것에 사로잡혀 허둥거려서는 안 된다. 신규가 실수하는 것은 당연하다. 실수했다고 괜히 주눅이 들고 눈치 살피면 앞으로도 그런 관계가 지속된다. 실수를 했다면 깔끔하게 인정하자. 그러고 나서는 싹 잊어버리고 연연해하지 말 것. 다른 업무에 관해 다시 이야기할 때는 제로베이스에서 냉철하게 의견을 나눌 수 있는 자세가 필요하다.

그렇고 그런 사이?!

의사들과의 관계를 적대적으로 만들지 않는 것이 현명하다고 생각해서 항상 좋은 관계를 유지하려고 애썼다. 내가 의사들과 원만하게 지내는 것을 병동 간호사들이 잘 알고 있어서 가끔씩은 선배들까지 의사에게 말하기 어려운 일이 있을 때 내게 대신 말해 달라고 부탁했다.

그러다 보니 헛소문이 돈 적도 있다. 같이 일하는 의사 한 명과 특별한 관계라는 소문이었다. 솔직히 당시에는 병동의 의사들이 아저씨나 삼촌같이 여겨질 뿐이었다. 게다가 업무에 치여 서로 짜증 팍팍 내며 볼 꼴 못 볼 꼴 다 본 사이에서 이성적 관심이 나올 구석이라곤 없었다. 의학 드라마에서는 로맨스가 꼭 등장하지만, 현실에서 병동의 일상은 상당히 액션물 쪽으로 기울어 있다. 터무니없는 소문에 처음에는 억울하고 속상했지만 아무 일도 없는 사이라 오해는 시간이 지나면서 저절로 풀렸다.

물론 경우에 따라서는 미운 정도 정이라고 애증이 애정으로 발전하는 커플도 몇몇 있었다. 병원에서 시간을 주로 보내는 직업 특성상 의사·간호사 커플이나 의사 커플이 많이 생기는 것이 사실이다. 무엇보다 직장에서 힘든 일이 있을 때 다른 직종보다 잘 이해해줄 수 있어서 마음을 털어놓다가 정이 드는 것 같다. 이들은 스릴 넘치는 비밀 사내 연애를 하다가 결혼하기 전에 깜짝 발표를 해서 모두를 놀라게 하곤 했다.

2007년 7월, 만 2년을 채우고 병원에 사
표를 냈다. 병원을 그만두겠다는 생각은 오래전부터 했다. 입사
3개월부터 미국 간호사 면허 공부를 시작하면서 2년을 디데이로
정해두었다.

딱히 어떤 계획을 가지고 있지는 않았다. 병원에 다니면서 시
간을 쪼개 미국 취업에 대한 강의나 설명회에 참석하곤 했지만
당장 미국에 간다거나 어딘가에 취직이 되어서 병원을 그만둔 것
은 아니었다. 사실 그 당시에는 미국 간호사 면허도 없었다. (면허
는 2009년 8월에 땄다.)

하지만 삼성서울병원의 이비인후과 병동 간호사가 내 꿈이 아
니라는 것만은 확실해졌다. 당시 병원 생활은 내게 불합리한 일
투성이였고 자기 계발이나 발전의 여지가 없어 보였다. 체력적으

로도 완전히 벼랑 끝에 몰렸다. 초등학교 때부터 반 대표 달리기 선수를 도맡고 체력장은 언제나 특급을 자랑하는 나였지만 2년 사이에 몸이 만신창이가 되었다.

당시 상황에서 벗어나야 나 자신을 제대로 들여다보고 진짜 원하는 길을 갈 수 있을 것 같았다. 많은 고민 끝에 퇴사가 나를 위한 최선의 선택이라는 결론을 내렸고 과감하게 실행에 옮겼다.

"그 경력으론 취직 못 해"

퇴사를 결정하고 마지막으로 과장님과 면담이 있었다. 과장님은 이비인후과 병동 경력 2년 가지고는 미국 어느 병원에서도 받아주지 않을 거라고 으름장을 놓으셨다. 처음 그 말을 들었을 때는 섭섭하긴 했지만 맞는 말이었다. 미국 병원뿐 아니라 한국에서 취직한다고 해도 대형 병원에 들어가기는 어려운 경력이었다. 나에게는 그 2년이 영원과 같았는데 병원을 나서면 아무것도 아닌 것이 현실이었다.

과장님은 이제 일도 손에 익었는데 그만두기 아깝다며 계속 다니라고 나를 설득했다. 원한다면 암센터로 보내주겠다고 했다. 암센터는 이제 오픈 예정이라 신규 간호사뿐 아니라 경력직 간호사도 많이 뽑는 상황이었다. 고마운 제안이었지만 새롭게 펼쳐나갈 내 미래보다 더 매력적이지는 않았다.

주위의 많은 사람이 퇴사를 말렸다.

"여기보다 더 좋은 조건이 어디 있다고 그만두니?"

"나이도 어린데 너무 성급한 결정은 아닐까?"

"취업난이 심각한데 대기업을 박차고 나가면 고생밖에 없어."

물론 내 앞에 장밋빛 미래가 펼쳐질 거라는 확신은 없었지만, 조금이나마 그럴 가능성이 있다면 지금 떨치고 일어나야 그것을 현실로 만들 수 있을 것 같았다.

엄마는 늘 이렇게 말씀하셨다.

"지금 편하다고 현실에 안주하면 그 모습 그대로 멈추게 된다."

병원을 그만두며 이 말을 다시 한 번 마음에 깊이 새겼다. 퇴사 후 시간을 허투루 쓰지 않고, 내가 원하는 것이 무엇이고 그것을 이루기 위해 어떻게 해야 할지 치열하게 고민하는 시간으로 만들겠다고 다짐했다.

고통을 이겨내면
더 강해진다

내 송별회를 했다. 간호부와 진료부 식구들이 모두 와주었고 선물도 받았다. 고마워서 몸 둘 바를 몰랐다. 과장님은 송별회 하면서 퇴사하는 간호사는 내가 처음이라고 하셨다. 힘든 나날이었지만 그래도 내가 정말 열정적으로 일한 것

을 알아주는구나 싶어 정말 기뻤다. 술을 전혀 못하는데 마지막이라 간호부와 진료부 과장님들이 주는 술을 한 잔씩 받았다. 인사 한마디 하라기에 일어섰더니 얼굴은 술기운으로 빨갛게 달아오르고 두 다리는 후들거렸다.

"그동안 감사했습니다. 저를 위해서 송별회 자리도 마련해주시고, 정말 의미가 깊습니다. 다른 곳에 가서도 제가 여기서 배운 것들, 소중한 추억들 간직하며 열심히 살겠습니다."

일을 그만둘 때 부모님을 설득하는 일이 어려운 문제일 것이다. 나 역시 실망시켜드리는 것만 같아 말문을 떼기가 쉽지 않았다. 하지만 내가 그동안 얼마나 힘들어했는지 알고 계셨던 부모님은 크게 반대하지 않았다. 내가 생각하는 미래와 계획을 차분히 말씀드렸더니 생각보다 쉽게 부모님을 설득할 수 있었다. 이제 살아가면서 증명하는 일이 남았다.

병원 생활이 너무 힘들었기 때문에 이제 마음먹으면 무슨 일이든 해낼 수 있을 것 같았다. 켈리 클라크슨의 노래 <스트롱거(Stronger)>를 들으면 그때가 생각난다. 노랫말이 당시 내 상황을 그대로 말해주는 것만 같다.

"What doesn't kill you makes you stronger."
고통을 이겨내면 더 강해진다.

병원을 그만두던 날의 설렘은 이루 말할 수 없었다. 다시 무언가에 미치고 도전할 수 있는 기회가 찾아온 것이니까. 이제 나를 세상에 던져놓고 시험해볼 차례. 삼성병원에서의 2년은 내 인생의 쓰디쓴 추억이다. 하지만 그 경험이 나를 정신적으로 강하게 만들었다. 덕분에 더 과감하게 결정하고, 더 집중하고, 내가 정말 원하는 것을 추구할 수 있는 나로 성장했다.

뒤끝 없고 후회 없는,
똑똑한 퇴사 노하우

"병원이 너무 싫어! 일단 때려치워야겠다!" 이렇게 생각해서 무
작정 병원을 박차고 나온다면, 자기 인생도 같이 말아먹을 수 있
다. 울컥하고 저지른 일 치고 이익 남는 경우가 별로 없다. 퇴사
는 '두 걸음 전진을 위한 한 걸음 후퇴'일뿐, 도망가는 거 아니지
않은가. 몇 개월을 두고 차근차근 준비해서 깔끔하게 퇴사하는
게 현명하다. 퇴사를 결심한 순간부터 진짜 퇴사하는 날까지, 사
실 이 시기만큼 너그러워지고 설레는 날들도 별로 없다. 그 기분
을 만끽하면서 필요한 절차를 착착 준비해보자.

● 퇴사 소식 알리기

확실히 퇴사를 결정했다면 수간호사 선생님에게 먼저 이야기해
야 한다. 고민하는 단계라면 결심이 설 때까지 아예 이야기를 꺼
내지 않는 편이 좋고, 결심이 확고하다면 되도록 빨리 알리는 것
이 좋다. 보통은 2개월, 빠르게는 5개월 전에 알려 병동이 인력
을 충원하고 그 인력을 트레이닝시킬 수 있도록 배려해야 한다.

인간관계 정리하기

보기 싫은 사람들 이제 안 본다니 속이 시원하겠지만 이때 방심해서 함부로 하면 안 된다. 간호사 세계는 생각보다 좁고 소문은 거의 빛의 속도로 퍼진다. 인내심을 가지고 끝까지 같이 일하는 사람에게 매너를 지키자. 퇴사 직전의 이미지가 사람들에게 기억되는 전부가 되기도 한다. 그동안 참아온 게 아깝다. 특히 마지막에 더 열심히 일하고 친하게 굴다가 나오자.

퇴사 후 계획표 짜기

퇴사 후 할 일을 미리 정리해둘 필요가 있다. 노트에 하고 싶은 일들을 하나하나 기록하자. 각각에 적당한 시기와 필요한 기간, 비용 등을 따져보고 구체적인 계획들도 세워두자. 그래야 시간을 효율적으로 쓸 수 있다. 무작정 그만두고 퇴사의 기쁨에 빠져 있다 정신을 차려 보면 어느새 몇 달이 훌쩍 지나 있을 수도 있다. 재입사할 때 면접에서 쉬는 동안 뭘 했는지 물어보는 경우도 많다. 면접관이 고개를 끄덕일 정도로 알차게 시간을 보내자.

재취업 계획 세우기

재취업 날짜를 구체적으로 정해두는 게 좋다. 그래야 쉬는 기간을 즐길 수 있다. 쉬는 동안에도 가고 싶은 병원이나 부서의 정보를 끊임없이 찾고 확인하자. 물론 병원을 그만두면 '격렬하게 아무것도 안 하고' 싶은 마음 이해하지만, 자신이 정말 원하는 직업과 직장을 갖기 위해서는 끊임없는 노력이 필요하다. 찾다 보면 있는 줄도 몰랐던 괜찮은 직무를 발견하기도 하고 좋은 기회를 얻을 수도 있다. 나 역시 그렇게 '미군 간호사'라는 새로운 세계를 알았고 소중한 기회를 얻기도 했다.

추천서와 경력증명서 챙기기

퇴사 전에 꼭 챙겨야 할 것 중 하나가 경력증명서다. 인사과에 요청하자. 해외 취업이나 진학을 계획하고 있다면 영문으로도 받아두자. 이 경우는 추천서도 꼭 챙겨야 한다. 추천서는 동료나 선배에게 받는 것이 아니라 자신이 속해 있는 병동의 직속 상사, 즉 간호부나 진료부에서 받아야 한다. 급하게 부탁하면 상사에게 부담이 될 수 있으니 미리 부탁해서 받아두도록 하자. 외국에서 필요한 추천서는 진학용과 취업용이 따로 있으니, 둘 다 미리 받아두면 나중에 어색하게 다시 병원에 돌아가서 부탁하는 경우를 방지할 수 있다.

병원 혜택 이용하기

병원에 입사하면 새로운 환경에 적응하느라 공부하느라 여유가 없다. 나중에 받지 하는 생각에 병원에서 제공하는 여러 혜택들을 놓치는 경우가 많다. 퇴사 전에 꼼꼼히 확인해서 최대한 누리고 나갈 수 있도록 하자. 내 경우에는 병원에서 제공하는 교육 프로그램이 그중 하나였다. 특히 전화영어 프로그램을 애용했는데, 퇴사 전에는 다른 영어 수업도 몰아서 들었다. 퇴사 전에 완료할 수 있도록 남은 기간을 잘 계산해서 신청하는 센스는 필수!

Part 3

더 넓은 세상으로

66

오롯이 나에게 집중하고
나만의 행복을 추구하는
시간을 가졌던 덕에
내 삶은 더욱 건강하고
컬러풀해질 수 있었다.

99

Dreaming  *girl*

도전,
패션모델!

할 수 있는 것은
다 해보자

병원을 그만두고 하루하루 행복한 나날을 보냈다. '쉬는 게 이렇게 좋은 거구나!' 한 번도 쉬어본 적 없는 사람처럼 새삼스럽게 자유를 만끽했다. 가만히 있다가도 '내가 병원을 그만뒀다니!'라는 생각이 들면 너무 좋아서 저절로 웃음이 나왔다. 병원 생활하면서 선배들에게 시달리는 게 가장 고통스러웠는데, 보기 싫은 얼굴을 보지 않아도 된다는 사실만으로 매일 아침 눈뜰 때마다 설레고 기뻤다. 이런 아침을 맞이한 게 얼마 만이던가! 고향에 오랫동안 다녀오고 그동안 하고 싶었던 일들도 하나씩 해나갔다. 오직 나만을 위한 시간, 나를 더 알아가는 시간을 보냈다. 그러는 동안 다시 삶에 생기가 돌고 예전의 활기차고 긍정적인 김리연이 돌아오기 시작했다.

간호사로 일하는 동안 너무 힘들었던 나머지 내가 과연 이 직업을 좋아하기는 하나 의심마저 들었다. 그래서 쉬는 동안 그동안 호기심을 가졌던 분야를 직접 경험해보기로 했다.

'어쩌면 나도 몰랐던 재능을 발견할 수 있을지도 모르고, 다른 직업을 가져볼 기회도 만날 수 있을지 모르잖아?!'

평소 동경했던 건축에 관한 수업을 들어보고, 컬러리스트 강습에도 참여하고, 가수인 친구의 앨범 녹음에 피처링으로 참여해 노래도 불렀다. 그중에서도 가장 매력적인 경험은 패션모델의 세계였다.

리틀 낸시의 첫 패션쇼

처음 패션쇼 무대에 오른 것은 과거로 거슬러 올라 아직 병원에 근무할 때였다. 쌈지의 새로운 라인 '낸시 랭'의 2006 S/S 패션쇼에 참여할 아마추어 모델을 구한다는 광고를 보고 재미 삼아 지원 서류를 보냈었다. 이 행사는 모델 워킹보다는 춤과 공연이 더 부각되는 독특한 이벤트였다. 마침 내 특기가 춤 아니던가. 심사관들 앞으로 걸어나가 브리트니 스피어스와 푸시캣 돌스의 노래에 맞춰 신나게 춤을 췄다. 결과는 합격. '리틀 낸시 랭'으로 뽑혀 패션쇼에 참가하게 되었다.

쇼의 연습이 시작되었다. 참가자 중에 직업이 있는 사람은 나

하나였고 나머지는 모두 모델 혹은 연예인 지망생이었다. 연습은 무척 즐거웠지만 3교대 근무라 정기적으로 참여할 수 없었다. 연습에 자주 빠져서 쇼에서 제외될 위기에도 처했다. 하지만 신세계를 맛볼 절호의 기회를 놓치고 싶지 않았다. 그래서 나를 어필할 특별한 이력서를 만들어 낸시 랭에게 보냈다. 내 경력과 앞으로의 목표를 사진과 함께 장식한 핑크빛 포트폴리오였다. 다행히 그녀는 내가 보낸 포트폴리오를 좋아했고 사정을 이해해주었다. 나는 안무와 동선을 확실히 외운다고 약속했다.

연습에 나갈 때마다 새로운 안무를 외우느라 정신이 없었지만, 같이 참여하는 친구들이 많이 도와주었고 나 또한 최선을 다했다. 패션쇼는 2006년 1월 압구정에서 열렸다. 처음 서보는 패션쇼 무대라 떨렸고, TV에서만 보던 연예인을 눈앞에서 보는 것도 신기했다. 패션과 퍼포먼스가 결합한 '패포먼스'라는 콘셉트로 진행된 행사는 성공적으로 마무리되었고 내게도 잊지 못할 추억으로 남았다.

텔레비전에
내가 나오다니

모델 일을 하게 된 첫 계기는 2007년, 길거리에서 우연히 찍힌 '스트리트 패션' 사진 한 장이었다. 병원 동

기대에서 무한히 뻗어 흩어진 '스트리트 패션' 사진 컷을 왼쪽을 시작으로 모델의 세계에 발을 들였다.
내가 현재 이런 걸음을 해보겠다 싶었고, 감히 새로운 시도를 감행했다는 사실도 뿌듯했다.

기들과 압구정의 유명한 떡볶이집에 몰려가 배불리 먹고 나오는 길이었는데, 낯선 사람이 다가와 말을 걸었다.

"안녕하세요. 잡지사에서 나왔는데, 혹시 사진을 찍을 수 있을까요?"

동기들은 난리가 났고, 나는 떨리는 마음으로 포즈를 취했다.

다음 달 잡지가 나오는 날 서점에 달려가서 확인했더니, 스트리트 패션 코너에 내가 대문짝만하게 실려 있었다. 나는 어려서부터 패션 잡지를 좋아했다. 온갖 패션지를 섭렵하며 사 모았고, 나름대로 디자인도 했었다. 늘 사 보기만 하던 잡지에 내가 나오다니!

이것만으로도 신기한데 더 놀라운 일이 벌어졌다. 잡지사에서 다시 연락이 왔다. 잡지사에서 모델 선발대회를 여는데 한번 나와보라는 것. 망설여졌지만 재미있을 것도 같아 얼떨결에 대회에 나갔다. 비욘세 춤도 추고 열심히 한다고 했지만 하도 쟁쟁한 친구들이 많아 별로 기대하지 않았는데, 결국 결승까지 진출했다. 최종 우승은 못 했지만 참여한 과정이 너무 재밌었다. 결승전에 진출하니 내 전담 스타일리스트와 어시스트가 다 있었다. 전문 아티스트로부터 메이크업도 받았다. 내가 언제 이런 경험을 해보겠나 싶었고, 전혀 새로운 시도를 감행했다는 사실도 뿌듯했다.

우연과 호기심으로 시작한 일이었는데, 막상 문을 열자 신세계가 펼쳐지며 상상도 못 했던 기회가 거듭 찾아왔다. 잡지모델 콘테스트에서 나를 눈여겨봤다며 방송사 PD로부터 연락이 왔다.

그분의 추천으로 TV 프로그램에도 출연하고, KBS 신인 탤런트를 뽑는 방송에 나가기도 했다. 연예인들을 직접 만나고 이야기도 나누면서 방송 세계가 어떤지 살짝 맛볼 수 있었다. 그 후로도 그 PD와 자주 연락하며 여러 프로그램에 출연을 제안받았지만, TV 활동은 어쩐지 부담스러워서 지속하지는 못했다.

연기 한번 해볼래요?

엔터테인먼트 회사에서도 오디션을 보자고 연락이 왔다. 모델 일을 하며 만난 친구를 대동하고 사옥으로 찾아갔다. 그런데 나를 찜한 매니저는 모델이 아니라 연기자로 데뷔시키고 싶다며 다짜고짜 연기를 해보라는 거 아닌가. 시나리오를 주며 그냥 편하게 읽어보라고 했다. 평생 연기라곤 해본 적도 없지만, 얼결에 시키는 대로 해봤다. 시나리오는 세 종류였는데, 마지막 시나리오에는 어쩐지 감정이입이 되는 바람에 격정 연기를 펼쳐버렸다. 지금 떠올려봐도 심히 오글거리는 '발연기'였지만, 새로운 경험은 늘 즐겁다.

한번 오디션을 보고 나니 재밌기도 하고 자신감도 생기는 것 같아서 일부러 이런저런 오디션을 보러 다니기도 했다. 광고 이야기가 오가기도 했지만 당시에는 치아 교정을 하고 있어서 번번이 퇴짜를 맞았다. 소속사 계약 제안을 받았을 때는 왠지 덜컥 사인하기가 겁이 나서 치아교정기 핑계를 대며 나중으로 미뤘다. 매력적인 세계이긴 했지만 그 후로도 굳이 업계에 뛰어들겠다는 생각이 들지는 않았다. 결국 특정 회사와 계약을 하지는 않았고, 모델 일은 가끔씩 의뢰가 들어올 때마다 취미 삼아 했다.

나는 이렇듯 꾸준히 내 관심사에 기웃거렸다. 내가 어떤 사람인지, 뭘 좋아하는지, 숨겨진 재능이 있는지, 나에 대해 더 알아가려고 노력했다. 나 자신의 1호 팬이 되어 스스로를 더 아끼고 사랑하려고 노력한 시기였다. 남들 눈에는 허세나 치기, 허송세월로 비쳤을지도 모르지만 오롯이 나에게 집중하고 나만의 행복을 추구하는 시간을 가졌던 덕에 내 삶은 더욱 건강하고 컬러풀해질 수 있었다.

수술실 간호사로
컴백하다

탕아가 돌아오다?

8개월의 휴식을 즐기고 나자 다시 일하고 싶어졌다. 바로 미국으로 갈까 고민도 해봤지만, 영어 실력이 만족스러운 수준에 오를 때까지는 한국에 있는 것이 맞는다고 생각했다. 아이엘츠(IELTS) 공부를 장기간 해야 하는데 부모님께 손 벌리기는 싫었다. 그래서 구직 활동을 시작했다. 좋은 병원에 들어가려면 3교대가 필수였지만, 그것만큼은 절대 하고 싶지 않았다. 일단 적당한 보수로 하루 8시간 일할 수 있고 이왕이면 내 간호학적인 호기심도 해결할 수 있는 곳을 찾아보았다. 그러다 삼성병원에서 유방내분비외과 수술 보조(SA, Surgical Assistant) 간호사 모집 공고를 보았다.

삼성병원은 한번 퇴사하면 재입사가 되지 않는 곳으로 알려져 있다. 하지만 다시 일을 해야 한다면 차라리 나에게 익숙한 환경이 낫겠다는 생각이 들었다. 게다가 밤낮이 바뀌는 근무가 아니라 일정한 시간에 일할 수 있고, 보수도 적당하고, 관심 분야의 지식도 쌓을 수 있는 데다 경력에도 도움이 될 터였다. 무엇보다 수술실에서 일한다는 것이 너무 매력적이었다. SA에 대해 별로 아는 게 없었지만 놓치기 아까운 기회라는 생각에 일단 지원했다.

면접은 진료부와 보았다. 간호부가 아닌 진료부 소속이었고, 3교대 없이 8시간 일하는 조건이라 공부를 병행할 수 있을 것 같았다. 물론 일하며 공부하기가 쉽지 않지만, 당시에는 에너지가 넘쳤고 3교대만 아니면 공부할 시간이 충분하다고 생각했다. 결국 최종 합격을 하고 2008년 4월 삼성에 재입사하게 되었다.

한번 퇴사한 곳에 다시 들어가는 일이 아무렇지 않을 수는 없다. "눈치 보여서 힘들지 않더냐?"라는 질문을 많이 받았다. 더러는 "나가봐도 역시 여기만 한 데가 없지?" "퇴사한 거 후회되지?" 식의 돌아온 탕아 취급도 받았다. 그러나 나는 퇴사 결정에 조금도 후회가 없었다. 재입사 결정도 잘했다고 생각한다. 내 간호사 경력을 '현상 유지'에 묶어둘 생각이 없었고, 입사 때부터 지망 부서 1순위는 수술실이었다.

남 일에 왜 그리 관심이 많은지 모르겠지만, 나를 못마땅하게 여기는 사람들이 자기네 도마에 나를 올려놓고 잘잘 썰어대든 말든, 나는 꿋꿋이 수술실에서 2년의 경력을 쌓기로 했다. 퇴사 후

절감한바, 남들 시선에 휘둘리며 살아가다가는 죽도 밥도 안 된다. 목표를 똑바로 바라보고 곧장 걸어가기도 힘든 와중에 오락가락하는 세상의 잣대 따위 신경 쓸 여유도 관심도 없었다.

수술실, 딱 내 스타일!

드디어 동경하던 수술실에서 일하기 시작했다. 이비인후과 병동에서 근무할 때, 수술 전후의 환자들을 보면서 수술실에서 어떤 일이 일어나는지 또 어떻게 수술을 진행하는지 항상 궁금했다. 그런데 이제는 내가 직접 수술에 참여한다는 것이 신기하고 설렜다. 한동안 들뜨는 마음을 가라앉히며 출근하곤 했다. 수술실은 늘 깨끗하게 유지되었고, 겨울에도 에어컨을 틀어 온도를 낮춰놓곤 했다. 수술실에 들어설 때마다 그 싸하고 상쾌한 공기가 좋았다. 정신을 집중하게 만드는 조용한 분위기도 마음에 들었다. 오래전 학교에서 배운 손 씻는 법을 다시 익히고, 수술실의 이런저런 시스템을 배우고, 무균 환경에 몸을 적응시켜나갔다.

근무 환경은 만족스러웠다. 바쁠 때면 물 한 잔 마시지 못하고 화장실 갈 시간도 없어서 쩔쩔매던 병동과는 딴판이었다. 병동에서는 업무 시간을 넘어 몇 시간씩 오버타임으로 일해도 수당을 받을 수 없었는데 수술실에서는 수당도 꼬박꼬박 나왔고, 밥을 거르기 일쑤라 위염에 시달리던 병동 생활에 비해 여기서는 밥때가 되면 다른 동료 간호사가 교대해주기도 했다. 물론 수술이 있으면 식사시간이 오래 주어지지 않았고 아예 굶는 일도 있었지만, 언제 콜벨이 울려 선배의 불호령이 떨어지지 않을까 조마조마하면서 먹던 때에 비하면 감사한 환경이었다.

또한 수술실은 말을 많이 하지 않아도 돼서 좋았다. 병동에서는 입원 환자뿐 아니라 보호자, 외래 환자까지 상대하느라 스트레스를 많이 받았다. 수술이 있으면 전후 과정을 자세히 설명해야 하고, 문제가 생기면 여러 가지 중재 역할을 하느라 정신이 없고, 전화 응대를 하느라 정작 내 업무가 지연되는 경우도 많았다. 수술실에서는 그럴 일이 거의 없었다. 진작 수술실로 옮겨 달라고 할 걸 그랬어! (…라고 생각했지만, 세상사 쉬운 일이 없다는 진리는 이후 여지없이 드러난다.)

뭐니 뭐니 해도 3교대 근무가 아니라 내 삶을 가질 수 있고 규칙적인 계획을 짤 수 있다는 게 가장 좋았다. 비로소 제대로 공부할 수 있는 환경이 마련된 것이다. 애초에 SA로 재입사한 이유는 영어 공부를 위한 재정적인 뒷받침이 필요했기 때문이니까.

하지만 애초 생각과 달리 근무를 마치고 난 후에는 체력이 달려 공부 의욕이 사라지곤 했다. 차라리 일찍 일어나 공부하기로 마음먹고 새벽반 어학원에 등록했는데 힘들어서 강의료만 날렸다. 결국엔 집에서 혼자 하기로 하고, 매일 아침 출근 두 시간 전에 일어나 공부했다. 아침 공부의 좋은 점은 일하기 전이라 에너지가 충분하고, 아무에게도 방해받지 않을 수 있다는 것. 대신 일주일에 며칠은 퇴근 후 강남역 근처 어학원에 다녔다. 그곳의 북적이는 분위기와 학생들의 에너지 덕에 절로 기운이 났다. 나도 남은 힘을 끌어내 공부에 집중했다.

SA,
의사도 간호사도 아닌

SA란 무엇인가? 사실 한국에서 SA는 경계나 직무가 모호하다. 우리말로 풀면 '수술 보조'이고 보통 SA 간호사라고 부르는데, '직접적인 수술 지원을 메인 업무로 담당'한다. 때론 간호사와 레지던트의 역할까지 도맡지만, 사실상 의사도 간호사도 아니다.

수술실에서 간호사는 주로 수술 순서와 상황에 맞게 수술 도구를 준비하고 건네주는 역할을 하는 반면, SA는 의사와 함께 수술에 직접 참여한다. 간단한 수술은 집도의와 둘이서 진행하기도 했다. 우리나라는 의사 인력이 부족하기도 하고 레지던트들은 한 달마다 로테이션하는 통에 SA가 사실상 수술에서 매우 중요한 역할을 한다. 최근 한국에서는 전공의(특히 외과의) 인력난 때문에 대체인력으로서 SA나 PA(Physician Assistant) 채용이 점점 증가하고 있다(PA는 의사 업무를 보조하는 전담 간호사를 통칭하는데, SA는 특히

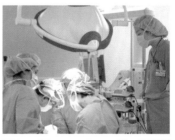

외과의 보조로서 PA에 포함된다).

　SA로 일하는 것의 장점을 꼽아보자면, 우선 3교대 및 야간 근무가 없고 시간 외 수당이 지급된다. 또 일반적인 간호 업무보다 전문화된 직무를 좀 더 자율적으로 수행할 수 있다. 수술실에서 일하는 것 자체는 흥미진진하고 만족스러웠다. 하지만 조직이나 제도 측면에서는 문제점도 많았다.

　한국에서 SA를 비롯한 PA는 도입된 지 얼마 되지 않았고, 아직까지 합법적 지위를 가지고 있지 않다. 의사 역할을 일부 대신하는 경우도 있는데 의사 면허를 가지고 있지 않기 때문에 의료법 위반 소지가 제기돼 왔다. 한편 소속이나 업무가 명확히 규정되어 있지 않기 때문에 겪는 소통의 부재, 부당한 대우, 부서 갈등 등도 문제다.

　간호부 소속으로 일할 때는 불만사항이 있으면 선배 간호사와 의논하거나 수간호사와 면담할 수 있었다. 당연한 절차이고 제도라고 여겼던 것들인데, SA에게는 적용되지 않았다. SA를 총괄하는 담당자가 있긴 했지만, 문제제기를 하면 한참 듣고 나서 '그렇지만 내가 해줄 수 있는 일이 없다.'라는 결론으로 끝났다. 난 고민 상담을 하려고 한 게 아니라, 문제를 해결하고 싶었던 건데 말이다.

　수술 스타일은 의사마다 천차만별이다. 이것저것 조금이라도 더 가르쳐주려고 하고 절개 모양이나 수술 방식에 관해 의논하는 교수도 있고, 반대로 처음부터 끝까지 야단치고 짜증 내고 막말하며 수술을 끌고 가는 교수도 있었다. 온화하고 협력적인 분위기가 연출되는 수술실이 있는가 하면 들어갔다 하면 몸도 마음도 시달리다 나오는 수술실도 있었다. 그런데 집도의와 갈등이 있어도 SA의 권리를 대변해줄 곳이 없고, SA의 업무가 확실히 정해져 있지 않아서 SA를 자기 마음대로 부려 먹는 의사도 종종 있었다.

그래서 솔직히 지금 한국에서 SA로서 제대로 된 경력을 쌓을 가망은 희박해 보인다. 거의 모든 병원에서 SA 경력을 공식 경력으로 인정해주지 않는 데다, 대부분 계약직으로 채용되고 정규직 전환이 어려워서 병원을 자주 옮겨 다니게 되기 때문이다. 하지만 잘 활용하면 좀 더 편안한 근무 환경에서 전문적인 경험을 쌓을 수 있는 기회로 만들 수 있다. 나도 삼성에서 SA로 일한 경험이 훗날 업무에 많은 도움을 주었고, 안정적으로 영어를 공부하고 미국행을 준비하는 데에도 경제적, 시간적 보탬이 됐다.

한계와 집념
사이에서

난생처음 경험한 기절

어릴 때부터 하고 싶은 일은 일단 도전해
봐야 직성이 풀리는 성격이었다. 다른 사람의 경험담을 듣는 것
과 내가 직접 경험하는 것은 완전히 다르기 때문이다. SA에 대해
잘 몰랐지만 일단 해보기로 결정한 것도 그 연장선에 있다. 내 열
정이 수술실을 가리키고 있었으니까. 그런데 전혀 예상치 못한 내
한계와 마주하게 된다.

처음 이상이 발견된 건 입사가 확정되고 처음 출근해 펠로 선
생님과 면담을 할 때였다. 선생님은 이야기를 하다가 마침 유방
암 수술이 있으니 바로 참여해 어시스트를 해보라고 했다. 처음
들어가는 수술이라 너무 떨렸다. 손을 씻고 가운과 장갑을 착용
한 후 수술실로 들어갔다. 지시에 따라 보조를 하던 중 갑자기 머

리가 어지러웠다. 식은땀이 나고 눈앞이 흐려졌다. 뭔가 심상치 않아 잠시 화장실에 다녀오겠다고 하고서 수술실 문을 나섰는데, 그 자리에서 의식을 잃고 쓰러졌다.

눈을 떠보니 나는 회복실 침대에 수액을 맞으며 누워 있었다. 수술실 간호사가 전해주길, 내가 종잇장처럼 쓰러지며 머리를 바닥에 세게 부딪혔다고 했다. 수술실에서는 새로 온 SA가 쓰러졌다고 시끌벅적 난리가 났고, 모두 걱정하면서 머리 사진을 찍어봐야 할지 의논하고 있었다. 교수님 한 분이 놀란 얼굴로 물었다.

"김리연 간호사, 괜찮아요? 어디 아픈 데 있어요?"

나는 왜 쓰러진지도 모르고 누워 있었다. 첫날이라 긴장한 데다 아침 일찍 일어나 밥도 안 먹고 출근해서 그런 것 같다고 대충 둘러댔다. 사람들을 안심시키고 나자 속으로 걱정이 밀려들었다. 왜 이러지? 나한테 무슨 일이 있나? 순정만화에 나오는 여주인공처럼 쓰러지는 일이 내게도 일어나다니. 워낙 건강한 체질이고 한 번도 겪어본 적이 없는 상황이라 무서웠다. 첫날이라 긴장해서 그럴 거라고, 금방 적응할 거라고 애써 마음을 진정시켰다.

도대체 왜 이러지?

다음날 본격적으로 업무가 시작됐다. 또 쓰러질까 봐 걱정했지만 다행히 별 탈 없이 한 주가 흘렀다. 나는 외과에서도 유방내분비외과(endo-breast department)에서 일했다. 하루 평균 5회 정도 수술에 참여했는데, 거의가 갑상샘이나 유방을 절제하는 수술이었다. 그런데 다음 주 월요일이 되자 다시 어지러운 증상이 찾아왔다. 그동안 운동을 좀 게을리했더니 많이 약해졌나? 매주 월요일마다 쓰러질 것 같은 증상이 특히 심했다. 기운은 넘치고 건강검진에서도 전혀 문제가 없었는데 왜 이러는지 이해가 가질 않았다.

그렇게 한 달여를 지낸 후에야 내가 피를 잘 보지 못한다는 사실을 깨달았다. 피를 보면 나도 모르게 긴장해 어지러워졌던 것이다. 그러고 보니, 까맣게 잊고 있던 간호학생 시절 일이 떠올랐다. 제주도의 한 종합병원 투석실로 첫 실습을 갔었다. 응급한 일이 벌어지는 분위기는 아니지만 환자의 상태를 예의 주시해야 해 어느 정도 긴장감이 감돌았다. 투석기에서는 윙윙 소리와 함께 끊임없이 혈액이 돌았다. 첫날 실습을 하는데 너무 어지러웠다. 다음 날도 투석실에 들어선 지 얼마 안 돼 다시 어지럼증이 왔다.

증상이 계속되어 응급실까지 다녀왔지만 아무 이상도 발견되지 않았다. 결국 실습을 총괄하는 간호부장과 면담을 했다. 아무래도 피를 봐서 그러는 것 같으니 다른 부서로 옮기고 싶다고 말했다. 간호부장은 기가 차다는 듯 '다른 곳도 아니고 투석실에서 그러면 앞으로 간호사 생활을 어떻게 할 거냐?'라고 핀잔을 줬다. 이것도 다 훈련의 일부라며 배정받은 곳에서 실습을 마치라고 했다. 어쩔 수 없이 다시 투석실로 돌아가 실습을 계속했다. 하루하루가 고통스러웠지만 일부러 피가 많은 곳을 돌며 나를 단련시켰고, 조금씩 나아지고 있다고 믿었다. 미련하기도 하지. 몇 차례 쓰러질 위기를 겪고 나서야 그때 기억을 떠올린 것이다.

어떡해야 하나. 그동안도 여러 어려움을 헤쳐왔지만, 이건 차원이 완전 달랐다. 살아오면서 내 몸은 늘 내 의지 아래 있었다. 체력에는 자신 있었다. 피로는 정신력으로 이겨냈고, 허기는 참을 수 있었다. 하지만 어지럼증과 기절은 내가 조절할 수 있는 것이 아니다. 의지를 벗어난 더 큰 힘이 나를 지배하고 있음을 절감했다. 처음으로 근본적 한계에 부딪힌 것이다.

일요일엔 '빨간' 영화를

나는 철저한 자기관리를 시작했다. 한동안 주말에는 아무 일정도 잡지 않고 오로지 운동을 하거나 집에서 푹 쉬었다. 일요일에는 월요일의 어지럼증을 대비해 일부러 유혈이 낭자한 공포영화와 수술 동영상을 찾아 봤다. 충분히 자고 식사에도 신경 썼다. 수술실에 적합한 강인한 체력을 기르려고 노력하고 꾸준히 마인드 컨트롤을 했다.

서서히 혼절의 전조 증상이 무엇인지 감을 잡았고, 그런 기미가 조금이라도 오면 미리 조치를 취했다. 수술실에서 쓰러지지 않으려고 수술 도중 나온 적도 몇 번 있었다. 그럴 때는 집도하는 의사에게 사유를 얘기해야 한다. 하지만 내 증상에 대해 솔직히 말할 수 없었다. 수술실을 그만두는 것보다는 이미지가 망가지는 편이 낫다고 생각해서, '전날 과음으로 속이 안 좋다.'는 핑계를 댔다. 사실 술을 전혀 못 마시지만, 그렇게 해서라도 수술실에서 계속 일하고 싶었다.

조금만 더 지내다 보면 익숙해지겠지, 다음 주부터는 나아지겠지, 하면서 자꾸 욕심을 부렸다. 그토록 동경했던 수술실에서 일하게 되었고, 나름 큰 결심을 하고 삼성병원에 돌아왔는데, 그냥 그만둘 수는 없었다. 하지만 어떤 날은 감당하기 힘들 정도로 어지러웠다. 목숨에 위협까지 느끼며 그렇게 독하게 2년을 버텼다.

자신의 한계에 불굴의 집념으로 맞선 것은 의미 있는 경험이지만, 지금 같으면 다른 선택을 할 것 같다. 간호사 생활은 단기 레이스가 아니니까. 자신에 대해 잘 파악하고 자기와 맞는 부서로 가서 건강한 간호사 생활을 하는 것이 가장 좋다. 여러분은 그랬으면 좋겠다.

또 피를 보면 긴장한다고 해서 (통념과 달리) 간호사 일을 못 하는 것은 아니라는 사실도 알려주고 싶다. 혈액에 많이 노출되지 않고 일할 수 있는 파트가 더 많다. 나 역시 수술실을 그만두고 나서는 그와 같은 증상이 단 한 번도 없었고, 건강하게 간호사 일잘하며 지내고 있다.

간호사가 돌봐야 할 1순위,
자기 몸

간호사는 불규칙한 식사와 수면, 과도한 업무 스트레스로 인해
걸어 다니는 종합병원으로 돌변할 위험이 크다. 환자를 돌보는
직업을 가졌으면서도 정작 자기 자신을 돌보는 데는 소홀한 간호
사가 많다. 자기 몸은 자기가 챙겨야 한다. 신규 때부터 몸이 보내
는 신호에 늘 민감하게 반응하며 스스로를 챙기자.

아침을 먹자

신규 때부터 아침을 먹는 습관을 들이는 것이 무엇보다 중요하
다. 간호사들이 자주 호소하는 건강 문제 중 하나가 위염이다. 불
규칙한 식습관과 수면 때문에 가장 먼저 신호가 오는 곳이 피부
와 위다. 아침을 꼬박 챙겨 먹으면 여러 문제를 사전에 막을 수
있다. 저작 작용 덕에 뇌를 일찍 깨워 더 활기찬 아침을 맞을 수
있고 일의 능률도 오른다. 바쁜 날은 병원에서 끼니를 거를 때도
있기 때문에 더더욱 집에서의 아침을 챙겨야 한다.

나는 계절에 관계없이 따뜻하고 간편한 음식으로 아침을 해결했
다. 물을 부어 먹는 봉지 수프도 좋고, 죽을 많이 만들어 냉장고
에 보관했다가 출근하기 전 조금 덜어서 전자레인지에 잠깐 돌

려 먹는 것도 좋은 아침이 된다.

다리 부기 관리

간호사라는 직업과 압박 스타킹은 떼려야 뗄 수 없는 관계. 건강할 때부터 습관적으로 신으면 하지 정맥류도 예방할 수 있다. 스타킹을 신은 날은 확실히 체력적으로 덜 힘든 느낌이었다. 긴 수술이 있는 날에는 특별히 세 개를 겹쳐 신기도 했다. 압박 스타킹은 편안함보다는 다리를 확실하게 잡아주는 짱짱한 타입이 좋다. 신었을 때 아프면 안 되고, 발등의 작은 핏줄들까지 확실하게 잡아주는 것이 보인다면 자신에게 맞는 사이즈다.

퇴근 후 집에서 다리 마사지 기계를 사용하는 것도 유용하다. 잘 때는 종아리 부분에 이불을 두툼하게 깔아서 심장보다 높이 올려놓자. 이렇게 하고 자면 다음 날 아침 다리 부기도 빠지고 다리 라인도 망가지지 않는다.

3교대용 운동법

간호사에게 운동은 정말 중요하다. 하지만 반복되는 힘든 근무에 손가락 하나도 움직이고 싶지 않은 경우가 많다. 3교대는 더욱 운동하기 힘들다. 하지만 아무리 악조건에 놓여도 운동만큼은 건강할 때 습관처럼 해야 한다. 아프고 나서는 시작하기도 유지하기도 더 어렵다.

＊데이 근무 : 집이나 병원 근처 문화센터를 이용하자. 수강료가 저렴하여 한 달 내내 가지 않아도 부담이 덜 된다. 시설 좋은

곳보다 거리가 가까운 곳을 끊어야 그나마 꾸준히 갈 수 있다.

＊이브닝 근무 : 아침 운동하기 좋다. 하고 싶은 운동은 모두 할 수 있는 시간대. 요새는 쿠폰제로 끊는 각종 피트니스 센터가 많으니까 충분히 활용하자.

＊나이트 근무 : 운동 따위는 안중에도 없어진다. 너무 피곤한 상태에서 운동은 오히려 몸에 무리를 줄 수 있다. 그래도 그냥 자지는 말 것. 30분~1시간 정도 스트레칭을 하면 숙면을 취하는 데도 도움이 된다. 그 정도면 적당히 땀도 난다. 샤워하고 편히 누워서 손과 다리를 하늘로 향하게 뻗고선 5분 동안 털어주듯 흔든다. 부기가 빠진다. 자, 이제 꿈나라로.

숙면 취하기

숙면을 위해서는 암막 커튼이 필수 아이템이다. 몸이 어둠에 적응하면서 잘 때만 나오는 호르몬이 분비되어 푹 잘 수 있다. 스트레스를 많이 받은 날에는 아로마테라피를 애용했다. 나는 라벤더와 로즈메리를 섞은 향을 좋아해서 자기 전에 베개에 두 방울씩 뿌렸다. 그러면 마음이 차분해지고 잠도 잘 왔다.

폭스 미군장교와의 만남

삼성 재입사 전 구직 활동을 할 때 국제진료소 등 영어를 쓰며 일할 수 있는 병원을 샅샅이 알아보았는데 마땅한 공채가 없었다. 송도에 국제병원을 짓는다는 소문이 있었지만 언제 생길지 미지수였다. 일단 삼성에 다시 들어가 SA로 일하고 있던 중 미군 부대에서 일하는 친구가 주한 미군 부대 내 병원에 지원해보는 건 어떠냐고 물었다. 솔깃했다.

인터넷에서 자료를 찾아보다가 미국 간호사 시험을 준비하는 학원에서 용산 121병원(주한 미군 영내 병원)에 관한 설명회를 연다는 공지를 발견했다. 그때가 2009년 4월, SA로 일한 지도 어언 1년이 되어가고 있었다. 당장 미국 간호사로 취직하기도 어려운 상황이었고, 그 전에 미군 병원에서 일하면 영어도 늘고 경력도 쌓을 수 있겠다 싶었다. 상당히 좋은 기회가 될 것 같다는 생각에 냉큼 신청했다. 설명회 날 전까지 인맥을 총동원해 영문 이력서를 수차례 검토받고 수정하면서 꼼꼼하게 준비했다. 또 거울을 보면서 영어 인터뷰도 연습했다. 드디어 설명회 당일, 떨리는 가슴을 안고 약속된 장소로 향했다.

정장을 입은 긴 머리의 흑인 간호장교가 강의실에 들어섰다. 설명회 주제는 미군 병원 근무를 통해 미국 간호사가 될 수 있는 방법에 대한 것이었다. 군대에서의 간호사 경력은 세계 어디를 가도 인정된다고 했다. 거기에는 두 가지 길이 있다. 하나는 미군으로 지원해 군인으로 살면서 간호사가 되는 것이고, 나머지는 일반 시민 신분으로 미군 병원에서 일하는 간호사가 되는 것이었다. 미군 간호사가 된다면 어느 학교에 다니든 학비 전액을 지원해주고, 나중에 미국으로 가고 싶다면 영주권 등 신분 문제를 확실하게 해결해주는 이점이 있었다. 나는 미군이 되는 것에는 관심이 없어서 두 번째 방법으로 미국 간호사가 되는 내용에 집중하며 열심히 설명을 들었다.

그날 강연을 한 폭스 장교는 간호사로서의 자부심이 돋보였고 말도 조리 있게 잘하는 사람이었다. 강연의 마지막은 질의응답 시간. 참가자들의 질문 공세가 이어졌다. 폭스 장교는 친절하게 일일이 답변을 해주고 강연을 마무리한 뒤 떠날 채비를 했다. 이때 아니면 기회가 없을 것 같아 용기를 내 다가가서 말을 걸었다.

"폭스 장교님, 강연회 정말 잘 들었어요. 저도 미국 간호사가 되는 것에 관심이 아주 많아요."

그 많은 참가자 가운데 직접 말을 건 사람은 나밖에 없었다. 그래서인지 폭스 장교는 나를 무척 마음에 들어 했고, 자기 전화번호를 알려주며 다시 만나고 싶다고 했다. 나는 준비해 간 영문 이력서와 내 연락처를 건네고 진심으로 만나서 반가웠다고 인사했다. 강연장을 나서는데 뭔가 좋은 일이 생길 것 같은 예감이 들었다. 나를 스쳐 가는 수많은 기회 중 드디어 하나를 잡은 것 같았다.

'너무 높은 사람이라 전화하기가 좀 부담스럽네…'

번호를 받았지만 막상 전화하기가 어려워 망설이고만 있었다. (상냥하고 친근한 분이었지만 간호장교면 사실상 엄청 고위간부였던 것!) 그러던 어느 날 수술을 마치고 나왔더니 부재중 통화가 와 있었다. 폭스 장교의 전화였다. 떨리는 마음으로 전화를 걸었다. 그녀는 매우 반갑게 인사하면서 지금 121병원 수술실에서 간호사를 뽑고 있는데 지원해볼 생각이 있는지 물었다. 당시 수술실 근무가 너무 힘들었기 때문에, 혹시 수술실 말고 다른 자리가 있다면 지원해보고 싶다고 대답했다. 우리는 몇 차례 메일을 교환하고 통화를 하면서 조금씩 가까워졌고, 결국 병원 투어를 하기로 약속했다.

약속한 날이 되었다. 만나기로 한 미군 부대 앞 검문소에 미리 도착해 떨리는 마음으로 폭스 장교를 기다렸다. 군복 차림으로 들어온 폭스 장교는 무척 반가워하며 나와 포옹했다. 부대에 들어가기 위해서는 신분증을 맡기는 절차가 필요했다. 모든 것이 순조롭게 돌아가는 듯 보였는데, 갑자기 문제가 생겼다.

"운전면허증은 신분증으로 취급하지 않아서 출입이 불가능합니다."

나는 운전면허증밖에 가지고 있지 않았다. 갑자기 눈앞이 깜깜했다. 여기까지 왔는데 그냥 돌아가야 한다고 생각하니 정신이 아득했고 마중까지 나온 폭스 장교에게 너무 미안했다. 여권이나 주민등록증을 가져오라는 군인에게 폭스 장교는 "나는 미군 장교다."라면서 문제가 생기면 자기가 모두 책임지겠다고 장담했고, 우여곡절 끝에 나는 부대 안으로 들어갈 수 있었다.

부대 안에 들어서자 새로운 세계가 펼쳐졌다. 담장 하나를 넘었을 뿐인데 순간 외국에 온 듯, 이국적인 느낌이 들었다. 병원의 규모는 그리 크지 않았다. 폭스 장교는 병원 이곳저곳을 데리고 다니며 소개해줬다. 병원의 구조와 시설, 작은 장비까지 다 달라서 무척 신기했다. 병동에 도착하자 간호사들이 반갑게 인사하며 맞아주었고, 가는 곳마다 간호사가 부족한데 여기서 일해보지 않겠느냐고 물어서 어리둥절했다. 처음 보는 나에게 왜 이렇게 관심을 보여주지? 아마 폭스 장교가 데려온 간호사라서 그런 것 같았다.

산부인과 병동 간호사들은 유난히 더 친절했다. 병동에서 어떤 일이 일어나고 어떤 식으로 간호하는지에 관해 자세히 설명해주었다. 미군 병원은 다양한 인종의 환자가 이용하는데, 산부인과 병동에서는 특히 환자의 문화적·종교적 다양성을 존중하고 그들의 특별한 요구를 최대한 맞춰준다고 했다. 예를 들어, 어떤 산모는 종교적인 이유로 특별한 방향으로 누워 아이를 낳고 싶어 해서 침대를 옮긴 일도 있다고 했다. 그 밖에도 정말 소소한 요구들까지 산모를 위해 준비해준다고 해서 놀라웠다. 먹는 약이 든 카트도 보여줬는데, 환자 별로 칸이 구비돼 있었고 한번 약을 주고 나면 일정 시간 동안 서랍이 열리지 않아 투약 에러를 막을 수 있게 돼 있었다.

121병원에서 일해보고 싶지만 영어가 유창하지 못해 피해를 줄까 걱정이 된다고 하자, 다들 몰려와 열렬히 격려해줘서 살짝 당황스러웠다.

"걱정 마, 영어는 우리가 가르쳐줄 테니, 같이 일하자!"

허허, 사람들이 왜 이렇게 정다운 거야?

이어서 응급실, 중환자실, 정신과 폐쇄병동, 수술실 등도 두루 견학했다. 응급실이 특히 인상 깊었다. 그곳에서는 전문 간호사가 주로 처방을 내렸다. 의사가 없는 것이 의아해서 물어봤더니,

의사는 정말 특별한 상황일 경우에 부르거나 전화로 처방을 받는 다고 했다. 간호사가 이처럼 중요한 역할을 맡고 병동을 진두지 휘하는 것에 놀랐고 한편으로는 자랑스러웠다.

그날 나는 세 군데 병동으로부터 같이 일하자는 제안을 받았 다. 수술실과 산부인과 간호사, 그리고 케이스 매니저였다. 일단 산부인과는 워낙 관심이 없는 부서였기 때문에 아는 것이 거의 없 어서 부담이 됐다. 케이스 매니저는 121병원에 입원한 환자 중 더 큰 병원에서 치료를 요하는 경우 그 환자와 같이 이동해 인계를 해주고 통역 서비스까지 제공함으로써 새로운 병원에서 알맞은 치료를 받을 수 있도록 해주는 중재자 역할을 한다. 대개 삼성서 울병원, 아산병원, 신촌세브란스로 간다고 했다. 이 역시 수간호 사에 버금가는 전문적인 자리 같았다. 어린 마음에 덜컥 겁이 났 다. 폭스 장교의 적극적인 추천으로 별도의 과정 없이 채용될 수 있는 절호의 기회였다. 그때 무조건 오케이하고 일을 시작했어야 했는데 생각해보겠다는 말만 남기고 병원을 떠났다.

폭스 장교는 그 후로도 몇 번이나 내게 전화해 구인 소식을 전 해줬지만, 나는 망설이기만 하다 기회를 놓쳤다. 가진 거라곤 자 신감밖에 없는 내가 그때는 왜 그렇게 위축되었던 건지 모르겠 다. 몇 달 후 폭스 장교와 연락이 끊겼다. 하와이로 부대를 옮겼 다는 소식을 들었는데, 이메일도 바뀌고 개인적인 주소는 알려줄 수 없다고 해서 고맙고 미안한 마음을 전할 길이 없었다. 아무것

도 가진 것 없는 내게 크나큰 신뢰와 호의를 보여준 그분이 지금
도 너무 고맙다.

　　　　　　　폭스 장교가 떠나고 더는 미군 부대를 방
문할 수도, 소식을 들을 수도 없었다. 나는 여전히 121병원에서
일하고 싶었고, 그 마음은 갈수록 커졌다. 혹시 비슷한 강연회가
또 있을까 싶어 수시로 정보를 검색했다. 그러다 '주한미군병원
메디컬 컨퍼런스'에 관한 공고를 발견했다. 원래는 121병원 근무
간호사를 위한 보수교육이지만, 외부인도 미리 신청해 교육을 받
을 수 있었다. 나는 교육 자체보다는 그곳에서 일할 수 있는 기회
를 다시 잡고 싶은 마음에 바로 신청했다.

　보수교육을 들으러 부대 내에 들어가는 절차는 폭스 장교가 병
원 투어를 시켜줬던 날과 같았다. 약속 시간에 늦으면 들어갈 수
없다더니 정말 1분이라도 늦은 간호사는 들여보내지 않았다. 이
번엔 잊지 않고 여권을 가지고 왔다. 지난번의 나처럼 운전면허
증만 가지고 온 간호사들은 들어가지 못했다.

　강의실에는 군복을 입은 간호사 몇 명이 앉아 있었다. 하얀 가
운을 입은 의사가 들어와 자기소개를 하고 강의를 시작했다. 강의
는 모두 영어로 진행되었다. 강의가 끝나고 혹시 일자리가 있는지

물어봤지만 현재는 없고, 구인 절차도 바뀌었다고 했다. 예전과 달리 이제는 추천만으로 취업하기 불가능하고 공식적인 절차를 모두 밟아야 하며, 취직이 되기까지 오랜 시간이 걸린다고 했다. 미군 부대에서 일하고 싶으면 공식 사이트에 들어가서 양식을 작성해 올려야 하고, 그걸 보고 부대에서 연락을 주는 방식이었다.

121병원에서 봉사활동을 하다가 구인이 있을 때 기회를 잡아 취직한 사람이 있다고도 했다. 그래서 나도 일단 봉사활동을 지원하고 기다렸지만, 지원자가 너무 많아서인지 끝내 연락이 오지 않았다. 그 후로도 121병원에 취직할 기회를 다방면으로 찾았지만 쉽지 않았다.

삼성병원 SA로 일하는 동안 가끔씩 121병원에서 온 케이스 매니저가 외국인 환자를 인계하는 모습을 볼 때마다 억장이 무너졌다.

'저 자리가 내 자리가 될 수 있었는데!'

시간이 지나고서야 폭스 장교가 내게 준 것이 얼마나 드물고 귀한 기회였는지 실감했고, 겁쟁이처럼 군 나 자신이 원망스럽기도 했다. 자고로 기회에는 뒷머리가 없다고 했다. 무조건 앞머리를 잡아채야 한다. 그렇지만 실제로 그런 과감성을 갖기까지는 어느 정도 시간과 경험이 필요한 것 같다. 놓쳐 봐야 움켜쥘 줄도 알게 되는 거 아닐까. 후회로 감정을 낭비하기보다 꼭 필요한 과정 하나를 거쳤다고 여기기로 했다.

그래도 여러분은 나중에 후회하지 말고 뭐든 지금 도전하세요~!

미군 간호사
구인 정보

주한 미군 간호사 구인 공지는 수시로 나기 때문에 자주 들어가 검색해봐
야 한다. 미국 시민권자와 비시민권자, 군인과 민간인에 대한 공지가 각자
다르니 잘 읽어보고 지원해야 한다.

• 미국 연방정부 공무원 취업 정보
http://federalgovernmentjobs.us

• 미군 군무원(민간인) 취업 정보
https://armycivilianservice.usajobs.gov

힘들게 일하는 와중에도 영어 공부는 꾸준히 했다. 주 중에는 학원에 다녔지만, 주말에는 문 여는 학원도 별로 없었고 좀 더 회화에 집중해보고 싶었다. 그래서 궁리 끝에 영어회화 동호회에 가입했다. 정기적으로 만나 리딩도 하고 문제도 풀며 같이 공부하는 모임으로 영어 토론 시간을 많이 가졌다. 당시 사회적으로 이슈가 되는 주제를 골라 토론했고, 회화 실력을 키우는 데 정말 많은 도움이 됐다. 동호회 사람들과 친해져서 나중에는 같이 소풍도 가고 연말에 카페를 빌려 파티도 하며 즐겁게 지냈다. 그 동호회에서 만난 사람들과의 인연은 지금도 소중히 이어나가고 있다.

무엇보다 내 영어에 날개를 달아준 것은 서울글로벌센터 봉사활동이었다. 서울글로벌센터는 서울시 산하 외국인 종합지원 기

관으로, 서울시에 거주하는 외국인을 위해 생활 및 비즈니스 상
담, 교육 프로그램, 행정 지원, 문화 체험 및 교류 행사 등 다양한
서비스를 제공한다. 영어회화 동호회에서 만난 친구가 그곳에서
봉사활동을 하고 있었는데, 곧 있을 행사에 인력이 부족하다며 내
게 도움을 청했다. 그렇게 센터와의 인연이 시작되었다.

　　내가 처음으로 그리고 이후로도 주요하게 참여한 프로그램은
서울국제유학생포럼(SISF)이었다. 포럼에 지원한 외국인 학생들
을 인터뷰하고 선별하는 일을 맡았다. 하다 보니 재미있을 것 같
아서 아예 코디네이터로 활동했다. 포럼은 연수원에서의 1박 2일
합숙과 함께 시작되었다. 같이 발표 준비를 하고 장기자랑 연습
을 하면서 모두 점차 친해졌다. 합숙 후에는 서울의 유적지를 돌

아다니며 한국에 대해서 공부하는 시간을 가졌다. 한국인인 나도 잘 몰랐던 우리 역사를 알게 되고, 다양한 나라에서 온 외국인 친구들과 사귈 수 있었다. 포럼 참가자들은 서울을 외국인도 살기 좋은 곳으로 만들 수 있는 방안에 대해 리포트를 작성해 제출했고, 그 결과물들은 책으로 묶여 나오기도 했다.

SISF 관련해서 일주일에 한 번씩 회의가 있었다. 영어로 진행되어서 처음에는 무척 부담을 느꼈지만 회의가 거듭될수록 편안하고 재밌어졌다. 영어 실력이 날로 향상되는 게 느껴졌다. 포럼을 통해 항상 새로운 외국인 친구를 만났고 또 그 친구가 다른 친구를 소개해줘서 다양한 문화를 체험할 수 있었다. 게다가 외국인 학생들을 한국인인 내가 통솔해야 할 경우가 많아서 리더십을 키우는 기회도 됐다.

우리는 함께 보육원이나 양로원 봉사활동을 가기도 했다. 아이들은 특히 외국 학생들을 좋아했다. 날씨가 따뜻할 때면 한강에서 아이들과 같이 운동회를 했다. 근무를 마친 후나 주말에 짬을 내는 거라서 사실 피곤하기도 했지만 막상 아이들이 좋아하며 뛰노는 모습을 보면 피로가 싹 가셨다.

SISF는 1년에 몇 차례 큰 행사를 가졌고, 거기 참석할 때마다 마치 외국에서 살고 있는 느낌이 들었다. 그중 SISF 홈커밍 파티도 있었다. 새로 가입한 학생들과 친해지려고 한번 들러봤는데 어쩌다 보니 내가 홈커밍 퀸으로 뽑혀버렸다. 킹으로 뽑힌 영국

학생과 사람들 앞에서 춤까지 추고 있노라니, 어쩐지 어디서 많이 본 장면 같았다.

'이건 꼭 미국 드라마에서 본 고교 졸업 파티 같네?'

유학 생활을 해본 적은 없지만 서울글로벌센터의 일원으로 지내며 마치 외국에서 학교 다니는 것 같은 분위기를 원 없이 누릴 수 있었다.

경험의 종합선물세트

그렇게 몇 년 동안 서울글로벌센터에 소속되어 여러 봉사활동에 참여했다. 그곳에서의 활동을 좋아한 이유의 또 하나는 내 전공을 살려서 의료 봉사활동을 할 수 있었기 때문이다. 한번은 서울글로벌센터와 필리핀 대사관이 주최한 외국인 축제에서 의료 통역을 맡았다. 서울대학교병원에서 온 자원봉사자들과 함께 필리핀 이주자들의 건강 문제를 살피고 의사들의 진단을 영어로 통역했다. 의료 봉사활동 하면 해외의 오지나 가난한 나라로 떠나는 걸 떠올리기 쉬운데, 가까이에 도움을 필요로 하는 이들이 정말 많고 국내에서도 뜻깊은 활동을 할 수 있다는 사실을 몸소 체험한 날이었다.

무엇보다 여기서 만난 친구들 덕에 영어에 자신감이 생기고 더 큰 세계로 나가고 싶다는 자극을 많이 받았다. 특히 SISF 활

동을 하며 만난 친구들 대부분이 일찍부터 타국에 나와 생활하는 대학생들이라 다들 열정이 넘쳤고 꿈과 포부도 컸다. 그들과 이 야기하고 있으면 그 열정이 전염되어 나 역시 좀 더 성장하고 싶 다는 욕심이 생겼다.

서울글로벌센터 활동은 내가 관심 있는 여러 분야를 골고루 맛 보게 해주었고, 좋은 인연과 추억도 잔뜩 남겼다. 한 단체에서 활 동하며 이렇게 다양한 경험을 할 수 있는 경우는 흔치 않다. 그래 서 지금도 후배들에게 이와 같은 봉사활동을 적극적으로 찾아보 고 뛰어들어 보라고 추천하곤 한다.

거북이는 결코
늦지 않는다

미국엔 도대체 언제 가?

스무 살 언저리부터 미국 간호사가 되겠다고 노래를 부르던 나는 지인들로부터 '도대체 언제 미국에 가느냐?' '가긴 가는 거냐?' 같은 핀잔을 수년간 들었다. 그런 말들을 뒤로하고 그저 내가 해야 할 일을 열심히 하고, 할 수 있는 범위에서는 끝까지, 장기전으로 물고 늘어지자고 늘 마음을 다잡았다. 기회는 언젠가 올 것이다. 당장은 자신감을 갖고 현지 병원에서 문제없이 일할 수 있는 수준으로 영어를 향상하는 게 가장 중요하다고 판단했다.

SA로 재입사했던 삼성서울병원은 목표했던 2년을 채우고 난 후 퇴사했다. 그 사이 드디어 미국 간호사 면허를 취득했고, 영어도 어느 정도 자신감이 붙었다. 미국으로 갈 방안도 꾸준히 찾아보았다. 하지만 사정은 점점 어려워지는 듯했다. 예전과 달리 더는 외국인 간호사에게 미국에서 바로 취업할 수 있는 비자가 발급되지 않았다. 자국 간호사들의 취업 기회를 보장하기 위해서라고 했다.

다른 방법은 에이전시를 통한 취업 이민. 미국 병원이 스폰서가 되어줘야 비자가 나오므로 에이전시는 미국 병원과 한국 간호사를 중개하고 수수료를 챙긴다. 미국 병원 인사 담당자가 방한해 인터뷰를 보는데, 여기에 합격하는 게 먼저이지만 합격한다고 해도 상당한 금액을 내야 미국으로 갈 수 있었다. 나는 그렇게 큰돈을 쓰고 싶지 않았다.

유학을 가는 방법도 있었다. 간호대학으로 유학 가서 졸업하면 1년 동안 합법적으로 일할 수 있는 비자가 나오고 그동안 내 스폰서가 되어줄 병원을 찾아 취업해야 한다. 하지만 이 역시 학비가 어마어마하다. 그렇다고 장학금을 받을 자신은 없었다.

개인적으로는 국내 대학을 통해서 미국에 가려고 기회를 노렸다. 방법을 강구하던 중 국내 어느 대학에서 뉴욕에 있는 대학으로 학생들을 보내는 프로그램이 있다는 정보를 입수했다. 생각보다 학비도 저렴했고 한국 학생이 많아서 의지하며 지내기도 좋을 것 같았다. 하지만 그 프로그램의 혜택을 받을 수 있는 기회는 1년에 몇 차례, 소수에밖에 돌아가지 않는데 그것만 바라보고 있을 수도 없었다.

생각보다 미국행이 늦어지자 뭐라도 해야겠다는 생각이 들었다. 그래서 학사를 취득해보기로 했다. 그동안 미국 간호사 면허 시험(NCLEX-RN)에는 관심이 많았지만 학사 취득(RN to BSN)에는 별로 관심이 없었다. 미국 병원에 취직하면 학비를 지원받을 기회가 많다고 하니 한국에서 굳이 학교에 다닐 필요가 없다고 생각했다. 또 미국에서 학사 공부를 하는 편이 미국 생활에 적응하는 데 더 좋다는 조언도 들었다.

하지만 미국 특히 뉴욕 같은 경우 요새는 간호사 취업이 어렵고 학사를 요구하는 분위기여서 학위가 있으면 취업하는 데 조금이라도 도움이 될 것 같았다. 학사는 편입으로 대학에 다시 돌아가 공부하면서 딸 수도 있고, '독학학위제'를 통해 온라인 강의를 듣고 시험을 치러 취득할 수도 있다. 나는 Y대학 편입을 목표로 본격적으로 공부를 시작했다.

먼저 강남에 있는 작은 학원에 등록했다. 유명한 곳보다는 가까운 곳에서 열심히 공부하는 것이 더 낫다고 생각해서였다. 공부는… 정말 지겨웠다. 마치 고등학생 때로 돌아간 심정이었다. 임상에서의 경험과 거리가 멀어 보이는 내용이 많아서 더 지루했던 것 같다. 미국 간호사 면허를 공부할 때는 재미있어서 아무리 피곤해도 가벼운 발걸음으로 학원에 갔는데, 학사 공부를 하면서는 그 시간을 전혀 즐길 수 없었다. 고리타분하고 재미없는 수업이 내겐 고문이나 다름없었다. 그리고 드디어 시험이 다가왔다.

실패의 의미

눈이 펑펑 내리던 그 날은 아직도 기억이 생생하다. 밤사이에 눈이 많이 와서 길은 완전히 얼어 있었고, 버스는 기어가다시피 했다. 그런데 갑자기 앞쪽에서 비명이 들리더니 쾅하는 소리와 함께 버스 앞문 유리가 모두 깨졌다. 버스가 미끄러져 앞서 가던 버스와 충돌한 것이다. 버스 중간에 서 있던 나와 (지금은 남편이 된) 남자친구는 버스 앞쪽으로 날아가다시피 하며 넘어졌다. 어질어질하고 어깨와 목덜미가 뻐근했다. 서둘러 버스에서 내려 택시를 타고 시험장에 도착했다. 정신을 차리고 시험에 집중하려고 했지만 머리가 어지러웠다.

버스가 빙판에서 미끄러진 것처럼 나 역시 시험에서 시원하게 미끄러졌다. 그래도 후회는 없었다. '한국에서 2년 더 공부하지 말고 어서 빨리 미국으로 가라는 계시인가 보다.'라고 생각하며 훌훌 털어버렸다.

많은 사람이 성공하지 않은 경험을 부끄러워한다. 하지만 나는 실패가 부끄럽지 않다. 내가 해보고 싶은 일에 용기를 내어 도전했다는 것에 더 큰 의미가 있다고 생각한다. 항상 합격만 하다가 처음 탈락해보니 당황스럽긴 했지만 그 덕에 좀 더 의연해졌고 이후로도 실패 자체에 연연하지 않고 계속 도전할 수 있었다. 도전하지 않으면 성공이건 실패건 아무 답도 얻을 수 없다. 그 답이 항상 성공이면 좋겠지만, 실패라는 답에도 나의 땀이 녹아 있는 것이고, 다음 도전에 소중한 자양분이 된다.

학사 시험에서 또 훗날 도전한 승무원 시험에서도 기대했던 결과를 얻지는 못했다. 하지만 결국 그랬기 때문에 미국행을 앞당겼고 간호사 구직에 전념했고 미국의 병원에서 일할 기회를 얻을 수 있었던 게 아닐까 싶다. 돌이켜보면 내게 있어 도전은 항상 그 결과에 상관없이 나를 좋은 방향으로 이끌어주었다.

미국 간호사 면허 시험,
이렇게 준비하자

미국 간호사 면허를 취득하는 과정을 간단히 정리해보았다. 이 기간 동안 많은 고비나 어려움을 만날 수 있겠지만, 1년 동안 잘 참고 노력하면 면허를 꼭 딸 수 있을 것이다. 대한민국의 야심 찬 간호사들, 미국 간호사 면허를 따는 그 날까지 모두 파이팅!

첫 단추, 학원 정하기

미국 간호사 면허 시험을 보기로 결정한 후에 제일 먼저 할 일은 강의 들을 학원을 정하는 것이다. 처음에는 교재를 한번 훑어보며 정리할 수 있는 강의가 있는 학원이면 된다. 책의 종류는 상관없다. 짧게는 3개월에서 보통 6개월짜리 강의를 들으면 교재 한 권을 모두 공부할 수 있다. 기간에 상관없이 자신의 속도에 맞게 교재를 적어도 한 권 이상 떼야 한다. 학원 중에는 강의를 녹화해서 인터넷에 올려주는 곳도 있다. 내 경우 수업 중 졸았거나 모르는 부분을 다시 듣고 싶을 때 유용하게 사용했다. 온라인 강의만으로 공부하는 간호사들도 많다. 본인의 근무 여건을 고려해서 온라인을 선택하는 것도 좋다고 생각한다.

학원을 정한 후에는 바로 원서를 접수하는 게 좋다. 접수 후 서류 심사 과정이 최소 6개월에서 1년 정도까지 걸리기 때문이다. 미국은 모든 수속이 느린 나라이기 때문에 이 정도 기다리는 것은 긴 것도 아니니 여유를 가지고 기다리며 시험 준비를 하자.

시험 준비 과정을 운영하는 학원에서 원서를 대행해주는 경우가 많다. 원서를 같이 써보는 강의도 있다. 원서 작성은 강의를 들으며 바로 작성해서 직접 접수할 수 있을 만큼 쉬운 편이지만, 그래도 불안하다면 대행 서비스를 이용해보자.

원서를 접수하고 수속을 기다리는 중에 미국에 전화해야 할 일이 몇 번 있다. 그럴 때 겁먹지 말고 바로바로 전화해서 원서 접수에 차질이 없도록 꼼꼼하게 챙기자. 미국에 전화하는 것이 너무 부담스럽다면 인터넷으로 정보를 검색해보라. 미국 간호사 시험에 대한 정보가 많은 카페에는 뭐라고 얘기해야 할지 적어놓은 스크립트가 올라와 있는 데다 단축번호까지 알려주기 때문에 찾아서 참고하면 긴장을 덜 수 있다.

몇 개월간의 교재 일독 강의를 마쳤다면 이제는 족집게 강의 또는 기출문제 강의를 들을 차례. 특히 최신 기출문제 과정은 꼭 들어야 한다. 시험 볼 때 비슷한 종류의 문제가 많이 나온다.

시험 보기 전에

시험은 주로 외국에서 보기 때문에 근무 중이라면 스케줄을 잘 조정해서 다녀와야 한다. 시험장은 미국 이외에도 일본, 대만, 홍콩, 필리핀, 괌, 사이판 등에 있고, 본인이 원하는 장소와 날짜에 시험을 사전 예약할 수 있다.

같은 날 시험을 보는 사람들끼리 그룹을 만들어 가는 경우도 있다. 이렇게 가면 시험장을 찾기도 쉽고, 정서적으로 많이 지지도 된다고 들었다. 시험을 치른 후에 같이 관광도 할 수 있는 것은 보너스. 인터넷을 통해 일행을 찾을 수 있다.

일정은 시험 보기 하루 전에 도착해서 전날 시험장에 한번 가볼 수 있게끔 짜는 것을 추천하고 싶다. 그래야 아침에 시험장을 찾아간다고 초행길에 당황하는 일이 생기지 않고 긴장감도 덜 수 있다.

시험 당일 아침에는 가볍게라도 식사를 하는 게 좋다. 모든 시험은 영어로 진행된다. 너무 걱정하지 말고 긍정적인 마음가짐으로 시험장에 기분 좋게 들어가 그동안 공부한 실력을 충분히 발휘해보자.

이제는 영어 공부에 집중

시험 결과는 며칠 후에 통보된다. 시험에 떨어지면 45일 뒤에 재시험을 볼 수 있고 시험 횟수에는 제한이 없다. 시험에 합격했다면 이제부터 진짜 미국 간호사 되기 프로젝트가 시작된다. 면허 취득은 시작에 불과하다. 영어가 부족하다면 영어회화 실력을 늘리고 필요한 영어 시험 점수를 얻기 위해서 매진해야 한다. 특히 영어회화는 미국에서의 취업을 좌우하는 결정적 요소다. 원어민과 문제없이 대화를 나눌 수 있을 정도로 만들어 두는 것이 좋다.

캘리포니아 남자, 제주도 여자

운명적인 우연

사람의 인연이란 정말 신기한 것 같다. 멀리 미국의 캘리포니아에서 태어난 남자와 한국의 제주도에서 태어난 여자가 서울에서 우연히 만나 인생을 함께하게 되었으니 말이다.

스물여섯 생일을 맞아 특별한 파티를 계획했다. 당시 나는 MTV에서 방영하는 리얼리티 쇼 <마이 슈퍼 스위트 16>에 빠져 있었다. 그 프로그램은 외국 재벌 집안의 10대 자녀들이 파티에서 어떻게 노는지를 여과 없이 보여줬는데, 그렇게 비현실적으로 성대하고 문란한 파티는 불가능하지만 나도 파티를 벌여보고 싶었다. 일단 결심하면 곧장 행동으로 옮기는 스타일 아니던가. 신촌에 있는 클럽을 통째로 빌리고, 핑크색 풍선을 주문해 클럽 안을 꾸몄다. 친구들을 잔뜩 초대하고 친구의 친구들도 데려오라고 했다.

파티에는 80명도 넘는 친구들이 왔다. 서울글로벌센터에서 만난 외국인 친구들도 많이 와주었다. 디제잉을 맡아준 힙합 가수인 친구가 나를 무대 가운데 앉혀놓고 노래를 불러줘 멋진 장면이 연출되기도 했다. 내가 좋아하는 사람들이 한데 모여 파티를 즐기고 서로 친해지는 모습을 보니 신이 났다.

지금은 남편이 된 데이비드와의 인연도 그때 시작되었다. 파티를 앞둔 어느 날, 외국인 무료 건강검진 행사의 의료 통역을 맡아서 한강에서 봉사활동을 하던 중이었다. 어디선가 "리연!" 하고 나를 부르는 소리가 들렸다. 예전에 영어 공부를 하면서 만난 미국인 친구 캘빈이었다. 전화번호를 잃어버려 연락이 끊겼다가 다시 만나게 돼 무척 반가웠다. 나는 파티에 캘빈을 초대했고, 친구들과 같이 와도 좋다고 덧붙였다. 캘빈은 친구 여럿과 함께 파티에 왔다. 그중에 데이비드가 있었다.

애틋했던 장거리 연애

데이비드는 미국에서 태어났지만 한인 교포라 한국말을 잘했고, 한국 문화에도 익숙한 예의 바른 청년이었다. 로버트 할리처럼 미국식 억양에 경상도 사투리가 섞인 말투를 구사해 대화를 나눌 때마다 사람들을 웃게 했다. 처음에는 따

데이비드와 처음 맞는 스물여섯 번 생일 파티와.
한 숟을 떠나기 전 친구들에게 좋은 추억을 만들어주고 싶어서
'프라이빗 작은' 파티를 열었다네요.

모든 것들이 영화 같이 느껴졌다.
그와 함께라면 언제 어디서든
행복할 수 있으리라. 언제나 지금처럼.

로 만나지 않고 가끔 봉사활동을 할 기회가 있으면 다른 친구들과 함께 만났다. 여행 중에도 봉사활동을 하는 걸 보니 좋은 사람이라는 생각이 들었고, 데이비드도 내게 호감이 있다고 털어놓았다. 우리는 그렇게 연애를 시작했다.

한국에서 1년 좀 모자란 연애를 했고, 이후 데이비드가 미국에 돌아가면서 장거리 연애를 시작했다. 항상 곁에 있을 수 없어 힘든 적도 많았지만 그래서 더 애틋했고, 우리에게 주어진 시간을 소중히 쓰려고 했다. 1년에 네 번 휴가를 내서 나를 만나러 멀리서 오는 그의 정성이 고맙고 감동적이었다.

평소에는 주로 스카이프로 통화를 했는데, 항상 보고 싶어서 집에 있을 때는 스카이프를 연결해 놓고 생활했다. 심지어 스카이프를 틀어 놓고 자기도 했다. 밤낮이 반대라 내가 일어나 있는 동안에는 데이비드가 자고 있는 모습이 모니터를 통해 보였다. 제일 힘든 순간은 공항에서 헤어질 때였다. 우리 둘 다 울지 않으려 안간힘을 쓰며 "다시 만날 때까지 씩씩하고 행복하게 잘 살자!" 인사하고 서로를 보냈다. 그렇게 2년이 넘는 장거리 연애를 했다.

봄날의 프러포즈

2011년 어느 봄날, 데이비드에게서 프러포즈를 받았다. 유난히도 예쁜 날이었다. 우리는 오픈카를 타고 서귀포 해안도로에서 드라이브를 즐겼다. 신라호텔 정원에서 산책을 하는데 갑자기 그가 반지를 건넸다. 모든 것들이 영화같이 느껴졌다. 나중에 들은 얘기지만, 내 마음에 쏙 들 예쁜 반지를 고르려고 여러 친구들에게 조언을 구했다고 한다. 이런 정성이 모여서 '결혼'이라는 인생 최대의 결정에 이르는구나 하는 생각이 든다.

그로부터 1년 후 우리는 약혼을 했고 나는 워싱턴 DC로 이사했다. 워싱턴 DC에서 가족과 가까운 지인만 모여 약혼식을 가졌고, 7개월 후 내 고향인 제주도에서 많은 사람을 초대해 정식 결혼식을 치렀다. 남편의 친구들이 뉴욕, LA, 워싱턴 DC, 라스베이거스, 보스턴, 상하이 등에서, 내 친구들도 일본, 중국, 서울에서 제주도로 와주었다. 제주도는 결혼식을 온종일 한다. 미국도 마찬가지여서 모두 새벽까지 춤추며 파티처럼 결혼식을 즐겼다.

내 남동생은 남편이 나를 너무 좋아해서 마치 내 팬클럽 회장 같다고 한다. 나를 좋아해주는 순수하고 예쁜 마음과 봉사할 줄 아는 착한 마음에 감동해 결혼을 결심했고, 결혼한 지금도 나를 사랑해주는 사람과 함께여서 하루하루가 감사하고 설렌다. 그와 함께라면 언제 어디서든 행복할 수 있으리라. 언제나 지금처럼.

색다른 도전,
승무원을 꿈꾸다

아~ 떠나고 싶다!

　　　　　　결혼을 약속한 후 우리는 데이비드의 직
장이 있는 워싱턴 DC에서 살기로 결정했다. 미국에 갈 비자를 받
기 위해서 직업이 필요했기 때문에 잠시 서울성모병원에서 외래
간호사로 근무했다. 2011년 말, 병원을 그만둘 즈음에는 해외여
행에 대한 열망이 들끓고 있었다.

　병원에 얽매인 생활을 하는 간호사들은 이런 말을 입에 달고
산다.

　"아무도 없는 따뜻한 해변에 가서, 아무것도 하지 않고 아무 생
각도 없이 그냥 누워 있고 싶어."

　병원에서 이리저리 치이면서 일하다 보면 탱탱한 고무줄처럼
항상 긴장해 있기 때문에 한 번쯤 정신줄을 놓고 늘어져서 쉬고

싶은 것이 사실이다.

나도 여행을 가고 싶었다. 하지만 계획해둔 미래가 있었고, 저축해놓은 돈을 무작정 여행에 쓰고 싶지는 않았다. 미국에서 간호사 일을 구하기 전에 다른 일을 해보고 싶다는 생각도 다시금 고개를 들었다. 재정적으로 안정을 꾀하며 되도록 많은 곳을 여행할 수 있는 일이 뭘까 따져보니, 당연히 항공사 승무원이었다.

간호대생 시절 승무원이 되고 싶어 했던 친구가 해준 이야기도 떠올랐고, 미국 병원에서 간호사로 일했던 사촌 언니가 항공사 의료팀에서도 일했다는 사실을 전해 듣고 나자 관심이 더욱 증폭되었다. 사실 기내 승무원보다 의료팀에서 일하고 싶었지만, 의료팀은 공채가 잘 나지 않는 데다 주로 지상직으로 근무해 해외여행 기회가 많지 않다고 했다.

승무원에 관해서 아는 바가 거의 없었지만, 여행을 자유롭게할 수 있다는 사실 하나만으로 나에게는 도전할 이유가 충분했다. 간호학생 시절 승무원을 해보라는 권유를 받은 적이 있었지만 그때는 전혀 관심이 없었다. 그저 '서울에 있는 큰 병원에 들어가서 간호사로 성공해 부모님 호강시켜 드려야지!' 하는 생각뿐이었다. 이제 와서 승무원이 되고 싶어 안달이 날 줄 누가 알았겠나? 인생은 참 재미있다.

만약 된다고 해도 승무원으로 오래 일할 생각은 없었다. 목적은 여행과 일의 병행이었으니까. 1년 정도, 길어도 2년까지만 세

계를 누벼보고 싶었다. 데이비드와 결혼을 약속하고 함께 미국에서 살기로 결정한 상황이었기 때문에 예비 남편은 물론이고 부모님과 시부모님의 동의도 필요했다. 우리 부모님은 내가 한번 결심하면 만족할 때까지 포기하지 않는다는 것을 알기 때문에 반대하지 않으셨다. 시부모님도 워낙 오픈마인드인지라 내가 하고 싶은 일이라면 마음껏 하라고 전적으로 지지해주셨다. 만약 승무원이 된다면 당분간은 또다시 떨어져 지내야 함에도 불구하고 데이비드 역시 내 새로운 도전을 적극적으로 응원해주었다.

나이가 좀 많지만…

나는 이번에도 바로 실행에 들어갔다. 정보를 찾아보니 혼자 준비하기는 힘든 시험이었다. 나이도 걸렸다. 그래 봐야 꽃다운 서른 살이었지만, 승무원을 준비하기에는 상대적으로 나이가 많았다. 하지만 나는 간호사 경력이 있고, 심폐소생술도 할 줄 알고, 영어회화도 가능하니 다른 사람보다 유리하지 않을까? 자신감을 가지고 학원부터 등록했다.

인터넷 검색으로 집에서 가까운 학원을 알아보고 전화 문의를 했다. 작은 학원이었는데 수강생이 적어서 체계적인 1 대 1 관리를 해준다는 말에 넘어갔다. 등록 전에 약속받았던 체계적 관리는 정확히 일주일 이후부터 뚝 끊겼다. 하지만 학원의 선생님 한

분이 나를 특별히 마음에 들어 하며 챙겨주었다. 나는 뭐든 배울 때 교육자와의 호흡을 중시한다. 그분과 통하는 것이 있어 나도 수업을 열심히 들었고, 영어회화가 다른 사람보다 뛰어나니까 외국항공사에 지원하라는 조언도 적극 받아들였다.

학원 수강생은 열 명이 채 되지 않았는데, 모두 한참 어린 학생들이었다. 처음에는 다소 가벼운 마음으로 수업에 임했는데, 나이의 핸디캡을 느끼면서 좀 더 긴장감을 가지고 열심히 듣기 시작했다. 시험 합격 전략, 바르게 인사하는 법, 면접 보는 기술, 기내 방송 연습, 영어 인터뷰 등에 관한 교육을 받았다. 시간이 지나면서 점점 바른 자세를 찾고 단정한 모습으로 변해가는 것이 느껴졌다. 그렇게 한두 달 정도 학원 수업을 들었고, 슬슬 항공사 공채가 나기 시작했다. 나는 더도 덜도 말고 딱 두 번, 국내 항공사와 외국 항공사 한 군데씩 도전해보기로 했다.

두 번의 면접

첫 번째 면접은 대한항공이었다. 면접 준비를 하면서 승무원 되기가 얼마나 어려운지 실감했다. 면접날 승무원 전문 미용실은 이른 아침부터 북적이고 있었다. 거기 가서야 '승무원 지망생이 이렇게 많구나.' 느꼈고 그 열기에 나도 덩달아 긴장하기 시작했다. 솔직히 승무원이 되려고 몇 년이나 준비하는 사람이 많다는 사실도 학원에 다니면서 처음 알았다.

여덟 명이 같이 들어가 면접을 보았다. '좋은 병원 간호사였는데 왜 대한항공에 지원했나?' '제주도가 고향인데 어떻게 서울까지 오게 되었나?' 등의 질문을 받았다. 처음에는 긴장해서 단답형으로 대답했는데, 나중에는 편안하게 내 이야기를 풀어나갈 수 있었다. 잘됐으면 좋겠다는 생각은 했지만 솔직히 기대되지는 않았다. 결과는 예상대로 불합격.

두 번째이자 마지막 기회로 싱가포르항공 면접을 봤다. 싱가포르항공은 승무원 복지가 좋기로 이름나 있고, 싱가포르라는 나라 자체에도 끌렸다. 치안이 좋기로 유명한 데다 중국어를 못해도 영어만으로 생활이 가능하고, 평소 관심을 가졌던 국제기구들이 그곳에 많이 있어서 한 번쯤 살아보고 싶었다.

싱가포르항공의 면접장에는 대한항공보다 직장인 지원자가 많았고, 100퍼센트 영어로 면접을 진행했다. 조금은 자신감을 가져도 되려나 했더니, 영어 잘하는 지원자들이 너무 많았다. 면접은 다섯 명씩 들어갔다. 질문을 제대로 알아듣지 못하거나, 엉뚱한 답을 하는 지원자도 간혹 있었다. 다행히 나는 막힘없이 대답할 수 있었다. 가장 가고 싶었던 항공사라 기대를 걸어 보았지만, 결과는 이번에도 불합격이었다.

계획했던 대로 두 번의 시도를 했고, 둘 다 떨어지자 깨끗이 마음을 접었다. 나를 아껴주었던 학원 선생님이 더 아쉬워했다. 하지만 이제 그만 애초 목표했던 미국 간호사 취업에 매진하자고 마음을 다잡았다. 학원을 그만둔다고 하자 같이 준비했던 친구가 내게 물었다.

"리연아, 이제 포기하는 거야?"

"아니. 다시 내가 가야 할 길을 가려는 거야."

승무원 시험 도전은 원했던 결과를 얻지는 못했지만 자랑스러운 경험이자 즐거운 추억으로 남았다. 덕분에 내가 치아를 보이며 예쁘게 웃을 수 있다는 것을 알았고, 어떻게 해야 바르고 예쁜 몸가짐을 할 수 있는지 배웠고, 격식을 갖춰서 조리 있게 말할 줄도 알게 되었다.

리연의 도전은 앞으로도 쭈~욱 계속될 것이다!

약혼식을 앞두고 데이비드가 있는 워싱턴
DC로 떠날 준비를 시작했다. 항상 미국에서 살고 싶어 한 나였는
데, 막상 한국을 떠난다고 생각하니 섭섭한 마음이 밀려들었다. 그
래도 사랑하는 사람과 함께할 수 있다는 기쁨이 더 컸다. 미국에서
약혼식과 법적 결혼 절차를 마치고 부모님도 고향으로 돌아가고
나자 시간이 넘쳐났다. 매일 출근하는 남편을 배웅하다 보니 한
달도 채 지나지 않아 다시 일터로 돌아가고 싶어졌다.

제주도에서의 결혼식까지 약 반년의 시간이 있었다. 목표는
그 안에 원하는 직장을 찾는 것! 미국 간호사 면허가 있으니 어
디든 지원할 수 있었다. 우선 워싱턴 DC에 있는 병원들을 샅샅
이 조사해 마음에 드는 병원들에 이력서를 보냈다. 몇 주가 지나
도 연락이 오지 않았다. 한국과 달리 미국은 모든 프로세스가 워

낙 느리기 때문에 한참 걸린다고, 느긋하게 기다려보라고 주위에서 나를 위로했다.

하지만 넋 놓고 기다리고 있는 건 내 스타일이 아니었다. 일단 병원에 들어가서 봉사활동이라도 하려고 했는데, 그것마저 쉽지 않았다. 자격 요건과 선별 기준이 까다롭고 신청 기간도 오래 걸린다고 했다.

오기가 발동했다. '무조건 올해 취직하고야 말 테다!' 결심하고 미친 듯이 이력서를 썼다. 구직이라면 신물 나게 해본 내가 아니던가. 나는 병원 홈페이지를 찾아다니며 하루에도 몇 군데씩 지원서를 넣었다. 그러다 문득 이런 생각이 들었다.

'내가 왜 워싱턴 DC에서 간호사가 되겠다고 이러고 있지?'

내 오랜 꿈은 뉴욕에서 일하는 것 아니었던가. 한 번 사는 인생, 원하는 것은 다 해봐야지. 나는 또 다른 도전을 떠올렸다.

'혼자서라도 뉴욕에 가서 일을 구해보자.'

기왕이면 꿈꾸던 곳에서

신혼이라 떨어져 살고 싶지 않았지만, 몇 달을 망설이다 결심을 굳히고 남편과 의논했다. 남편과 가족들 모두 내 뜻을 지지해줬고, 우리는 주말 부부 생활을 하기로 했다.

사실 혼자서라도 뉴욕으로 떠날 결심을 하게 된 데에는 이력서를 많이 넣는다고 해도 취업이 힘들 거란 이야기에 충격을 받은 탓도 있었다. 듣자 하니, 미국 병원은 내부 직원의 추천이나 다른 병원의 소개를 통해 취업하는 경우가 많아서 인맥이 굉장히 중요하다고 했다. 나는 인맥은커녕 일가친척이나 업계 친구 하나 없었다. 학교라도 미국에서 나왔다면 아는 교수님이라도 찾아가볼 텐데…. 막막하면서도 한편으로는 투지가 솟았다. 어차피 어려운 구직란을 뚫고 나아가야 한다면, 여기보다는 내가 꿈꿔온 도시로 가서 고생하자!

그래도 천만 다행으로 반가운 소식이 있었다. 남편이 직장을 뉴욕 지사로 옮길 수 있게 된 것이다. 함께할 수 있다는 사실에 더욱 기운이 났다. 우리는 뉴욕으로 이사 갈 준비를 마쳤고, 남편 친구들이 와서 함께 이삿짐을 날라줬다. 빌려온 트럭에 짐을 싣고 남편이 직접 운전대를 잡았다. 4시간을 곧장 달렸을 때 데이비드가 소리쳤다.

"리연, 저기 뉴욕이 보여. 우리 이제 뉴욕에 왔다!"

정말 저 멀리 엠파이어스테이트 빌딩, 크라이슬러 빌딩이 보였다. 드디어 평생 꿈에 그리던 뉴욕에서의 삶이 시작되는구나 싶어 나도 모르게 눈물을 쏟았다. 너무 좋은 나머지 울고 웃으며 그렇게 우리는 뉴욕에 도착했다.

Part 4

나는 뉴욕의 간호사

❝

"Riyeon, excellent nurse!"
참 다정한 환자들도 많다.
고마워서 꼭 안아준다.

❞

Dreaming

girl

뉴욕,
그래도 뉴욕

얼떨떨한 합격

　　나는 항상 뉴욕에서 살기를 꿈꿨다. 고등학교 시절부터 '뉴욕병'에 걸려 프랭크 시나트라의 노래 <뉴욕, 뉴욕>을 인생의 BGM처럼 깔고 살았다. 그리고 결국 내 오랜 병은 뉴욕이 치료해주었다.

　　마침내 꿈에 그리던 뉴욕 생활이 시작됐다. 매일 아침 나는 출근하는 남편과 같이 집을 나선 후 혼자 카페에 앉아 병원에 이력서를 냈다. 남편이 퇴근하면 함께 저녁을 먹고 거리를 오래오래 걸어다녔다. 데이비드와 손을 잡고 밤공기를 마시며 걷노라면 너무 행복해서 눈물이 나곤 했다. 그럴 때는 같이 하늘을 쳐다보고 와하하 웃으며 "우리가 드디어 뉴욕에 산다!!" 하고 외쳤다.

　　뉴욕에 적응하랴 결혼 준비하랴 한동안 바쁘게 지내고, 예식과 신혼여행까지 마치고 돌아오니 어느새 11월이었다. 발등에 불이 떨어졌다. 목표했던 '올해 취직'까지 겨우 두 달. 전보다 더 열심히 이력서를 넣고 병원 봉사활동도 알아보며 구직 활동에 열을 올렸다. 평소에 가고 싶었던 대형 병원에서부터 불임 클리닉이나 성형외과, 작은 소아과까지 공고가 있는 모든 곳에 닥치는 대로 원서를 냈다. 하루에 많게는 열 개씩 낸 적도 있었다. 한다고 했지만 일자리를 얻는 게 결코 쉽지 않았다.

어느 날 저녁, 데이비드가 너덜너덜해진 내 마음을 두툼한 스테이크로 달래주고 있었는데 모르는 번호로 전화가 걸려 왔다. 간호사들에게 일자리를 찾아주는 에이전시였다. 이력서를 하도 많이 내서인지 그런 전화는 수없이 받았다. 하지만 미국에서 간호사 경력이 없다는 말을 듣고 나면 다들 바로 전화를 끊었다. 그래서 다소 영혼 없이 대화를 시작했는데, 이상하게 이번에는 이야기가 길어졌다. 미국에서 일한 경력이 없다는데도 이것저것 구체적으로 물어보는 것이었다. 가슴이 두근거리기 시작했다.

식사를 멈추고 집중해서 인터뷰에 임했다.

에이전트가 제안한 일자리는 베스 이스라엘 병원에서 휴가나 병가를 간 간호사의 업무를 임시로 맡아서 하는 역할이었다. 그는 따로 트레이닝을 받지 않고 바로 업무에 투입될 거라면서 내게 재차 물었다.

"할 수 있겠어요? 정말 트레이닝 없이 바로 일할 수 있겠어요?"

지금 아니면 언제 또 이런 기회가 올까 싶어서 큰 목소리로 외쳤다.

"YES, I CAN!!"

씩씩한 대답이 맘에 들었는지 에이전트는 합격을 통보하며 이메일로 서류를 보낼 테니 되도록 빨리 작성해서 회신해달라고 했다. 언젠가는 취직이 되리라 생각했지만 그날이 오늘일 줄이야, 거기다 미국 시트콤 <프렌즈>에서 봤던 대형 병원인 그 베스 이스라엘이라니.

"데이비드, 나 병원에 취직됐어!"

얼떨떨한 표정의 남편을 바라보며 바로 엄마에게 전화를 걸었다.

"엄마, 나 병원에 합격했대. 이제 진짜 뉴요커가 되는 거야!"

엄마와 데이비드는 나보다 더 기뻐했다. 식은 스테이크를 그어느 때보다 맛있게 먹어치웠다. 인생에서 가장 행복한 순간이란 바로 이런 걸까? 그날 밤에는 가슴이 너무 떨려서 잠을 이룰 수 없었다.

그동안의 노력이 빛을 발하는구나. 드디어 뉴욕에서 내 인생이 새롭게 펼쳐지기 시작한 거야!

뉴욕,
너는 나를 좌절시키네

　　　　　　　다음 날 이력서와 함께 필요한 정보를 작성해서 다시 보내달라는 이메일이 왔다. 그런데 뭔가 느낌이 좋지 않았다. 취업이 되면 대개는 경력을 증명하는 서류나 추천서 정도만 요구하는 게 보통인데, 에이전트가 작성해 달라고 보내온 서류에는 은행 계좌번호를 비롯한 신상 정보를 자세히 적게 되어 있었다. 아무래도 이상했다. 데이비드도 서류를 확인해보더니 이상하다며 베스 이스라엘 병원에 전화를 걸었다.

　병원에서는 그 에이전시와 같이 일하지 않을 뿐만 아니라 이름도 들어본 적이 없다고 했다. 아무래도 사기꾼인 것 같았다. 결국 경찰에 신고했다. 뉴욕에 워낙 직업을 구하는 사람들이 많다 보니 에이전시라고 사칭해 개인 정보를 빼내서 신용카드를 만들거나 은행에서 돈을 인출하는 신종 사기가 등장했다고 경찰이 알려줬다.

　'엄마한테 어떻게 얘기하지. 많이 실망하실 텐데….'

　실망감에 눈물이 쏟아졌다. 미국 간호사가 되기란 정녕 불가능한 일일까? 내가 이렇게 노력해도 안 되는 걸까? 절망에 빠진 나를 위로하던 데이비드가 아직 실망하기 이르다며 눈이 번쩍 뜨이는 소식을 전해줬다. 지난번 베스 이스라엘 인사 담당자와 통화했을 때, 오픈하우스 인터뷰가 있으니 그때라도 한번 들러보라고 했다는 것이다.

오픈하우스 인터뷰는 병원에서 공채가 있을 때 지원자들을 인터뷰하기 위해서 가지는 이벤트인데 날짜는 정해져 있지 않고 수시로 확인을 해야 알 수 있다. 병원과 공식적인 약속 없이 공지된 날짜에 본인이 준비한 이력서를 가지고 무작정 찾아가서 면접을 보는 식이다.

마지막 기회라고 생각했다.

"걱정 마. 너는 잘할 거야."

데이비드의 응원을 뒤로하고 병원 건물로 들어섰다. 방문자 명단에 사인을 하고 인사과로 올라갔더니, 리셉셔니스트가 용무를 물었다.

"이 병원에서 일하고 싶습니다. 상담을 받을 수 있다고 들었어요."

이름을 등록한 뒤 의자에 앉아 내 순서를 기다렸다. 나 말고도 일자리를 찾기 위해 온 사람들이 빼곡히 앉아 있었다. 미국인은 원어민이라는 사실 자체로 내게 굉장한 부담이 되는 경쟁자였다. 그 많은 미국인들과 함께 대기실에 앉아 있으려니 더 긴장됐다.

"리연 김."

마침내 내 차례가 왔다. 엄청나게 떨렸지만 '나는 프로페셔널한 간호사'라고 최면을 걸면서 면접실로 들어갔다. 대략 다음과 같은 질문들을 받았다.

- 이 병원을 어떻게 알고 왔고, 왜 여기서 일하려고 하나?

- 어떤 경력을 가지고 있나?

- 미국에 거주한 지는 얼마나 되었나?

- 미국에서 합법적으로 일할 수 있나?

- 미국 병원에서 일할 자신이 있나?

다행히 인사 담당자가 한국과 삼성병원에 대해서 잘 알고 있었다. 나는 '열심히 일할 수 있는 사람'이라는 것을 이야기하는 내내 어필하려고 했다. 간절함이 통했는지 항암 병동에서 파트타임 계약직을 구하고 있는데, 면접을 한번 보겠느냐는 제안을 받았다. 그쪽으로는 경력이 없어서 과연 합격할 수 있을지 막막했지만, 당연히 "예스!!"였다. 담당자는 무척 친절했다. 내 이력서가 미국 스타일과 다르다며 수정이 필요한 부분들을 꼼꼼히 알려줬다. 수정한 이력서를 보내면 병동에 소개하고 인터뷰 일정을 잡아보겠다고 했다. 그렇게 한 시간 반 정도의 대화가 끝났다.

건물을 나섰을 때 밖에서 나를 기다리고 있던 데이비드가 다가오자 순간 서러움이 복받쳐 엉엉 울었다. 깜짝 놀란 데이비드가 뭐가 잘못됐냐고 계속 물었지만 나는 대답도 못 하고 울기만 했다. 몇 년간 써 냈던 수백 통의 이력서, 반복하고 반복했던 인터뷰 연습, 사기꾼 에이전시에 당한 좌절… 그동안의 고생과 부모님 얼굴이 주마등처럼 스쳐 갔다.

100명의 간호사에겐
100가지 성공이 있다

누가 그랬나? 좋은 대학 나와야 훌륭한 간호사가 된다고. 누가 그랬나? 큰 병원에 들어가야 성공한 간호사라고. 누가 그랬나? 돈 많이 벌고 출세해야 행복한 간호사라고. 세상 어디서 일하건 훌륭한 간호사가 될 수 있다. 남들이 말하는 '최고의 위치'에 휘둘리지 말자. 자기가 원하는 자리에서 최선을 다하며 행복을 느끼는 간호사는 이미 성공한 간호사다.

나는 우리나라 빅5라고 일컫는 병원에서 일을 해봤지만 그곳에서도 고통과 불만의 늪에 빠진 채 꾸역꾸역 살아가는 간호사들을 많이 봤다. 반대로, 내 주변에는 자기가 원하는 삶이 무엇인지를 일찌감치 깨닫고 자기만의 길을 가면서 행복하게 살고 있는 간호사 친구들도 많다.

간호학생일 때에는 아직 현실 감각이 없어서 무조건 남이 좋다는 길로 휩쓸리기 쉽지만, 간호사가 택할 수 있는 삶의 길은 무수히 많다. 그 다양성을 탐색해보는 시간을 학생일 때 꼭 가져봤으면 좋겠다. 그리고 무엇보다 중요한 것은 나 자신이 어떤 사람인지, 어떻게 해야 진짜 행복한지 끊임없이 탐구해야 한다는 사실!

간호사라서 다행이야

* A는 간호대에 다니면서 자신이 원하는 라이프스타일이 무엇일까 곰곰 고민해봤다. A의 결론은 자신도 보통의 직장인들과 같은 시간대에 일하고 싶다는 것. 대형 병원에서 낮과 밤이 바뀌는 3교대 근무를 하며 살고 싶지 않았다. 미용에 유난히 관심이 많던 A는 성형외과에 들어가 재미있게 일하고 있다. 정규 시간대에 일해서 퇴근 후에는 어학원에 다니고 주얼리 제작 수업도 듣는다. 요가로 꾸준히 건강관리를 했고 최근에는 요가 강사 자격증까지 땄다.

* B는 병원에 입사해 3교대를 하면서 연애를 지속하는 데 큰 어려움을 겪었다. B에게는 사랑하는 사람과 시간을 보내는 일이 중요했다. 그래서 보건교사가 되기로 하고 병원에 다니면서 꾸준히 공부했다. 하지만 몇 년간 시도해도 보건교사 시험을 통과하기가 쉽지 않았다. 기간제 보건교사로 학교 근무를 시작했지만 계약직이라는 조건이 불안했다. 그래서 전략을 바꿨다. 보험심사평가사 자격증을 취득해 지금은 병원에서 보험심사 업무를 하고 있다. 비록 일이 힘들긴 하지만 3교대를 하지 않게 되어 건강도 되찾고 연애도 다시 안정 궤도를 찾아 만족하며 지내고 있다.

* C는 첫 직장으로 누구나 아는 좋은 병원에 취직했다. 하지만 2년 후 퇴사를 하고 국제기구에서 의료봉사를 하기로 한다. 봉사활동에 관심이 많았고 워낙 모험심이 강한 C였다. C는 봉사

활동을 하다 사랑하는 사람을 만나 결혼했고, 의사인 배우자와 함께 여전히 세계 곳곳을 돌아다니며 봉사활동을 하고 있다. C는 간호사라서 행복하다고 말한다.

감격과 반전의
드라마

오픈하우스에 다녀온 이튿날, 베스 이스라엘 병원 인사과에서 전화가 왔다. 하루밖에 안 됐는데 이렇게 빨리 연락이 올 줄이야. 호흡을 가다듬고 전화를 받았다.

인사 담당자는 항암 병동에 서류를 제출했더니 나를 직접 만나서 인터뷰하고 싶어 한다고 알려줬다. 게다가 고맙게도 인터뷰 연습까지 도와주겠다고 나섰다. 마치 면접처럼 예상 질문을 던져주고 내 대답에서 어디가 잘못됐고 어떻게 고치면 좋을지 알려줬다. 소중한 팁을 한 마디도 놓치지 않으려고 열심히 메모했다.

"인터뷰 잘하길 바랍니다."

이렇게 고마운 사람이 있다니. 응원과 배려 덕분에 한결 마음이 편해졌다. 비록 파트타임 직이지만 잘해서 언젠가는 풀타임으로 일하리라, 주먹을 불끈 쥐었다.

그날부터 인터뷰 준비에 온 정신을 다 쏟았다. 혼자서 예상 질문지를 보면서 중얼중얼 답변을 연습했다. 제이미 선생님에게 전화해서 조언도 구했다. 인터뷰 당일, 깔끔한 회색 원피스를 입고 빨간색 구두를 신었다. 엄마가 성인식 선물로 준 행운의 진주 귀고리를 끼고 머리를 몇 번이고 단정하게 모아 꼭 묶었다.

두 번의 인터뷰

첫 인터뷰의 부담감은 상당했다. 인터뷰 장소에는 두 명의 간호사(디렉터와 매니저)가 앉아 있었다. 여러 가지 질문을 받았고, 인사 담당자에게 받은 조언을 명심 또 명심하며 대답했다. 디렉터(간호부장과 비슷한 직책이다)는 "영어가 모국어가 아닌데 잘할 수 있겠어요?" 하고 물었다. 나는 한 치의 망설임도 없이 답했다.

"저는 빨리 배웁니다. 한국에서 부서 이동 했을 때에도 며칠만 트레이닝 받고 나서 잘 일했어요. 그리고 저는 항상 열심히 일하는 사람입니다."

이때 받은 질문은 다음과 같다.

　　- 한국 어느 병원에서 일했고 어떤 경력을 가지고 있나?
　　- 항암제 써본 것 모두 얘기해보라.

- 최종 학력이 전문학사인데 더 공부할 계획이 있나?

- 2011년 11월에 일을 마치고 1년 공백이 있는데, 이유가 뭔가?

- 미국에 왜 이사했나?

- 외국인인데 네이티브와 영어로 편하게 일할 수 있나?

- 정맥주사(IV)에 자신 있나?

인터뷰가 끝난 후 매니저(수간호사라고 보면 된다)가 갑자기 계획에 없던 병원 투어를 시켜주겠다고 했다. 항암 병동 식구들을 모두 소개받고 인사를 나눴다. 투어가 끝나고 감사하다고 인사한 후 병원을 나섰다. 밖에서 남편이 기다리고 있었다. 병원 투어를 했다고 하니까 정말 좋은 사인이라면서 잘 될 거라고 격려했다. '사기까지 당하면서 겨우 잡은 인터뷰인데, 이 기회를 놓치면 안 되는데….' 하고 걱정하며 집으로 향하고 있었다. 그런데 병원을 나선 지 5분도 채 지나지 않아 다시 전화가 왔다.

"어떡해! 어떡해! 병원에서 전화 왔어! 어떡해!!"

발을 동동 구르다 정신을 수습하고 전화를 받았다.

"리연 씨. 우리 스태프들이 리연 씨를 보고 싶어 해서 인터뷰를 한 번 더 했으면 하는데, 지금 와줄 수 있어요?"

하이힐을 신고 있었지만 100미터 달리기로 뛰어서 병원에 도착했다. 엘리베이터를 타고 올라가는데 심장이 마구 뛰었다. 가슴은 좋은 예감으로 차올랐고, 이번에야말로 쐐기를 박아야겠다

는 생각이 들었다.

이번에는 간호사 세 명이 앉아서 나를 기다리고 있었다. 한 명은 내 또래로 보였고, 두 명은 우리 엄마 나이로 보였다. 내 경력에 관해 좀 더 자세히 이야기를 나눴고, 마지막으로 왜 항암 병동에 지원했는지 물었다. 나는 진심을 담아 대답했다.

"저희 할아버지가 위암으로 돌아가셨어요. 간호사로 몇 년간 일했지만 관련 지식이 없어서 위암으로 고생하는 할아버지를 위해서 해줄 수 있는 일이 없었어요. 그때부터 암에 대해 관심을 가지게 되었습니다. 저는 암 환자를 간호하는 것을 좋아하고 그것에 열정이 있습니다. 그들이 완쾌할 수 있도록, 그리고 고통을 덜어드릴 수 있도록 도와주고 싶습니다."

두 번의 인터뷰를 마치고 병원을 나섰다. 합격 여부는 알 수 없었지만 최선을 다해서 그런지 마음이 홀가분했다. 집으로 돌아와 맛있는 점심을 만들어 먹었다. 그렇게 두 시간쯤 흘렀을까, 병원 인사과에서 전화가 왔다. 내 인터뷰를 도와줬던 인사 담당자였다.

"합격을 축하합니다. 병동 사람들이 리연 씨를 정말 좋아해요."

좋은 소식이 하나 더 있었다. 병원에서 나를 마음에 들어 해 파트타임 계약직이 아닌 풀타임 정규직으로 채용하겠다는 거였다. 이게 꿈이야 생시야?! 나는 몇 번이고 감사하다고 인사했고, 닷새 후로 계약서 작성할 일정을 잡은 후 전화를 끊었다. 정신이 하나도 없었다. 좋은 예감은 들었지만 설마 첫 인터뷰에 바로 취직을 할 거라곤 꿈에도 생각하지 못했다. 데이비드와 얼싸안고 덩실덩실 춤을 췄다.

"야호, 드디어 꿈이 이루어졌어!"

살아오면서 가장 행복한 순간이었다.

사기꾼 덕에 얻은 직장

계약서를 쓰러 병원으로 향하는 발걸음이 너무도 가벼웠다. 오픈하우스부터 내내 나를 도와준 천사표 인사 담당자 빅터와 반갑게 인사를 나누고 계약서에 사인했다. 급여와 복지 혜택, 병원 생활 가이드 등에 대해 상세하게 설명을 들었고, 무시무시한 입사시험에 대한 안내도 받았다. 약물검사를 포함한 신체검사는 걱정할 게 없어 보였고, 문제는 필기시험이었다. 두 번의 기회가 주어지는데 두 번 다 통과하지 못하면 입사가 취소된다고 했다. 꽤 어려우니 공부 열심히 하라면서 참고 자료를 건네줬다.

계약서에 사인한 기쁨도 잠시, 심장이 바운스하기 시작했다. 그날부터 참고 자료를 끌어안고 미친 듯이 공부했다. 해가 뜨기 무섭게 서점으로 가서 자리를 잡고 주로 약물 계산과 항암제, 간호 우선순위 위주로 공부했다.

며칠 후 시험을 보러 세 번째로 인사과를 찾았다. 시험은 어려웠지만 다행히 한 번에 합격할 수 있었고, 신체검사도 무리 없이 통과했다. 신규 오리엔테이션과 트레이닝만 거치면 이제 당당히 미국 간호사로 일하게 된다. 게다가 교육받는 동안 월급이 100퍼센트 지급된다는 소식에 다시 한 번 덩실덩실~.

비록 사기는 당했지만, 그 사기꾼 때문에 나는 직업을 얻었다. 때로는 인생이 뜻대로 흘러가지 않고 그 길 위에 고난이 도사리고 있기도 하다. 하지만 끝까지 포기하지 않으면 결국에는 자기가 원하는 곳에 다다를 수 있는 것 같다. 앞으로 어떤 시련이 닥쳐도 이런 마음의 자세를 유지한다면 무슨 일이든 헤쳐나갈 수 있을 거란 믿음이 생겼다.

두근두근
오리엔테이션

휴대폰 회사에서 온
간호사

드디어 첫 오리엔테이션 날이 되었다. 무엇을 입고 가야 할지 몰라 빅터에게 전화해서 조언을 부탁했더니, 청바지는 절대 입지 말라면서 캐주얼한 정장을 추천했다. 미국에서는 청바지를 입고 출근하는 것을 엄격하게 금지하는 직장이 많다. 캐주얼 데이가 있는 경우에는 청바지를 입어도 되지만, 병원은 거의가 예외다. 나는 면접날과 비슷한 단정한 차림을 하고 병원으로 향했다.

신규 오리엔테이션은 약 일주일 동안 병원의 메인 빌딩에 위치한 간호 교육부에서 진행되었다(병원 건물이 여러 개인데 몇 블록에 걸쳐 분산되어 있다). 미국 병원이 처음인 내게는 모든 것이 새로웠다. 함께 교육을 받는 사람은 열 명. 대부분 전문 간호사(NP, Nurse Practitioner)였고 여자와 남자의 비율은 반반이었다. 두 명은 박사학위가 있는 간호사들로, 그중 한 명이 나중에 내게 항암제에 관해 교육해줄 거라고 했다. 나머지도 많든 적든 경력이 있는 간호사들인 데다 학벌도 화려했다.

다 같이 자기소개를 하고 어디서 일했고 어떤 경험을 가지고 있는지에 관해 이야기를 나눴다. 영어식 이름을 쓸까 하다가 그냥 내 한글 이름을 쓰기로 했다.

"안녕하세요. 저는 한국에서 온 김리연 간호사입니다. 서울삼성병원에서 일했습니다."

"아! 그 휴대폰 잘 만드는 회사? 들어봤어요. 그 회사가 병원도 가지고 있고 정말 신기하네요."

삼성병원에서 일했다고 말하면 대부분 이런 반응을 보였다. 졸지에 전직 삼성전자 직원이 된 것 같았지만, 그래도 외국인들이 삼성을 안다는 것이 어쩐지 자랑스러웠다. 외국인 간호사라 주목을 받을 줄 알았지만 전혀 그렇지도 않았다. 워낙 다양한 인종이 모여 살고 있는 나라라 그런지 외국인에 대해서도 열린 자세를 가지고 있었다. 훌륭한 교육 시스템을 갖춘 병원으로 이름이 있어서 세계 각지에서 온 수련생들도 자주 볼 수 있었다.

마네킹과 함께한 실습

오리엔테이션은 모든 프로그램이 간호에 집중되어 있었다. 주로 병원의 시스템, 병원에서 쓰게 될 기계들과 그 사용법을 알려줬고, 환자들을 정서적으로 지지하는 방법, 사회복지사와 연결해주는 절차, 직원들의 스트레스 관리법에 관한 교육도 있었다. 환자의 전인 간호를 위한 전문적 프로그램을 다양하게 갖추고 있는 것이 놀라웠다. 오리엔테이션에서 직원 복지나 노동조합에 관한 교육에 상당한 비중을 할애하는 것도 인상적이었다.

기억에 남는 프로그램 중 하나는 마네킹 시뮬레이션 교육이었다. 마네킹을 이용해 실제로 환자를 간호하는 것처럼 연기해보는 시간이었다. '제발 나 뽑지 마라~' 하고 속으로 빌었건만 내가 담당 간호사로 뽑히고 말았다. 등 뒤로 나를 둘러싼 세 대의 카메라가 촬영을 시작하자 나는 패닉에 빠지고 말았다.

"안녕하세요. 리연 간호사라고 합니다. 오늘 당신의 간호사가 될 거예요. 이름과 생년월일을 말씀해주시겠어요?"

우리의 제임스 본드(마네킹의 이름이었다)는 눈을 깜박거리고 몸을 움직이는 데다 말도 할 수 있었다. 캬, 세상은 나날이 발전하는구나, 감탄에 빠질 틈도 없이 상황극이 바로 시작되었다. 환자가 수술을 마치고 올라왔는데 갑자기 소리를 지르며 고통을 호소하는 상황. 마네킹이었지만 긴장되면서 식은땀이 났다. 보조 역할

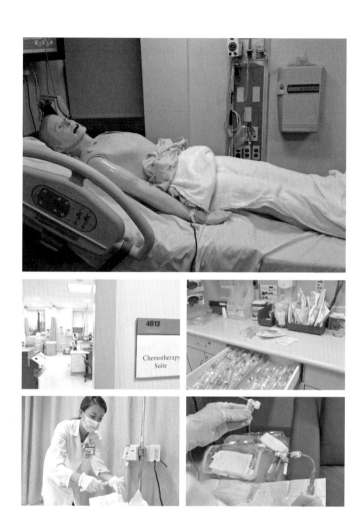

을 맡은 간호사들에게 이런저런 지시를 내리면서 최선을 다해 마치 진짜 사람인 듯 제임스 본드를 간호했다.

응급 상황극이 끝나자 다 같이 모니터하는 시간을 가졌다. 둘러앉아 함께 장면 하나하나를 돌려 보면서 이런 경우 환자에게 어떤 진단을 내려야 하는지, 어떤 약을 줄 것인지, 우선순위는 무엇이었는지, 앞으로 어떻게 간호해야 좋을지 등에 대해서 이야기를 나눴다. 경력이 많은 간호사들과 같이 시뮬레이션을 연습하고 논의하는 과정은 무척 유익했다. 모니터를 통해 허둥지둥하는 내 모습을 보니 얼굴이 화끈거리긴 했지만, 내가 저렇게 하는구나 싶고 마치 실전 경험처럼 정보가 머릿속에 쏙쏙 들어왔다.

너무 열심히 하지는
마세요

나는 오리엔테이션 중에도 매니저의 요구로 종종 병동으로 불려가 트레이닝을 받았다. 어떤 날은 아예 병동으로 출근하기도 했다. 그 덕에 병동에서 정식 업무를 시작했을 때 좀 더 빨리 적응할 수 있었다.

병동에서 나는 한국사람 특유의 열심을 보이려 애썼다. 예전 신규 시절을 떠올리며 뭐든 가르쳐줄 때마다 열심히 메모하고 바로 외우려고 노력했다. 한 달 동안은 퇴근 후 집으로 직행해 항암제 공부만 할 정도였다. 암 수술에는 많이 참여했지만 항암제를 직접 투여해본 경험은 없었고, 그 수많은 항암제를 모두 외울 수 있을까 하는 걱정이 쓰나미처럼 몰려왔기 때문이다. 친구들은 취업 축하 파티를 하자며 난리였지만 공부해야 한다고 다 나중으로 미뤘다.

그런데 매니저는 오히려 공부 좀 적당히 하라며 나를 말렸다. 한국에서는 빨리 배우라고 난린데, 여기서는 어째서 공부하지 말라며 난리일까?!

"리연, 열심히 하려고 하는 것은 좋은데 너무 그러면 나중에 번아웃이 옵니다. 천천히 하세요."

내 프리셉터를 맡은 레지나는 처음 일을 시작하고 나서 한동안은 아예 메모조차 못하게 했다.

"편안하게 업무 과정을 지켜보고, 설명을 듣고, 모르는 것이 있으면 질문하세요. 우리는 환자 보라고 리연을 혼자 덜렁 던져놓지 않을 거니까 우선은 구경만 하면서 자신감을 길러요. 그것이 우선순위예요."

"저도 빨리 일을 익혀서 다른 직원들이랑 똑같이 일하고 싶은걸요."

"배우는 속도는 개인차가 있어요. 리연은 빨리 배우는 스타일이라 곧 혼자 일하게 될 거예요. 한꺼번에 다 외우려고 하지 말고 자연스럽게 익숙해지면 되니까 절대 서두르지 마세요. 리연이 나중에 환자 열 명을 보든 한 명을 보든 아무도 상관하지 않아요. 다

다정하고 멋진 동료들을 만나
얼마나 행운인지 모른다.
엄마와 할머니가 병원에 방문했을 때
다들 반갑게 맞아 주어 고마웠다(왼쪽 아래).

만 한 명을 보더라도 투약 오류 없이 보는 것이 가장 중요해요. 긴장하면 새로 외우기는커녕 아는 것도 잊어버려요.”

레지나는 꼼꼼하고 든든한 성격에 엄마처럼 푸근한 매력까지 더해진 사람이었다. 그녀가 날 믿어주고 기다려준 덕분에 낯설고 긴장되는 환경에서도 위축되지 않고 마음 편히 일을 배워나갈 수 있었다. 나중에 레지나가 털어놓기를, 처음 내 프리셉터로 배정받아 교육을 담당하게 됐을 때는 걱정이 태산이었다고 한다.

“외국에서 온 간호사라니, 간호 실무에다 영어까지 가르쳐야 하는 거 아닐까, 솔직히 눈앞이 깜깜했어요. 그런데 업무도 빨리 익히고 정맥주사도 곧잘 하고. 좋은 간호사가 왔다고 우리끼리 기뻐했어요.”

베스 이스라엘에서 오리엔테이션을 받으며 가장 감격한 점은 모두가 나를 동등하게 대해준다는 것이었다. 경력이 나보다 20년 이상 많은 간호사들도 신규 간호사인 나를 동료처럼 대해줬다. 일을 익히는 과정에서도 내가 충분히 자신감을 가질 수 있도록 기다려주고, 다그치는 사람이 없었다. 아무도 내가 처음부터 프로처럼 일하기를 기대하지 않았고, 부디 안전하게 간호하는 법을 익혀서 자신 있게 환자를 돌볼 수 있길 바라는 분위기였다. 게다가 처음 만났는데도 농담하고 친한 척하며 어찌나 다정하게 대해주는지. 감격스러워 몸 둘 바를 모를 정도였다.

처음 경험해보는 종류의 동료 의식에 몹시 낯설면서도 ‘그래,

이게 내가 바라던 이상적인 환경이었지.'라는 생각과 함께 곧 편안함이 찾아왔다. 또 이렇게 좋은 동료들과 상사를 만나게 된 것이 얼마나 행운인지 거듭 감사했다. 보답하고 싶은 마음에 나 역시 어서 빨리 이들에게 도움이 되는 간호사로 거듭나야겠다는 의욕이 솟았다. … 그래서 말 안 듣고 계속 열심히 공부했다. ☺

나의 첫 미국 병원을 소개합니다.

마운트 사이나이 베스 이스라엘 병원(Mount Sinai Beth Israel Hospital)은 뉴욕 맨해튼 소재의 3차 의료기관 대학병원으로 1,368베드를 보유하고 있다. 뛰어난 의술과 임상 혁신이 독특한 조합을 이루는 병원으로 뉴욕에서 많이 알려졌다. 특히 심장질환과 암센터, 신경과, 정형외과는 세계 최상급의 전문가들로 구성되어 있다. 병원의 전신은 1890년 가난한 유대인 이민자를 위해 설립된 베스 이스라엘 메디컬 센터. 2013년 마운트 사이나이 병원과 합병을 통해 공식 명칭이 바뀌었다. 뉴욕 최대 민간의료기관인 '마운트 사이나이 헬스 시스템'의 일원이며, 병원 산하에 아이칸 의과대학이 있다.

내가 경험한 미국 병원

이렇게 일찍 오지 마세요

오리엔테이션을 마치고 드디어 정식으로 출근하는 날, 새벽같이 일어나 집을 나섰다. 차가운 아침 공기를 마시며 성큼성큼 걸어가면서도 내가 미국의 병원에 출근한다는 사실 자체가 비현실적으로 느껴졌다. 근무는 오전 9시부터였지만 8시에 병원에 도착했다. 한국 병원에서는 정해진 시간보다 일찍 출근하는 게 보통이고, 첫날이라 설레는 마음에 일찍 간 거였는데 매니저가 깜짝 놀라며 이렇게 당부했다.

"왜 이렇게 일찍 왔어요? 다음부터는 꼭 9시까지 오세요."

나 역시 놀랐다. 과거 신규 시절엔 선배들 눈치 보느라 7시 출근이면 5시나 6시까지 가서 일을 시작하곤 했는데, 여기서는 일찍 출근하면 오히려 혼날 것 같았다.

퇴근도 마찬가지였다. 5시 반이 퇴근 시간인데, 제시간에 가지 않으면 이상한 시선으로 쳐다보고 굉장히 불편해한다. 내가 병원에 더 머무르면 오버타임 수당을 줘야 하기 때문이라는 것을 나중에 알게 되었다. 출퇴근 시 출입증 카드를 이용하므로 시간이 정확히 기록되는데, 정해진 시간보다 더 일하면 넘친 시간만큼 시급의 약 1.5배를 지급한다. 나는 돈으로 받는 대신 시간으로 대체하는 것을 선호해서 한 시간 오버타임을 한 경우 금요일에 한 시간 일찍 퇴근하곤 한다.

한국에서는 인계를 끝냈는데도 집에 가지 못하게 하는 선배들이 꼭 있었다. 데이 근무는 3시면 끝나는데 나이트 근무하는 간호사까지 보고 퇴근하는 경우도 빈번해 '데브닝(day+evening)' 근무를 선다는 표현이 있을 정도다. 그처럼 추가 수당도 없이 12시간 일하곤 했던 경험이 있었기에 다른 미국 간호사들에게는 너무 당연한 '칼 출퇴근' 문화가 내게는 퍽 감격스러웠다. 꼭 필요해서 추가 또는 주말 근무를 할 경우에는 그에 합당한 수당이 꼬박꼬박 지급되었다.

효율적인 업무 분위기

미국 병원에 출근하고 가장 먼저 피부에 와 닿은 차이는 불합리한 강요가 없고 불필요한 소모를 만들지 않는 직장 문화였다. 정해진 규칙과 합의된 절차를 (이런저런 예외를 만들지 않고, 위아래 따지지 않고) 그저 단순히 시행하는 것만으로도 얼마나 병동 생활이 산뜻해질 수 있는지를 체험할 수 있었다. 근무 시간 지키기는 가장 일차적인 사례.

사적인 정보도 그렇다. 한국에서는 고향이 어딘지, 어디 학교를 졸업했는지, 부모님 뭐하시는지, 남자친구는 있는지 등등 개인적인 정보가 당연하듯 밝혀지는 것과 달리 미국에서는 개인적인 내용을 잘 묻지도 않고 본인이 공개하기 싫으면 말하지 않는다.

업무 인계 역시 매우 효율적으로 이루어졌다. 한국에서 일할 때 신규에게 인계 시간은 곧 혼나는 시간이었다. 하지만 이곳에서는 보통 1분 정도 내에서 간결하게 마치고 식사를 하러 갔다. 예를 들면 이런 식이다.

"첫 번째 의자의 환자 이름은 ○○예요. 오늘 옥살리플라틴 세 번째 사이클이고, 지금까지 리액션(이상반응) 없었어요. 지금 투약 시작했고 2시간 동안 주니까 내 점심시간 동안 잘 봐줘요. 고마워요."

이처럼 핵심만 뽑아 간결하게 인계 내용을 전했고, 불필요한 긴장감도 없었다.

'와… 이렇게 해도 되는 거였구나. 아무 문제 없이 잘만 돌아가네?!'

갑자기 한국에서 선배가 내 인계를 받아줄까 안 받아줄까, 인계를 받으면서 혼내지는 않을까 눈치 보던 때가 떠올랐다. 인계하면 환자를 파악하고 제대로 봤느냐며 혼을 내고 나중에 다시 인계하라고 한 다음 바쁘다고 인계를 받아주지 않아서 선배를 기다리며 퇴근을 한두 시간 넘기기도 했다. 여기서는 너무 쉽게 인계를 받아줘서 고맙긴 한데 어쩐지 허전한 느낌마저 들었다.

당신의 의견은
무엇입니까

한국 병원에서는 높은 자리의 의사나 교수님 앞에서 말 한마디 꺼내는 것도 어려웠는데, 미국은 존칭을 쓰는 문화가 아니라서 그런지 의사들과 일하기가 한결 편하다. 권위적인 스타일이 많지 않고 오히려 친구같이 대해주는 의사가 많다. 아무리 높은 지위에 있는 의사에게라도 조목조목 내 의견을 제시할 수 있고, 모두 그것을 자연스럽게 받아들인다. 어찌 보면 당연한 권리인데도 내게는 신기하기만 했다.

간호사가 환자의 상태에 관해서 의사에게 시시콜콜 보고하고 의견을 받아야 하는 국내 병원과 달리, 미국 병원에는 좀 더 간호사의 전문성과 의견을 존중하는 분위기가 있다. 입사 초기, 환자가 항암 치료를 받고 나서 오심과 구토가 심하다고 했다. 의사에게 가서 상황을 설명하고 환자에게 구토제를 더 줘야겠다고 그랬더니, 어떤 약을 줘야 할지 나에게 되묻는 것이었다. 한국에서는 항상 질문만 했는데 반대로 질문을 받으니 당황스러웠다.

"직접 환자를 사정했으니까 나보다 더 잘 알겠지요."

이렇게 말하며 다시 물었다. 그래서 '지금 받는 항암제가 오심을 많이 유발하는 것이니 이러이러한 구토제를 주면 좋겠다.'라고 의견을 얘기했더니, 의사는 내 말 그대로 처방에 넣겠다고 했다. 그것이 미국 의사와 새로운 경험의 시작이었다.

이후로 경력이 쌓이면서 항암제에 관해서도 의사와 의논하게 되었다. 어떤 환자에게 무슨 약을 줘야 할지를 놓고 병의 경과와 검사 결과를 확인하며 같이 고민하기도 한다. '환자가 부작용이 심하니 용량을 줄여서 투여해야 할 것 같다.'는 의견을 주면 의사들끼리 의논해서 양을 조절한 뒤 내게 알려준다. 이처럼 환자 치료에 더 전문적으로 참여할 수 있다는 것이 미국 간호사가 되고 나서 가장 만족하는 부분이다.

간호사는 공부하고,
병원은 지원사격

한국에서 간호사라는 직업은 의사 아래서 일한다는 이미지가 강한데, 미국에서는 간호사를 의사와 같이 일하는 사람이고 서로 협동하는 사이라고 여긴다. 나도 그랬지만 아마 이런 점 때문에 미국 간호사를 꿈꾸는 학생이나 간호사가 많을 것 같다. 사회적 위상이 높은 이유는 제도적인 부분에서 찾을 수 있다. 미국에서는 일반 간호사도 공부를 더 해서 전문 간호사가 되면 의사처럼 처방권을 가질 수 있고, 해당하는 분야에서 의사와 같은 일을 하는 경우가 많다. 전문 간호사는 보수 면에서도 의사에 뒤지지 않는다. 의사와 같거나 더 많이 버는 간호사도 있다.

그렇다고 간호사더러 알아서 공부하고 오라고 떠미는 분위기는 아니다. 미국 병원은 간호사 교육에 많이 신경 쓰고 지원해주는 편이다. 내가 다닌 병원의 경우, 간단한 심폐소생술 자격증을 취득하거나 갱신하려고 할 때도 필요한 비용을 모두 지원해줬다. 나아가 간호학과 관련해 대학에서 공부를 더 하겠다고 하면 석사과정까지 학비 전액을 지원해줬다. 병원마다 차이는 있지만 뉴욕에 있는 병원 대부분이 간호사 교육을 지원하는 제도를 잘 갖추고 있다. 하고자 하는 의지만 있다면 간호학 공부를 실컷 하도록 병원이 적극적으로 도와주니까 간호사들은 꾸준히 전문가로서의 역량을 키울 수 있다.

늦어도 예쁜 내 인생

입사 2년 반, 병원에 어느 정도 적응했겠다 나도 이제 공부를 다시 해보려고 학사 과정에 입학했다. 물론

모두 무료다. (예전에 학사 편입 시험에 떨어져서 천만다행이다. ☺) 미국에서는 '늦음'의 정의가 한국과 많이 다르다. 여기에서 오는 여유가 나를 무척 자유롭게 해준다.

한국에서 나는 모든 것이 늦은 아이였다. 4년제 대학이 아닌 전문대에 간 것, 스물넷에 학사를 스물여섯에 석사를 따지 않은 것, 남들 있는 자격증을 안 가진 것, 첫 직장에 착실히 붙어 있지 않고 여기저기 들쑤시고 다니느라 경력에 구멍 난 것, 간다는 미국에 빨리빨리 안 가는 것… 사람들 보기에 나는 모든 면에서 늦고 뒤처졌다.

블로그를 시작하고 나서 이런 질문을 참 많이 받았다.

'나이가 많은데, 많이 늦었는데, 나도 가능할까요?'

물론이다.

내가 일한 병원의 동료들은 엄마 나이 또래의 간호사들도 학사 취득 프로그램을 시작하고, 이탈리아어를 배우기 시작했다. 철학에 관심이 많은 간호사는 환갑을 바라보는 나이에도 불구하고 다시 학교에 들어갔다.

가만히 생각해보면 100살 남짓 사는 우리의 인생에 과연 진짜 '늦었다'고 할 만한 게 뭐가 있나 싶기도 하다. 남들의 시선, 남들의 속도, 남들의 기준에서 잠시 떨어져 나와서 내 인생, 내 목표, 내 계획에 집중해보자. 세상에 나는 단 한 사람밖에 없다. 당연히 내 인생도 속도도 남들과 같을 수 없다. 친구들보다 늦었다고 조바

심내지 말고 지금부터 나만의 10년 계획을 세워보는 것은 어떨까.

늦어도, 못나도, 답답해도 내 인생이다. 나는 더뎌서 더 귀엽고 얄궂은 내 인생을 온몸으로 사랑하려고 한다. 어제의 인생을 다시 살 수 없으므로 다만 오늘 나에게 주어진 시간을 소중히 쓰려고 한다. 예쁘게 살아가려 노력하면 달라지는 게 인생이라고 나는 굳게 믿으니까.

나의 두 번째 미국 병원을 소개합니다

뉴욕-프레스비테리안 병원(NewYork-Presbyterian/Columbia University Irving Medical Center)은 콜럼비아대 의과대학과 코넬대 의과대학이라는 두 개의 아이비리그 대학과 연계된 뉴욕시에 있는 비영리학술의료기관이다. 그중에서도 CUIMC(Columbia University Irving Medical Center)가 뉴욕-프레스비테리안 캠퍼스 중에 가장 크다. 캠퍼스의 크기는 165가에서 169가 사이를 차지할 정도다. 미국의 전 대통령 빌 클린턴이 심장 수술을 받은 곳으로도 유명한 병원이다.

고개 숙이지 않는
간호사

첫 출근 날 동료 간호사들을 소개받고 호칭을 어떻게 해야 할지 몰라서 매니저에게 물어봤다.

"'미스 또는 미세스 ○○라고 불러야 할까요, 아니면 너스(Nurse) ○○라고 불러야 할까요?'"

매니저는 하하 웃으며 그냥 이름을 부르라고 했다. 이건 마치 수간호사 이름이 홍길동인데 "길동아~" 하고 부르라는 거 아닌가. 물론 영미권 문화가 그렇다는 것을 모르는 바는 아니었지만, 막상 직속 상사와 선배 간호사를 이름으로 부르려니 당황스럽기도 하고 재미있기도 했다.

호칭에서도 드러나다시피, 미국 병원에서는 구성원 누구나 기본적으로 대등하다. 같은 간호사끼리는 물론이고 의사나 환자와의 관계도 마찬가지다. 누구는 위에 누구는 아래에 있지 않다. 자기 의사 표시도 확실하다. 이런 문화가 물론 좋긴 하지만 그렇다고 생각처럼 쉬운 것만은 아니다. 미국에서의 직장생활에 서서히 적응하면서 새롭게 깨달은 바가 있다면, 여기서는 누군가를 대할 때 항상 기 싸움이 필요하다는 것이다.

환자는 왕이 아니다

미국에서는 간호사와 환자의 관계도 한국과 많이 다르다. 먼저 환자들이 좀 더 여유가 있는 편이다. 정맥주사를 할 때 한국에서는 한 번에 성공하지 못하면 몹시 언짢아하는 환자가 많았다. '간호사가 주사도 제대로 못 하면서 무슨 일을 하겠느냐.'며 노발대발하면 간호사는 죄인처럼 사과하며 굽실거리기 일쑤였다. 그게 당연하다고 생각했다.

하지만 여기에선 정맥주사를 하다가 실패해도 환자들이 먼저 "제가 원래 혈관이 안 좋아서 이런 일이 많아요."라며 괜찮다고 다시 해달라고 한다. 물론 환자마다 개인차가 있지만 간호사를 하대하는 분위기는 별로 없다. 간호사도 사람이니 실수할 수 있고 무엇보다 자신을 위해 최선을 다하고 있음을 헤아려주는 편이다. 정맥주사를 한 번에 성공하지 못하면 얼굴이 빨개지고 땀을 뻘뻘 흘리며 다시 잘하려고 애쓰는 것은 예나 지금이나 마찬가지지만, 분명 심적 부담이 덜하다.

한편 간호사들이 환자를 대하는 태도 역시 다르다. '나는 너에게 치료를 해주려는 사람이고, 내가 하는 말에 따라야만 치료를 잘 받을 수 있다.'는 사실을 분명하게 환자에게 알려주는 것이 미국의 방식이다.

동양인 특성상 나이보다 어리게 보이는 외모 때문에 내게 치료받는 것을 걱정하는 환자들이 종종 있다. 갓 졸업한 간호대생이라고 생각해서 경력이 얼마나 되는지 물어보는 경우도 있다. 하지만 환자와의 기 싸움에서 지면 안 된다. 진다면 내가 해야 할 간호를 하면서 불편함을 느끼기 때문이다. 그런 의미에서 환자 교육 시간이 중요하다. 처음에는 의심 어린 눈빛으로 바라보다가도 전문가다운 카리스마를 풍기며 치료 내용에 대한 교육을 시작하면 그런 태도는 없어지고 내 말에 귀를 쫑긋 기울인다.

어딜 가나 까다로운 환자들은 있기 마련이다. 입사해서 얼마 되지 않았을 때였다. 키모 포트(chemo port, 주기적인 항암제 투여, 채혈, 약물 주입 등을 위해 체내에 삽입한 주사관)를 이식한 환자를 맡았는데, 이 환자는 키모 포트에 주사할 때마다 괴성을 지르는 버릇이 있었고 간호사들도 그 환자의 특이한 성격을 다 알고 있었다. 내가 키모 포트에 바늘을 넣자 아니나 다를까 병동이 떠나가도록 '으악!' 하고 소리를 질렀다. 공감해주려는 마음으로 "많이 아픈 거 알아요."라고 말했더니 오히려 버럭 화를 냈다.

"당신이 내가 아픈 걸 어떻게 알아요? 당신이 항암제를 받아봤어요, 아니면 키모 포트가 가슴에 있어요? 당신은 내 고통에 대해서 아무것도 몰라요."

이럴 때 죄인처럼 마냥 고개 숙이면 안 된다.

"나는 당신이 어떻게 아픈지 정확하게 모릅니다. 내 말은 바늘을 넣을 때 당신에게 통증이 있다는 것을 안다는 뜻이지, 그 고통을 똑같이 이해한다는 뜻이 아니에요."

그러자 환자는 수긍하며 조용해졌고, 나는 '또 한고비 넘겼구나.' 하고 안도했다. 여기서는 환자가 막무가내로 굴 때 다 받아주는 것이 아니라 내가 정당한 이유로 간호하고 있다는 사실을 정확하게 짚어주면서 환자에게 다가간다.

이런 일도 있었다. 동료 간호사가 환자에게 주사를 놓으려는데 혈관이 좋지 않았다. 한참을 살펴보다가 다른 간호사까지 불러서 혈관을 살폈다. 하지만 손등밖에 주사할 만한 곳이 없었다. 그나마 손등의 혈관도 좋은 편은 아니었지만 그래도 시도해보겠다고 하자, 환자가 손등에는 절대 안 된다며 무조건 다른 곳을 찾으라고 짜증스럽게 말했다.

"손등은 절대 안 돼요. 그리고 무조건 한 번에 성공하세요."

동료 간호사가 하던 일을 멈추고 단호하게 말했다.

"혈관을 찾으려고 최선을 다하겠지만, 만약에 못 찾으면 손등에 할 수도 있습니다. 하지만 환자분이 정말 그걸 원하지 않는다면 그냥 돌아가도 좋습니다."

"뭐라고요? 집에 가라고요?"

"네, 가도 됩니다. 협조를 안 하면 저도 당신을 간호할 수 없어요."

그러자 환자는 갑자기 태도를 바꾸며 손등에 주사해도 된다고 했고, 고분고분 치료를 받고 나서 집으로 돌아갔다.

그런가 하면 환자의 의사를 반영하는 정도에도 차이가 있다. 간단한 피검사나 소변검사 같은 경우도 환자가 하기 싫다고 하면 알겠다고 하고 검사하지 않는다. 한국에서는 '환자를 위한 것'이라고 설득하면서 샘플을 받아내려고 따라다니겠지만, 여기서는 환자가 거부할 권리를 받아들인다. 우리가 해야 할 일은 검사의 장단점에 대해서 설명해주는 것이고, 결정은 환자에게 달려 있다고 여기는 문화다.

동료들과 깔끔하게 일하기

간호사들 사이에도 기 싸움이 있다. 우리나라에서 수간호사 같은 존재인 매니저에게도 무조건 복종하지 않는다. 한국처럼 상하 관계가 아니기 때문이다. 예를 들자면, 매우 바빴던 어느 날 매니저가 업무를 마칠 때 이렇게 얘기했다.

"오늘 너무 바빴죠, 미안해요. 푹 쉬고 내일 봐요. 모두 고마워요.”

나는 그런 인사가 낯설고 어색했는데, 다른 간호사들의 반응은 ‘그래, 오늘 나 정말 수고했어.’ 하는 식이랄까.

하루는 꽤 높은 위치에 있는 간호사가 와서 어떤 사항을 전달하고는 옆에 있던 간호사에게 전달사항이 적힌 인쇄물을 복사해서 보드에 붙여 놓으라고 했다.

“내가 당신 비서인가요? 나는 간호사입니다. 왜 나한테 이런 걸 시키죠? 당신 비서에게 부탁하세요.”

순간 분위기가 싸늘해졌다. 결국 그 간호사는 직접 복사해서 벽에 붙여 놓고 갔다. 이렇듯 아무리 높은 지위에 있는 사람도 간호사 업무와 관련 없는 일을 간호사에게 지시할 수 없다. 지위를 막론하고 정당한 이유 없이는 누가 누구에게 함부로 무엇을 시키지 못하고, 다른 사람이 움직이길 원한다면 부탁을 해야 하는 분위기다.

나는 처음에는 한국 병원의 분위기를 생각해서 무슨 일이 있으면 ‘나이도 어리고 들어온 지 얼마 안 됐으니’ 내가 하겠다고 나섰는데, 점점 내가 남들이 하기 싫은 일을 도맡아 하는 분위기로 흘러가는 게 아닌가. 아무도 내가 하는 걸 당연하다고 여기지도 않고 바라는 것도 아닌데 나 혼자 눈치를 본 것이다.

‘잠깐, 이거 내가 포지셔닝을 잘못하고 있나?’

한국에서와는 다른 태도를 가져야 한다는 것을 깨닫고 나도 내 목소리를 내기 시작했다. 미국에서의 경력이 쌓이면서 나도 어느

직장 동료들과 잘 지내려고
늘 노력하고 있다.
밸런타인데이에 작지만
정성을 듬뿍 담아 선물을
만들고 동료들에게 나누어주었다.
내가 만든 브로치를 달고
모두 좋아해 주어서 흐뭇.

덧 자신의 권리를 합당하게 주장할 수 있는 간호사가 되었다. 미국에서는 이 부분이 정말 중요한 것 같다.

미국이나 한국이나 인간관계는 힘들다. '질량 보존의 법칙'이라고, 세상 어딜 가나 마음에 안 드는 사람, 나를 괴롭게 하는 사람이 있기 마련이다. 그런 사람이 있을 때 미국에서는 그냥 무시할 수 있다. 굳이 잘 보이거나 마음을 사려고 애쓰지 않아도 된다. 이런 분위기가 내게는 직장에서 일하는 와중에도 자유롭다고 느낄 수 있는 여지를 준다. 물론 직장에서 동료들과 원활하게 지내려고 상당히 애쓰고 있지만 말이다.

한국 병원에서 힘들었던 점 하나는 병원에 늦게 입사했다는 이유만으로 빨리 입사한 사람들을 무조건 받들고 모시며 그들 의견에 고분고분 따라야 하는 문화였다. 그런데 미국 병원에서는 내가 해야 할 일만 깔끔하게 하고 퇴근하면 그만이다. 내게 주어진 일 아닌 것을 강요하지 않고, 그렇게 하다간 오히려 문제가 생긴다. 뒤집어 말하면 미국 간호사들은 분명 한국 간호사들보다 열심히 일하지 않는다. 자신의 직업과 소명에 대한 열정만큼은 한국 간호사들을 따라갈 수 없는 것 같다.

외국인 간호사의
좌충우돌

미국 병원에서는 영어를 잘하지 못하면 어려움을 겪는 정도가 아니라 아예 취직이 어려운 것이 현실이다. 미국에 오기 전부터 영어는 철저히 하라는 충고를 따라 많이 노력해서 그런지 영어회화 때문에 특별히 고생하거나 차별을 당한 적은 없다. 하지만 아무래도 원어민이 아니기 때문에 말의 뉘앙스나 문화적 차이로 인한 재미난 에피소드를 종종 겪고 있다.

글로 배운 영어의 한계

환자들을 보내기 전 다음 항암 스케줄을 확인한다.

"다음 스케줄 아세요? 예약은 했어요?"

나도 친절하게 챙겨서 물어봤고 환자는 "예스."라고 대답하고 돌아갔다. 모든 게 원활해 보였는데 프리셉터인 레지나가 나를 불렀다.

"레지나, 왜요?"

"식당은 예약, 병원은 약속.(Restaurant, reservation. Hospital, appointment.)"

"무슨 말씀인지?(Excuse me?)"

영문을 몰라 하는 내게 레지나가 웃으며 설명해주었다. 식당 등을 예약할 때만 'reservation'을 쓰고, 병원 같은 곳에서 약속을 잡을 때는 'appointment'라고 한다고. 나는 그 차이를 모르고 당당하게 "Did you make a reservation?"이라고 묻고 다녔던 것이다. 그러고 보니 먼먼 옛날 그 차이에 대해 배웠던 것도 같은데…. 내 얼굴은 잘 익은 토마토처럼 새빨개졌다.

'역시 영어회화는 실전이 중요하구나….'

그때부터 같이 일하는 동료들이 환자를 대할 때 쓰는 어휘들을 귀를 쫑긋 세우고 들었고 똑같이 따라 하려고 의식적으로 노력했다.

환자 이름을 정확히 부르는 일도 쉽지 않았다. 한국식 이름만 접하다가 영어식 이름을 접했더니 생각보다 발음이 까다로웠다. 게다가 영미권 환자뿐 아니라 유럽, 스페인, 러시아, 중국 등 온 갖 나라 출신의 환자들이 있다 보니 발음을 익히느라 정신이 없

었다. 그러다가 하루는 모두를 빵 터지게 한 에피소드도 만들어줬다. 새로 온 환자의 성이 'Fried'라고 쓰여 있기에 약국에 전화해 "프라이드 씨 약 부탁합니다."라고 했더니 약국이며 병동이며 사람들이 웃고 난리가 났다.

"리연, 사람 이름일 경우엔 '프리드'라고 발음해야 해."

본의 아니게 환자를 '튀김'으로 만들어버린 내 얼굴은 다시 한번 빨갛게 물들었다.

리연에게 물어봐~

약한 부분이 있다면 강한 부분도 있기 마련. 내가 비록 생활 영어에서 구멍을 보이긴 했지만, 한국인 하면 또 암기력 아니던가. 네이티브 스피커도 아닌 내게 미국 간호사들이 영어를 물어볼 때가 있었으니, 그건 바로 약 이름.

병원에서 환자를 치료할 때 구토를 방지하기 위해 프로클러로페라진(Prochloroperazine)이라는 약을 처방하곤 한다. 발음이 어려워서 간호사들도 '컴파진'으로 줄여 부르곤 하는 약인데, 어느 날 환자가 담당 간호사에게 컴파진을 보여주며 이 약의 정식 이름이 뭐냐고 물어봤다.

"음, 프로…"

더듬거리던 그 간호사가 지나가던 나를 쳐다보며 물었다.

"리연, 컴파진의 다른 이름이 뭐지?"

"프로클러로페라진."

그녀가 환자에게 알려주려고 했는데 생각보다 발음이 어려웠는지 자꾸 혀가 꼬였다.

"이 약은요, 프러클로… 프러로페…."

보다 못한 내가 환자에게 가서 다시 얘기를 해줬고, 담당 간호사는 내게 고맙다며 윙크를 했다. 나중에 근무가 끝나갈 때쯤 웃으며 농담을 던졌다.

"나는 한국 사람이고, 너는 미국 사람이야~. 나 외국인인데 발음을 나한테 물어보는 거야?"

이민 온 지도 얼마 되지 않은 나한테 약의 발음을 물어보는 게 너무 재밌었고, 어깨에 힘도 좀 넣어볼 수 있었다.

칭찬 받으려다
야단맞은 사연

매니저 캐런이 급히 뭔가가 필요한 상황이었다. 마침 근처에 있었기 때문에 내가 가져오겠다고 하고선 복도를 달리기 시작했다. 한국에서 '빨리빨리' 일하던 습관도 있고 매니저를 빨리 도와주고 싶어서 서둘렀다. 그랬더니 진료실에 있던 사람들이 모두 뛰어나와서 내게 묻기 시작했다.

"왜 달려요? 무슨 일이에요?"

"응급 상황인가요?"

나는 어리둥절해하며 답했다.

"아니요, 아무 일도 없어요."

그랬더니 다들 나를 이상하게 쳐다봤다. 나는 필요한 것을 찾아서 다시 돌아갔다.

"리연, 절대 병원 안에서 뛰면 안 돼요."

캐런은 자신을 도와주려 한 것은 고맙지만, 앞으로는 절대 병동 안에서 빨리 움직이거나 뛰지 말라고 신신당부했다. 나는 별 생각 없이 한 사소한 행동이지만, 하얀 가운 입고 간호사가 뛰면 주변 사람들을 긴장하게 만든다는 것이었다. 입사 초기, 칭찬받으려다 야단 들어 먹은 사연이다.

그러고 보면 여기 병원 사람들은 별로 서두르거나 닦달하는 법이 없다. 그럴 만한 여건이 마련되어 있고, 차분하고 여유롭게 환자를 돌볼 수 있다는 것은 감사한 일이다. 그래도 한국에서 12시간 넘도록 동동거리며 뛰어다닐 수밖에 없던 시절과 그 환경을 버티던 열정을 잊지 말아야지, 생각하곤 한다.

IV 실력은 나날이 살찐다

오리엔테이션에서 정맥주사(IV) 실습이

있던 날. 정맥주사는 두렵지 않았다. 아니, 사실 자신 있었다.

'눈 감고도 IV 할 수 있다구~!'

그런데 처음 실습에서 아주 그냥 생초짜로 전락하는 굴욕을 겪었다. 실습 대상이 마네킹이었고, 나는 한 번도 마네킹을 가지고 정맥주사를 놔본 적이 없었던 것이다. 한때 수술실을 구르던 몸인데, 마네킹의 팔뚝을 피멍으로 화려하게 물들여주었다. 그동안 쉬어서 감을 잃었나 덜컥 불안해졌다. 게다가 여기서는 장갑을 끼고 정맥주사를 해야 해서 그것도 익숙하지 않았다.

그때 갑자기 밀려드는 걱정의 태백산맥….

'흑인에겐 정맥주사를 해본 적이 없는데 어떡하지?'

'미국 사람들은 덩치가 어마어마한데 핏줄을 찾을 수 있을까?'

'나한테 IV 안 받겠다고 난리 치면 어떡하지?'

한국에서는 사람들 팔뚝이 거기서 거기였고 눈에 보이는 정맥을 찾아서 바늘을 찌르면 됐다. 하지만 미국은 워낙 비만한 사람들이 많아서 눈으로 보기보다 느낌으로, 즉 손으로 깊게 눌러 느껴지는 혈관을 찾아서 정맥주사를 해야 한다고 했다.

다행히 실력은 어디 가지 않았다. 인종에 상관없이 사람마다 혈관 색은 다르기 때문에 피부색이 어두운 것도 전혀 문제가 되지 않았다. 정식 업무를 시작하고 2주 정도가 지났을 때는 항암주사나 정맥주사할 때 아프지 않게 잘한다고 환자들에게 칭찬을 받기 시작했다.

한때 수술실을 주름던 몸인데
오리엔테이션에서 이게 뭐 교육인가,
마네킹의 혈관이 다 터지 와
분야이 위습해왔다

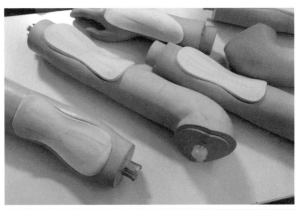

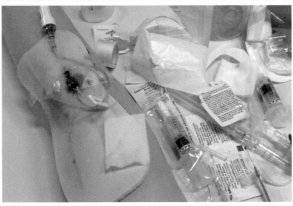

"Excellent nurse!"

참 다정한 환자들도 많다. 고마워서 꼭 안아주었다.

처음 들어와 일을 배울 때 내가 동양인에다 나이도 어려 보여 환자들에게서 불편한 기색이 비치는 것 같아 걱정하자 레지나가 "나중에 '리연 어디 갔어? 나는 오로지 리연을 원해!'라고 말하는 팬이 생길 거예요. 걱정 말아요."라고 위로해준 적이 있는데, 레지나 말처럼 정말 나를 찾는 환자가 생기기 시작했다.

처음 일을 시작할 때에는 당연히 걱정이 많았다.

'내가 환자들 말을 잘 알아들을 수 있을까?'

'환자들은 과연 내 말을 잘 알아들을까?'

'병원 스태프들과 영어로 환자에 대해 의논할 수 있을까?'

'환자들이 미국인이 아닌 나를 잘 받아들여 줄까?'

한 달도 채 되기 전에 이런 고민들은 깨끗이 사라졌다. 서로 잘 알아듣고, 동료들과 논의도 원활했다. 환자들은 다정했다. 한국에서 아무리 힘들어도 영어만큼은 놓지 않고 열심히 공부했던 내가 새삼 기특했고, 이제 필요한 건 더 전문적인 소통이라는 생각에 다시금 공부에의 열정이 용솟음쳤다.

진짜 뉴요커처럼
살아보자

병원 일에 어느 정도 익숙해지자 진짜 뉴욕을 즐겨야겠다는 생각이 들기 시작했다. 평생 원하던 곳, 이렇게 신나고 멋진 도시에서 살고 있는데 뉴욕 생활을 제대로 만끽하고 싶었다. 뉴욕에는 항상 재미있는 이벤트들이 넘쳐난다. 나는 되도록 많은 것들을 경험하고 즐기려고 늘 바쁘게 돌아다닌다. 내가 사랑하는 뉴욕에 대해 알아가고 더 재미나게 즐기는 노하우가 쌓여가는 하루하루가 즐겁다.

▶근사한 디너 + 항암제 공부

미국의 의약회사에서는 새로 개발한 항암제를 알리려는 노력을 많이 한다. 새로 출시된 약을 의료인들에게 광고할 겸 저녁식사를 대접하며 약에 관한 교육을 실시하는 행사도 자주 열린다.

의무 참석은 아니고 자발적으로 신청해서 갈 수 있다.

'Why not?! 맛있는 저녁도 공짜로 주고, 이런 꿀 공부가 다 있다니!'

주로 유명한 레스토랑에서 하기 때문에 근사한 저녁식사를 공짜로 먹을 수 있다. 이 프로그램 덕분에 맨해튼에 있는 좋은 레스토랑 대부분을 가볼 수 있었다. 동료들과 가벼운 음료와 함께 저녁을 먹으며 신약에 대한 정보도 얻고 같이 의견을 나눌 수 있어서 내가 무척 좋아하는 시간이다. 덤으로 다른 병원 간호사들과 네트워크도 쌓을 수 있다.

▶ 빌보드 이벤트에 진출하다

뉴욕에서 패션에 관련된 일을 하는 친구들을 사귀고 덕분에 즐거운 경험도 한다. 2012년 연말에는 그 유명한 빌보드의 행사에 직접 참여해보는 기쁨도 누렸다. 행사에서 어느 패션 브랜드의 홍보를 담당한 친구가 나도 스태프로 일하라고 불러준 덕분. 이름하야 '2012 빌보드 우먼 인 뮤직'이라고, 빌보드가 선정하는 '올해의 여성' 시상식 이벤트다. 행사장은 화려하게 꾸며져 있었고, 각종 매체에서 나온 취재진으로 북적였다. 나는 친구가 홍보하는 브랜드의 신상 드레스를 입고 유명인사들 사이를 돌아다니며 브랜드를 알리고 선물도 나눠주는 역할을 맡았다. 케이티 페리, 칼리 레이 젭슨, 시에라 등 TV에서만 보던 유명한 여가수, 뉴욕의 뉴스 앵커, 저널리스트 들이 한자리에 모였다. 커다란 홀에서 가수들의 노래를 라이브로 들으며 저녁식사를 하고 있자니 그야말로 꿈인지 생시인지! 이런 행사가 아니라면 절대 볼 수 없는 사람들을 만나고 이야기를 나눌 수 있어서 많은 영감을 받았다. '나도 내가 일하는 분야에서 멋지게 성공해 저렇게 반짝이는 사람이 되어야지.' 하고 마음먹었다.

▶ 할로윈 퍼레이드에서 춤을

뉴욕에 와서 깜짝 놀란 광경 가운데 하나가 바로 할로윈 퍼레이드였다. 친구들이 보러 가자기에 그저 사람들이 어디 모여서 할로윈 파티를 여나 보다 했다. 그런데 막상 그날이 되니 맨해튼 전체가 할로윈 파티장이었다. 도심의 차도를 완전히 막아놓고 한껏 꾸민 사람들이 춤추며 퍼레이드를 벌였다. 좀비처럼 분장한 사람들이 떼거지로 마이클 잭슨 춤을 추는 모습에 완전히 반해버렸다.

'뉴욕 사람들은 남녀노소 모두 제대로 노는구나. 내년에는 나도 꼭 동참하겠어!'

1년 내내 할로윈을 기다렸다. 구경꾼으로 그치지 않고 직접 댄스 팀에 합류하기로 결정, 아카데미에서 안무를 배우고 리허설에도 참석했다. 복장을 뭐로 할까 고민 끝에 친구는 악마, 나는 천사로 분장했다. 드디어 대망의 할로윈. 나는 천사 의상에 날개를 달고 거리로 나섰다. 역시 멀리서 구경하는 것보다 직접 퍼레이드

멋진 레스토랑에서 공짜 저녁을 먹으며
새로 나온 항암 세에 관해 공부하는 프로그램(위).
빌보드에서 개최한 '2012 빌보드 우먼 인 뮤직'에
스태프로 참여했다(아래).

할로윈 파레이드의 날이 되면
맨해튼 전체가 할로윈 파티장이 된다.

에 참가하는 것이 훨씬 재미있었다. 밤거리엔 칼바람이 불었지만 격렬하게 춤을 추느라 오히려 땀이 뻘뻘 났다. 사람들의 박수와 함성 속에서 춤추고 인터뷰도 하고, 단연코 2014년 최고의 날이었다. 마무리는 출출한 배를 채우러 뉴욕에서 최고 사랑받는 푸드트럭 '할랄가이스(Halal Guys)'로 고고!

▶ 클래식한 폴로 파티

봄이 되면 샴페인 회사에서 주관하는 폴로 게임 행사가 열린다. 맨해튼 항구에서 페리를 타러 모여드는 사람들의 패션이며 분위기에서부터 파티는 이미 시작된다. '미스 뉴욕' 페리를 타고 20분 정도 가면 뉴저지 항구가 나타난다. 행사장의 넓은 잔디밭에서는 영화에서만 본 폴로 게임이 벌어진다. 사람들은 마치 패션쇼라도 되는 듯 화려하게 꾸미고 오는데, 특히 남자들의 클래식한 옷차림과 왕실 결혼식을 연상시키는 여자들의 각양각색 모자가 인상적이다. 나는 이 행사에 참가하기 몇 주 전부터 친구들과 예쁜 모자 사냥에 돌입한다. 그리고 그 모자와 어울리는 드레스를 고르느라 즐거운 고민에 빠진다. 잔뜩 멋을 내고 샴페인을 마시며 푸른 들판을 뛰어다니는 폴로 게임을 구경하는 것이 내게는 무척 이국적이다. 운이 좋으면 뉴욕의 유명인사나 영화배우, 팝스타 들과 마주칠지도 모를 일. 멋 부리기 좋아하는 뉴요커들이 특히 좋아하는 행사다.

▶ 타임머신을 타고 1920년대로

뉴욕의 재즈 페스티벌은 정말 특별하다. 특히 매년 봄 거버너스 아일랜드에서 열리는 '재즈 에이지 피크닉'은 영화 <위대한 개츠비>의 재즈 시대를 그대로 옮겨놓은 콘셉트다. 모든 사람들이 약속이라도 한 듯 1920년대 스타일로 차려입은 뒤 페리를 타고 섬으로 향한다. 페스티벌 장소에 도착하면 당시의 고풍스러운 자동차들이 늘어서 있고, 잔디 광장 너머 마련된 댄스 플로어 역시 완벽하게 당대를 재현하고 있어 시간 감각을 잃게 한다. 어디서 저런 옷이며 소품들을 구했는지 놀라울 정도로 모두들 1920년대 스타일로 한껏 멋을 내고 음악을 즐기는 광경을 보고 있으면 입이 떡하고 벌어진다. 밴드들도 그 시대 사람들처럼 차려입고 재즈를 연주하고, 이색적인 공연이 펼쳐지고, 누구든 플로어에 나가 춤을 춘다. 사람들은 잔디밭에서 담요와 피크닉 바구니를 펼쳐놓고 도시락을 먹다가 누워서 음악을 듣다가 한다. 그야말로 뉴욕의 봄과 잘 어울리는, 화려했던 뉴욕의 100년 전 분위기를 고스란히 느껴볼 수 있는 멋진 축제다.

▶ 라이브로 즐기는 테니스

테니스를 좋아하긴 하지만 진짜 보러 갈 일이 있을 거라곤 생각해본 적 없었다. 뉴욕에서 살기 시작한 이후 이제는 US 오픈에 가는 게 연례행사가 됐을 정도로 테니스 관람을 좋아한다. 유명한 테니스 선수들이 경기하는 모습을 바로 눈앞에서 볼 수 있다는 것은 정말 신나는 경험이다. 그들의 호흡과 움직임 하나까지 같이하며 경기에 쏙 빠져든다. 경기 후에는 선수들을 직접 만나볼 수도 있어서 한번 보러 온 사람들은 그 매력에 푹 빠지곤 한다.

▶ 산타가 거리를 메우다

뉴욕은 크리스마스가 다가오면 놀라운 풍경이 펼쳐진다. 크리스마스 주간이면 모두 산타처럼 입고 즐기는 산타콘(Santacon)이라는 이벤트가 있다. 사람들은 산타 또는 산타 도우미 복장을 하고 뉴욕의 거리를 활보한다. 이때는 산타 복장을 하고 가면 할인을 해주거나 무료로 음식을 제공하는 곳도 많다. 나도 할머니와 엄마가 뉴욕에 방문했을 때 같이 산타 옷을 차려입고 거리를 누볐던 추억이 있다.

▶ 특별한 취미생활

뉴욕은 취미생활을 즐기기에도 아주 좋은 도시다. 나는 발레를 다시 시작했다. 처음 호기심으로 뉴욕의 발레 학원에 갔을 때 깜짝 놀랐다. 유명한 발레단 출신의 발레리나들이 강사인 데다, 오디오로 음악을 틀고 수업하는 게 아니라 라이브 피아노 연주에 맞춰 수업했다. 뉴욕은 발레 클래스마다 피아니스트가 따로 있다. 아름다운 음악을 들으며 운동을 하니 몸과 마음 모두 건강해지는 것 같았다.

한국에서 잠시 배웠던 피겨스케이팅도 다시 시작했다. 뉴욕의 겨울은 거리마다 휘황찬란한 크리스마스 장식으로 무척 화려하고 아름답다. 특히 센트럴 파크나 브라이언트 파크의 아이스링크는 너무 아름다워 추운 날씨에도 사람들이 꽉꽉 들어차는 아주 로맨틱한 데이트 장소다. 스케이트장 오프닝 행사에는 유명한 피겨스케이트 선수들이 등장하기도 한다. 병원 근무시간 전이나 후에 스케이트를 씽씽 타고 나면 스트레스도 휙휙 날아가버린다.

▶ 함께 운동하는 뉴요커들

여름이면 시민들이 함께 모여 운동하는 프로그램이 많다. 센트럴 파크나 브라이언트 파크 등 큰 공원마다 다양한 프로그램들을 잔뜩 선보인다. 정해진 시간이 되면 뉴요커들이 요가 매트를 가지고 하나둘 모여들어 다 같이 운동하곤 한다. 여름에는 '서머 스트리트'라고 주말에 차도를 막고서 다 같이 자전거를 타거나 조깅을 하는 이벤트도 열린다. 1년에 한 번씩 타임스퀘어의 차도를 완전히 막고 수백 명이 운집해 요가를 하는 날도 있다. 색색의 매트를 펼쳐놓고 다들 같은 동작을 하는 모습이 가히 장관이다.

Epilogue

새로운 꿈을
찾아서

"간호사가 천직이라고
생각하나요?"

 간호사가 되고 나서 제일 많이 들은 질문이다. 내 대답은 '그렇
지 않다.'이다. 나는 생계를 유지하는 직업으로 간호사를 선택한
것이고, 이 일은 내 삶의 일부분일 뿐이다. 간호사 아니면 다른 일
을 할 수 없다고 생각하지도 않는다.

물론 나는 간호사라는 일이 좋다. 새로운 사람들을 만나는 일이라 좋고, 단순한 서비스 직종이 아니라 아픈 사람을 돌보고 전문지식을 기반으로 소통하는 일이라 매력적이다. 처음 만나는 사람과의 대화는 어색하기 마련이지만 간호사가 낯선 사람과 맺는 관계는 조금 특별하다. 첫 대면에서부터 환자는 간호사를 100퍼센트 신뢰를 가지고 대할 수밖에 없다. 진료를 위해 맨살을 보여주고 남들에겐 말 못할 증상에 대해서도 상세히 털어놔야 하니까. 이처럼 신뢰와 호의로 사람을 만날 수 있는 마법 같은 직업이 바로 간호사라고 생각한다.

물론 처음 겪은 간호사 생활은 너무 고되고 힘들었다. 조금씩이나마 부조리한 것들을 바꿔나가려고 노력해보기도 했지만 번번이 좌절당했다. 그렇다면 내가 바라는 환경이 조성된 곳으로 가는 수밖에 없다, 떠나자, 하고 결심했다. 그렇게 미국 간호사 면허 시험 준비를 시작했다.

학원에 등록하고 수업 첫날 강사님이 막 시험 준비를 시작하는 학생들에게 이렇게 물었다.

"여기 지금 병원 생활이 힘든 사람들 있나요?"

이어서 강사님이 했던 이야기가 아직도 내 마음에 남아 있다.

"그러면 여러분, 지금 행복하세요? 미국 간호사 면허 따고 미국 가서 간호사 하면 아주 행복할 것 같죠? 과연 인생이 드라마처럼 반전해서 갑자기 행복해질 수 있을까요? 지금 여기서 행복하지 않은 사람은 미국 아니라 어디를 가도 행복하지 않아요."

혹시 현실이 너무 힘들어서 도피하는 심정으로 시험 공부를 하는 것 아닌지 신중하게 생각하고 시작하라는 충고였다.

"미국 간호사 면허는 꿈을 향해 다가가기 위해 취득하는 것이지 인생 역전용이 아니에요. 면허를 취득하면 모든 것이 순탄하게 흘러가 금방 미국 간호사가 될 것 같지만, 현실적으로 직업 찾기가 너무 어렵기 때문에 또 다른 산이 여러분을 기다리고 있을 것입니다."

그 말을 듣고 나 자신에 대해서 곰곰이 생각해보았다.

'나는 지금 행복한가? 나는 지금 간호사로서 행복한가?'

결론은, 나는 간호사로 일하는 것이 좋다는 것이었다. 비록 선배들이 무섭고 업무가 너무 많고 힘이 들어서 눈물 콧물 쏟을 때도 있지만, 나는 간호사인 내가 좋았다. 다만 행복한 간호사가 될 수 있는 방법을 찾으려고 노력하는 중일 뿐이다.

나는 매 순간 '나의 행복'에 대해서 답을 찾으려고 했고, 지금도 세상 그 어떤 것보다 나의 행복에 집중한다. 그런 태도가 나는 물론이고 내 주위 사람들까지 행복하게 만드는 열쇠라는 걸 알기 때문이다.

나는 지금 그토록 꿈꾸던 뉴욕 맨해튼의 대형 병원에서 간호사로 살고 있다. 뉴욕에서의 하루하루가 즐겁고, 간호사로서의 생활도 보람차다. 나는 대단한 사람이 아니다. 하지만 어느 누구에게든 '나는 행복한 간호사'라고 기쁘게 말할 수 있다. 지금의 행복은 진정으로 바라는 자신의 모습에 가까워지기 위해 멀고 험한 길도 웃으며 걸어온 내게 주어진 상이라고 생각한다.

지금도 나는 새로운 꿈을 꾸고 있고, 앞으로도 이루고 싶은 게 많다. 아무리 힘들고 불가능해 보일지라도 용감하게 도전하고 꾸준히 걸어가다 보면 늘 더 좋은 곳에 서 있게 된다는 것을 이제는 안다. 나는 앞으로도 지금까지처럼 그렇게 꿈꾸는 사람, 꿈꾸는 간호사로 살고 싶다.

덧붙이는 글

그동안 새로운 병원으로 이직했다. 마운트 사이나이 베스 이스라엘 병원에서 뉴욕-프레스비테리안 병원으로 옮겼다.

마운트 사이나이 병원은 나에게 정말 고마운 곳이다. 낯선 미국 땅에서 간호사라는 직업에 충분히 적응할 수 있도록 기회를 준 곳이기 때문이다. 처음에는 언어도, 간호사로 일하는 것도 새로워서 힘들었지만, 이 병원에 있던 6년 동안 많은 것을 이루었다. 학사를 취득하게 되었고, 항암 간호사 자격증도 갖게 되었다. 그리고 인생의 제일 큰 변화! 아기도 낳았다. 무엇보다 제일 좋았던 것은 미국이라는 곳이 이제는 더 이상 무섭지 않게 되었다는 점이다. 그렇게 안정적인 환경을 얻었지만, 변화가 필요했다. 내가 가지고 있는 능력으로 새로운 일에 도전해 보고 싶었다.

새 병원 뉴욕-프레스비테리안 병원은 미국 최고의 종합병원으로 유명하다. 이곳에서 내 직책은 항암처방확인간호사(Chemo-therapy Verification Nurse)다. 그동안 뉴욕-프레스비테리안 병원의 역사에 없던 새로운 자리다. 암 환자들이 늘어나면서, 그들에게 더 정확하고 안전한 간호를 하기 위해서 최근 대형 병원마다 이 직책이 생기고 있다.

"걔는 동양인이잖아. 걔가 할 수 있겠어?"

사실 우연히 들은 이 언짢은 말 한마디가 나를 불타오르게 만들었다. 미국에서 동양인에 대한 선입견 중엔 똑똑하긴 하지만 불평 없이 일만 열심히 하는 일꾼이라는 시각이 있다. 그리고 동양인이 리더로 활동하는 경우가 아주 드물다. 나 역시 간호 관리 쪽에는 별로 흥미가 없었다. 하지만 나의 자존심을 후벼 파는 저 한마디가 나의 미래를 변화시켰다. 코리안 프라이드가 높은 나는, 동양인이나 한국인을 폄하하는 말을 참을 수 없었다.

솔직히 계속 병원에서 항암 간호사로 일하는 것도 좋았다. 환자들을 간호하는 것도 좋았고, 매일 새로운 환자들을 만나는 것도 좋았다. 물론 힘든 날도 있었지만 나는 간호사로 일하는 것이 좋았고, 만족했다. 하지만 이제 일만 열심히 하는 간호사가 아닌, 다른 간호사들에게 조언을 해주고 그들을 지지해주는, 그리고 그들을 이끌어주는 위치에 서 있는 한국인이 되고 싶었다.

병원 환경도 바꾸고 싶었다. 간호학생이었을 때 블로그에 스크랩해두었던 내 꿈의 병원 중 하나가 바로 뉴욕-프레스비테리안 병원이었는데, 마침 항암처방확인간호사 자리에 대한 공고가 났다. 이 직책에 대해 완전히 이해하진 못한 상태였지만, 왠지 내가 가지고 있는 항암 간호사의 경력을 맘껏 활용할 수 있을 것 같았다.

"그래 이 병원에서 일하면 새롭고 재밌을 것 같아. 한번 해보자!"

그렇게 도전을 했고, 이제 여기서 일한 지 2년이 다 되어간다. 아직도 열심히 적응하는 중이고, 부족함도 많이 느끼지만, 계속해서 나 자신을 발전시키고 또 나아가려고 노력하고 있다. 전 병원의 직책과 다른 점이 있다면, 내가 배우고 싶거나 병원에서 발전시켰으면 하는 부분에 대해 제한 없이 마음껏 의견 개진을 할 수 있다는 점이다. 이런 점이 처음에는 낯설고 부담스러웠지만 일을 하면서 적응해 갈수록 내 자리가 얼마나 매력적이고 재미있는지, 그리고 얼마나 무궁무진한 발전 가능성이 있는지 알게 되었다.

직접 환자를 간호하기보다는 컴퓨터와 씨름하는 일이 많아져 몸은 조금 편해졌지만, 새로운 프로젝트를 구상하고 외국인들과 회의에 들어가서 내 의견을 어필해야 하는 등의 일은 수줍음이 많은 나에게는 만만치 않은 일이었다. 그래서 마음고생도 많이 했다. 하지만 확실히 창조적인 일이었다. 문제점을 파악하고, 그것을 해결하기 위해서 대책을 마련하는 게 주된 업무다. 자연스럽게 간호 경영 쪽에 대한 관심도 높아졌고, 결국 대학원에까지 진학하게 되었다. 제주도 깡촌 간호전문대 출신으로는 꿈도 못 꿀, 아이비리그 컬럼비아 대학원에 말이다.

일과 육아에 학업까지 병행해야 하니 만만치 않겠지만, 언제나 그랬듯 부딪혀 보려 한다. 즐기는 자는 못 이긴다고 하니, 지금의 길이 가시밭길이라도 하하 웃으면서 꽃도 구경하고 경치도 즐기며 가보련다. 힘든 일들은 모두 언젠가는 지나갈 것임을 잘 알기에!

사실 내 책을 가장 권하고 싶은 사람은 나처럼 방황했던 학생들이다. 예전부터 자기계발서를 달고 살았는데, 그 많은 책을 읽은 끝에 나의 소감은 공부 잘하는 사람의 공부 잘한 이야기에는 공감이 잘 안 간다는 것이었다. 나 같은 사람에게는 그런 엄친아, 엄친딸들의 이야기보다는, 평범하고 공부 못해서 무시 받았던 한 지방 전문대 간호학생이 미국에서 좌충우돌 인생을 풀어나가는 이야기가 더 큰 용기를 줄 것이라고 믿는다. 나도 해냈으니 당신도 할 수 있다고 용기를 주고 싶다. 나는 비록 대단하지 않은 평범한 간호사이지만, 그래도 내 이야기가 당신이 살아내는 인생에 용기를 불어넣어 줄 수 있다면 정말 좋겠다.

끝날 때까지 끝난 건 아니다. 내 인생이라는 영화의 마지막을 점점 더 멋지게 만들어보자는 생각으로 힘들어도 모든 상황을 즐겨보려 한다. 또 항상 새로운 것을 배우고 내 약점을 개선하려고 노력할 것이다. 언제나 앞으로의 미래가 더 기대되는 간호사가 되고 싶다.

Thanks to

제 책을 사랑해주신 모든 독자분들에게 감사 인사를 드립니다. 여러분들이 없었으면 이런 기회가 없었을 거예요. 앞으로도 좋은 글로 보답하겠습니다.

저의 멘토 김희정 선생님, 남연희 선생님, 그리고 책 인터뷰 응해주신 이지연 선생님께 감사 인사를 전하고 싶습니다.

엉뚱한 내 의견에도 웃으며 대답해주고, 항상 내가 하고 싶은 일들을 할 수 있도록 지지하고 응원해주는 데이비드에게 고맙습니다. 그리고 바쁜 엄마를 둬서 고생 중인 우리 아기 윌리엄, 너에게 더 좋은 사람, 더 좋은 엄마가 되도록 노력할게.

엄마, 아빠. 천방지축 딸이 아기도 낳고, 엄마가 되었어요. 엄마, 아빠가 나를 키우며 얼마나 고생하셨을까 하는 생각에 열심히 살지 않을 수가 없네요. 더 예쁜 자식이 되도록 익신이랑 노력할게요. 엄마, 아빠 완전~ 사랑합니다!

마지막으로, 하늘나라에 계신 예쁜 우리 할머니, 살아가는 동안 내내 그리워할 나의 할머니, 행복한 매 순간마다 할머니가 생각나고 그리워요. 나중에 더 멋진 모습으로 할머니랑 만나기 위해서 열심히 살 거예요. 하늘에서 항상 지켜봐주세요. 나중에 만나요. 사랑해요.

배우려는
자세를 가진 후배는
미워할 수 없다

이지연 선생님

- 현재 치매안심센터 근무 중
- 중앙대학교병원 건강검진센터
- 삼성서울병원 내과 외래
- 서울성모병원 암센터 외래
- 분당 차병원 암병동

+ 웨이팅 기간에 무엇을 했나

입사 전 무엇을 해야 보람될까 고민하던 중 갑자기 선배들의 조언이 생각났다. 학교에서 간호학을 수년 공부했어도 막상 임상에 투입되면 어려움이 많다고 해서 문득 겁이 났다. 웨이팅 기간이 길지는 않았지만 긴장도 되고 알 수 없는 미래에 대한 스트레스가 생겼다. 아무것도 모르는 신규가 되고 싶지 않아서 잠시라

간호사라서 다행이야

도 간호사로 일하기로 마음먹었다. 그래서 2차 병원의 간호사 일을 구했고, 그곳에서 기본적인 간호 업무를 익히며 단기간 근무했다. 학생 때와는 확실히 다른 사회생활을 미리 경험해보고, 업무를 조금이나마 빨리 습득할 수 있었던 좋은 경험이었다. 덕분에 조금은 유연한 신규가 될 수 있었다.

나는 항상 경험이 중요하다고 생각한다. 일을 시작함에 앞서 업무 스킬을 조금이라도 배우고 싶다면 병원에서 근무해보는 것도 좋다고 생각한다. 한편 입사를 하게 되면 내가 계획했던 것들을 일사천리로 진행할 수도 없고 생활에 제약받는 부분이 생각보다 많다. 웨이팅 기간에 어학 공부를 하거나 여행을 많이 다니는 것도 추천하고 싶다.

+ 병동에서 외래로 이직한 이유는 무엇이었나

신규일 때 병동에서 근무하다가 이직하며 외래로 옮겼다. 3교대로 돌아가는 병동은 내 생활 패턴을 완전히 바꿔놓았고 건강이 많이 안 좋아졌다. 특히 '나이트-오프-데이' 근무는 하는 일이 너무 많아서 정말 힘들었다. 체력이 약한 편이 아닌데도 근무를 마치고 나면 병든 닭처럼 시름시름했다. 병원과 집을 다람쥐 쳇바퀴 돌듯 오가는 스케줄을 반복하다 보니 내 생활이란 없었다. 문화생활을 즐길 틈이나 마음의 여유는 꿈도 못 꿀 정도였다. 밤 근무를 하러 병원에 출근할 때면 밤공기 속에서 우울함을 느꼈다. 모두 따뜻하게 잠을 자러 귀가하는 시간에 나는 힘든 근무를 하러 가야 한다는 것이 슬프기도 했다. 외래로 옮긴 후에는 규칙적인 근무를 할 수 있다는 것이 너무 좋았다. 물론 외래 근무를 처음 시작했을 때 병동과는 또 다른 업무에 적응하기가 쉽지 않았다. 하지만 생활 패턴은 다시 제자리를 찾아 원하는 취미나 문화생활을 즐길 수 있었고 건강도 다시 좋아졌다. 외래 생활도 힘들지만 병동 생활에 비해 만족했다.

+ 현재는 치매안심센터에서 근무하고 있다

새로운 일을 해보고 싶었고, 또 안정적인 일을 해보고 싶었다. 지금까지 근무했던 환경과는 전혀 다른 일이었고, 생각지도 못한 분위기여서 적응하기가 꽤나 어려웠다. 현재 1년이 다 되어가지만 아직도 환경에 적응하기 위해서 노력하고 있다. 일단 치매안심센터는 공공기관이어서 모든 일이 예산과 직결되어 있다. 그래서 공문과 결재 문서가 하루에도 수없이 발생한다. 처음 치매안심센터에 지원하려고 했을 때에는 센터에 대한 정보도 많이 없었고 부정적인 소문도 많았는데, 직접 체험한 현실은 그렇게 나쁘지 않다.

+ 코로나(COVID-19)로 인한 어려움은 없었나

특별히 격리 치료를 하는 환자는 없었다. 집에서 할 수 있는 치료 등으로 많이 대체하였다. 출장 검진, 프로그램 등 대면으로 진행되어왔던 사업은 모두 중단되었으며, 프로그램은 비대면(집에서 할 수 있는 인지 키트 등)으로 대체되고 있다. 상황에 따라서는 일부 소그룹으로 진행되고 있다.

코로나로 센터는 오히려 더 바빴다. 센터 특성상 60세 이상인 분들이 주로 대상이다보니 코로나 고위험군이 많았다. 그래서 전화로 고위험군(경도인지장애), 치매군에 대해 지속적으로 연락을 취하며, 각 군별로 필요 서비스 파악해 안내했다.

333

+ 간호사로서 보람을 느꼈던 순간

암센터 외래 간호사로 근무할 때, 암 진단을 받고 부정적인 생각과 절망감에 가득 차서 내원하는 환자가 많았다. 열심히 관련 정보를 알려주는 과정에서 서서히 환자의 부정적인 생각이 긍정적으로 바뀌었을 때, 치료에 적극적인 모습을 보이기 시작했을 때 일에 보람을 느꼈다.

환자들은 병원에서 의미 없이 오랫동안 기다려야 하는 시간이 싫을 것이다. 나 역시 환자로 병원에 갔을 때 그랬으니까. 게다가 내가 간호하는 암 환자분들은 그 초조함이 더 크리라 생각했다. 그래서 외래 내원객에게 최대한 빠른 응대와 상황에 맞는 적절한 대처를 하려고 노력했다. 예를 들어, 지방에서 올라온 환자가 당일 예약 검사 혹은 당일 타과 진료 보기를 원할 때 환자 입장에서 도와드리려 애썼다. 환자들이 다시 방문했을 때 내 노고를 알아주고 먼저 고맙다고 손을 잡아주었을 때 간호사로서 뿌듯함을 느꼈다.

+ 본인만의 스트레스 해소법이 있다면

나는 동기들과 모임을 만들고 정기적으로 모여 고민을 털어놓고 여행도 다니면서 스트레스를 풀었다. 제일 좋아하는 스트레스 해소법은 즉흥적으로 떠나는 여행이다. 야구 경기도 자주 보러 간다. 좋아하는 팀의 경기를 보러 가서 친구들과 맛있는 것도 먹고 큰 소리로 응원하다 보면 어느새 스트레스가 확 풀린다.

+ 간호사 생활의 장점이라면

간호사 면허를 가지고 있다면 항상 여러 선택의 길이 있다. 간호사는 이직률이 높지만, 그만큼 취업률도 높다. 내 경우만 봐도 그렇다. 주위 간호사 친구들에 비해 이직을 많이 한 편이긴 하다. 2년이 채 되지 않는 병동 생활 후 너무 지쳐서 과감히 사직서를 냈다. 사직을 앞두고 친언니와 함께 두 달 정도 유럽 여행을 계획해서 사직 후 즐겁게 여행을 떠났다. 지금까지도 그 시간이 힘든 일이 있을 때마다 버틸 수 있게 해주는 행복한 기억으로 남아있다. 여행을 끝내고, 우연찮게 외래 간호사 채용공고를 보게 되어 지원했고, 외래 간호사로 4년을 근무했다. 그리고 또 다른 일을 한 번 해볼까 하는 생각으로 검진센터에도 근무했고, 지금은 공공기관인 치매안심센터에서 근무하고 있다.

+ 신규들에게 전하는 직장 생활 팁

직장 생활에서는 눈치 있게 행동하는 것이 정말 중요하다. 아부하라는 건 아니다. 분위기를 보면서 행동하라는 거다. 물론 없는 눈치가 저절로 생겨나기란 어렵다. 아직 그럴 능력이 없다면 일단 자기 일을 열심히 하면서 말을 아끼는 것이 좋다. 당연히 처음엔 어렵겠지만, 직장 생활을 하다 보면 점점 눈치가 생긴다.

항상 배우려는 적극적인 자세를 가진 후배는 일을 못해도 미워할 수 없다. 제일 중요한 것은 모르는 것이 있을 때 자기 판단을 믿지 말고 꼭 물어보기. 교육받았던 사항이라도 잊어버렸다면 재차 확인해야 한다. 물론 쓴소리를 들을 수도 있지만 재확인은 환자를 위해서 그리고 내 면허를 위해서 꼭 필요하다.

학생일 때 실습했던 것과 임상이 같을 거라고 생각하면 큰 오산이다. 고비는 언제고 누구에게나 올 수 있다. 그 시기를 잘 버티면 일에 보람을 느낄 수 있는 여유가 찾아온다. 많이 힘들어 이직을 하더라도 2년이란 기간은 꼭 채웠으면 좋겠다. 힘든 시기에 자신을 의심하거나 자책하지 말고 항상 간호사란 직업에 자부심을 가지고 근무하길 바란다. 어디에서 간호를 시작하더라도 '나는 국가면허가 있는 대한민국의 간호사'라는 생각을 잊지 말자.

환자 곁을
떠나기 싫어
나는 법을
배우지 않는 천사들

남연희 선생님
• 삼성서울병원 이비인후과
2002년부터 현재까지
(병동 7년, 외래 교육상담
11년 등)

+ 외래 교육상담 간호사가 하는 일은

외래 진료를 보는 300~400명의 환자들이 만족스러운 진료를 볼
수 있도록 필요한 내용을 설명해주고, 치료에 도움이 되는 운동
이나 치료 행위들을 교육하고, 수술과 처치 등의 일정을 잡는 경
우 준비하는 과정 등 병원 내원 후의 전체적인 관리를 코디해서
일정 진행을 도와주는 역할을 하고 있다.

누군가를 도울 수 있다는 것이 좋다. 어릴 적부터 봉사에 관심이 많았고 언젠가는 남들을 도우며 살고 싶다는 생각을 쭉 했었다. 고3 때 수능을 치르기 한 달 전 아버지가 급자스럽게 심장마비로 쓰러지셨다. 응급실에 도착했을 때 아버지는 이미 심장이 멈춰서 소생술을 할 수 없는 상황이었고, 결국 그대로 돌아가셨다. 하늘이 무너져 내리고 피가 거꾸로 솟는 것 같았다. 그때 절실하게 나의 무능함을 느꼈다. 내가 심폐소생술을 할 줄 알았다면 어쩌면 아버지를 살릴 수 있지 않았을까 하는 생각이 장례를 치른 후에도 오랫동안 나를 힘들게 했다. 아버지를 보내고 가족의 소중함을 더 크게 느끼면서 사람과 생명을 소중히 여기는 마음도 더불어 자랐다. 응급실에는 비록 잠시 머물렀지만 너무도 많은 사람이 아파하고 있었고 그들을 돕는 의료진의 모습은 하늘이 이 땅에 내려준 선물처럼 보였다.

진로를 두고 고민하던 중 간호학과가 내 마음을 움직였다. 나도 행복하고 남에게도 도움이 되는 보람찬 인생을 살고 싶었던 내게 간호사는 봉사를 하면서 동시에 전문성을 키울 수 있는, 필요충분조건을 모두 갖춘 직업이었다.

아파서 우는 사람, 후두절제술을 한 뒤 목소리를 잃은 사람, 청력을 잃고 인공와우로 소리를 듣는 사람, 암 진단을 받고 현실을 받아들이지 못하는 사람 등 매일 새로운 환자들을 만나 그들의 이야기를 듣고 마음을 어루만지고 치료를 돕는다. 내게는 그 어떤 일보다 아름답고 뜻깊은 일이다. 하루하루 근무를 하고 나면 내

가슴속이 따뜻하고 행복함을 느낀다. 나 같은 둔한 사람도 이러는 걸 보면 아마도 모든 간호사의 등에는 눈에 보이지 않는 작은 날개가 달려 있는 게 아닐까? 단지 환자 곁을 떠나기 싫어 나는 법을 배우지 않을 뿐.

이비인후과 상담실 1번 방. 외래의 한켠에 있는 방으로 나와 상담했던 분들이 찾아와 인사를 한다. "덕분에 수술 잘 받았어요." "덕분에 진료 잘 받았어요." "그때 고마웠어요." 하시며 집에서 만든 도토리묵이며 직접 재배한 감자, 고구마, 사과, 감 등을 안겨주신다. 꼭 나에게 손수 전해주고 싶다며 그 무거운 것을 들고 지방에서부터 힘들게 내 상담실까지 찾아오시는 것이다. 그분들의 정성에서 묵직한 감사를 느낀다. 그분들 덕분에 나는 '행복한 간호사'라고 자신 있게 말할 수 있다.

+ 간호사라서 좋은 점이 있다면

병원 관련 직종에서 일하지 않으면 접하기 힘든 병원만의 상황, 지식, 룰이 많다. 지인들에게 그러한 정보를 제공하여 선택에 도움을 줄 수 있을 때 내가 간호사라는 게 참 좋다.

물론 그러한 의료 지식은 내게도 큰 도움이 됐다. 2012년 서른넷의 노처녀였던 나는 유방 초음파, 갑상샘 초음파를 검진 차 시행했다. 매일 환자들을 보다 보니 혹시나 하는 마음에서 해봤는데, 뜻밖의 결과가 나왔다. 갑상샘암 판정을 받은 것이다. 하늘이 무너지는 것만 같았다. 친구들은 예쁘게 가정을 이루고 아기를 낳고 사는데 봉사 정신으로 일만 열심히 하던 나는 암이라니. 이 젊은 나이에 남편도 없이 전신마취 수술을 받아야 한다니. 눈앞이 캄캄했지만 곧 평정을 찾았다.

갑상샘암은 수술하고 나면 완치율이 아주 높다는 것을 알기 때문이었다. 담담히 내가 근무하는 병동의 명의(이비인후과 손영익 교수님)에게 부탁해 흉터가 생기지 않는 내시경으로 수술을 받았다. 의료 지식이 있었기에 암을 조기에 발견했고 또 갑상선암의 좋은 예후를 알기에 마음고생 없이 수술을 받을 수 있었다. 간호사가 아니었다면 내게 닥친 암을 받아들이기가 어려워서 굉장히 절망했을 것이다.

+ 간호사로 일하면서 힘들었던 점

아마도 간호사라면 대부분 공감할 내용이겠지만 3교대 근무를 하는 게 굉장히 어려웠다. 특히 나이트 근무가 힘들었다. 혼자 자취하는 20대로서 다들 퇴근하는 늦은 저녁 캄캄한 밤을 가로질러 병원으로 향하는 출근시간이 서글펐고, 새벽 2~3시가 되면 몸이 붕~ 뜨면서 공중 부양하는 듯 유체이탈 상태 비슷하게 되는 시간 역시 감당하기 벅찼다.

20대 때엔 밤을 새우면서 놀기도 하지만, 병원 근무를 하면서 밤을 꼬박 지새우는 건 노는 것과 전혀 다른 나와의 싸움이다. 밤이면 환자들도 자니 간호사는 편하지 않느냐고 말하는 이들도 있지만, 실제 현장에 있는 간호사들은 환자에게 급작스러운 상태 변화가 없는지 노심초사하며 캄캄한 밤을 보낸다. 그 10시간의 긴장은 이 직종이 아니면 상상하기 어려운 종류일 거라 생각한다.

가끔 뉴스에서 보는 '입원환자가 아침에 보니 죽어 있더라.' 하는 상황이 생기지 않도록 긴장에 긴장을 더하는 야간 근무. 다시 하라면 하고 싶지는 않지만 간호사의 세계, 잠을 이기는 노하우, 나 자신을 이기는 법 등 많은 것을 배운 시간이었다.

+ 이 책의 초판이 나온 지 5년이 지났는데, 그 사이 변화는

여전히 같은 병원에 다니고 있다. 한 직장에 입사하여 18년을 다니는 일이 쉽지 않음을 알기에 나 스스로를 칭찬하고 격려하는 요즘이다. 그 사이 가장 큰 변화는, 그때는 싱글이었고 지금은 사랑하는 남편과 사랑스러운 아들 상민이가 내 옆에 있다는 것! 두 남자가 나를 잘 지지해 주어서 18년의 경력이 완성되었기에 늘 두 사람에게 고맙다.

병원에서의 업무도 바뀌었다. 외래에서 교육상담 간호사 업무를 해오다가 올해 6월부터 운영간호사 업무를 맡게 되었다. 처음 교육상담 업무를 하면서 힘들지만 보람도 있고 재미도 있었는데, 지금 운영 간호사의 업무를 맡아보니 교육상담 간호사일 때는 알 수 없었던 또 다른 매력이 있다. 운영 업무를 하다 보니 다양한 직종의 사람과 만나 회의하고 의견을 나눌 기회가 많이 생긴다. 또 외래 일과 관련하여 결정할 일이 많아졌다. 그러다 보니 아무래도 시야가 넓어지고 생각도 깊어지게 된 것이 가장 큰 매력인 것 같다. 임상에서 경영 쪽으로의 전향이라고 할까?

교육상담 간호사 업무를 오래 하다 보니 매너리즘이 생겨 새로운 활력을 얻기 위해 간호대학원에 지원했다. 마흔이 넘어 석사

과정을 밟아야 하나 고민도 많았고, 입학 후에도 과연 연구나 행정, 인사 관리 같은 과목이 언제 현장에서 쓰일까 생각하며 수업에 참여했는데 생각보다 이른 시간에 배운 지식과 노하우를 활용할 수 있는 상황이 왔다. 너무 늦었다는 생각으로 학업을 포기하지 않았던 게 얼마나 다행인지 모른다.

＋ 후배들에게 해주고 싶은 말은

어느 병원을 보더라도 신규 간호사들의 이직률이 상당히 높다. 힘들게 간호학과를 졸업하고 취업을 했으나 입사 후 1년 안에 67%의 신규 간호사가 퇴사를 고민한다고 한다. 안타까운 현실이 아닐 수 없다. 시간이 지나면서 알게 된 건 많은 간호사 선배들이 후배들의 업무 환경을 개선하기 위해 많은 노력을 해왔고, 지금도 노력하고 있다는 사실이다. 결코 개인의 힘으로, 타인의 힘으로 간호 사회가 바뀌지 않는다. 그렇기에 우리 한 명 한 명이 지금 내게 주어진 이 현장에서 노력해야 한다고 생각한다.

간호는
사랑이고
희망이다

김희정(제이미 김) 선생님
- 현재 미국 최대 홈케어 회사인
  LHC 그룹의 한 지점을 책임지는
  디렉터(Clinical Director)로 근무 중
- 경희의료원 응급실 1년
- 미국 간호사 경력 28년 6개월

+ 간호사라는 직업을 선택한 이유

의료계에 관심이 없었지만 대학 진로를 놓고 고민하다가 아버지
의 권유로 4년제 대학 대신 3년제 간호대학을 선택했다. 하지만
학교 공부를 시작하고 나서 간호사야말로 나의 천직이라고 느
꼈다. 수많은 질병과 치료법을 공부하는 것 외에도, 사람을 이해
하고 심리를 파악하고 표정을 살피고 그들의 손을 잡고 등을 두

드리면서 인생을 깊게 알아가는 공부의 묘미에 푹 빠진 것이다. 지금도 매일 환자들을 통해서 삶을 배운다. 그들의 고통과 치료 과정, 완치, 죽음을 통해서 인생을 보는 관점이 넓어졌고, 이해의 폭이 깊어졌고, 고통과 죽음도 삶의 일부이고 아름다울 수 있음을 배웠다.

+ 잊을 수 없는 환자가 있다면

유독 기억에 남는 환자가 한 분 있다. 나이는 50대 후반, 그야말로 하루아침에 장애인이 되었다. 평상시 걷던 길을 걷는데 어디서 날아왔는지도 모르는 총알을 맞고 응급 수술을 받았지만 하반신 마비가 되었다. 재활을 시도했지만 거의 호전이 없던 그 환자를 만난 건 내가 재활 병동으로 발령받아 갔을 때, 미국으로 건너가 언어와 문화의 장벽을 넘으려 고군분투하며 4~5년 정도의 간호사 경력을 쌓을 즈음이었다.

그는 엉덩이에 성인 남자의 주먹이 들어갈 만큼 큰 욕창이 있어서 항상 침대에 누워 지냈다. 깡마른 그의 엉덩이 절반을 욕창이 차지할 정도였으니 통증이 심해 휠체어에 앉아 있는 시간은 길어야 30분을 넘기지 못했다. 퀭한 눈에 웃음도 표정도 거의 없었지만 선한 그의 눈은 아직도 잊을 수 없다. 욕창 크기가 하도 커서 하루 3번씩 치료를 해줘야 하는데 코를 찌르는 냄새가 온 병동에 퍼지고 드레싱을 바꾸는 데 최소 한 시간이 걸렸다. 간호사들이 기피할 만했다.

새로 간호사가 오자 '옳다구나.' 싶었는지 간호 감독이 직접 내게 그 환자를 맡으라고 지시했다. 당시 인력이 부족하고 일은 많아서 점심도 굶어가며 환자들을 보는 나날이 지속되었는데, 발바닥이 땅에 닿을 새도 없이 뛰어다니는 내게 환자들이 붙여준 별명이 '마담 버터플라이'였다. 나비처럼 빠르게 날아다닌다고. 그렇게 바쁜 와중에도 그 환자만은 포기가 되지 않았다. 그 방에 들어가기 전 깊은 심호흡과 기도를 했다. 그리고 천천히 그리고 신중하게 욕창 치료를 해나갔다. 대답이 거의 없던 그 환자 뒤에서 혼자 말을 걸며 한 시간 내내 정말 정성으로 치료했다. 조용히 치료만 받던 그가 드디어 마음의 문을 열고 자기가 어떻게 나를 도울 수 있겠느냐고 물어왔을 때 나는 속으로 쾌재를 불렀다.

"나오는 세 끼 식사를 남김없이 모두 다 먹을 것, 영양보충제와 처방된 비타민을 꼬박꼬박 드실 것, 그리고 진통제를 먹고서라도 하루 세 번 1시간씩 휠체어에 앉아 있기. 마지막으로 6개월 후에는 당신 스스로 휠체어를 밀고 병원 정원으로 나가서 나와 함께 맑은 공기를 마시는 것. 데이트 신청하는 거예요."

어눌한 영어로 진담과 농담을 섞어가며 약속을 받아낸 이후 나와 그의 공동 노력이 시작되었다. 한 달 후 욕창 사이즈는 남자의 큰 주먹이 아니라 내 주먹이 힘겹게 들어갈 만큼 작아졌다. 나의 보고는 매일 지속되었다.

"와우! 이젠 내 작은 주먹이 겨우 들어가요. 우리 데이트가 빨라질 것 같아요."

한 시간 내내 웃고 떠들며 욕창 치료를 하는 나를 신기하게 바라보기만 하던 직원들도 점차 그에게 먼저 다가가 말을 걸고 농담도 하곤 했다.

"내일은 미스 킴이 쉬는 날이어서 우리는 어떻게 하죠? 우리 말은 안 들을 거잖아요."

쉬는 날도 수시로 병동으로 전화를 걸어 상태를 물어보고 그를 정성껏 돌보게끔 은근히 압박하기를 4개월, 욕창은 내 엄지손가락이 겨우 들어갈 만큼 작아졌다.

예기치 않았던 사고로 가까운 사람들이 하나둘 떠나자 상처를 받은 그는 모든 이와 혼자 미리 결별하고는 재활 병동에서 남은 생을 마감할 거라고 담담히 고백 같은 이야기를 했었다. 죽음에 대해서만 암시하던 그가 어느 날부터 살아갈 얘기를 하며 웃음꽃을 피웠다. 조르지 않아도 알아서 휠체어에 앉고 조금씩 휠체어를 밀어보며 함께 정원으로 데이트 나갈 날을 기다리던 이.

새끼손가락만 한 사이즈가 된 욕창을 5분 만에 드레싱하고 드디어 가슴 떨리는 데이트가 다가왔다고 손가락 걸며 깔깔 웃었던 날, 오후부터 갑자기 그의 얼굴에 핏기가 사라졌고(마침내가 비번이던) 다음날 그는 사망했다. 내가 출근하자 모두 나의 눈치를 보는 것 같아 바로 그의 방에 뛰어들어갔다. 이름표가 사라진 그의 방, 체온이 사라진 침대 앞에 멍하니 서 있던 나에게 전날 그를 담당했던 간호사가 말했다.

"그분은 자신의 죽음이 다가왔음을 감지했어요. 고맙다는 말을 전하고 나서 밝게 웃으며 편안히 눈을 감았어요."

그의 웃음과 행복한 표정은 몇 날 며칠이고 내 현실과 꿈속을 오가며 나를 감동시키고 채찍질했다. 그는 나로 하여금 더 나은 간호사가 되겠다고 수없이 맹세하게 한 인생의 스승으로 지금까지 남아 있다.

너무 짧은 한국 간호사 경력과 영어 실력으로 겁 없이 미국 유학 길에 올랐고, 부족한 대로 바로 현장에 부닥쳐야 했다. 직장에서 매일같이 눈물과 한숨을 쏟으며 일했던 미국 생활 초반 6~7년의 세월이 너무나 힘들었다.

말을 잘 못하지만 정말 열심히 일하고 최선을 다해 돌보니 나를 좋아해주는 환자들도 있었다. 하지만 함께 일하는 직장 동료들이나 보호자들이 일부러 골탕먹이고 애먹일 때는 집에 돌아와 힘들고 슬프고 악이 받쳐 많이 울었던 기억이 난다. 영어가 안 되는 걸 빌미 삼아 내 일이 아닌 것까지 떠맡아도 불평하지 못하고 일하던 날들. 환자들 앞에서 날 놀림감으로 만들고 여러 명이 서서 낄낄 웃으며 모멸감을 주던 직원들. 영어 모른다고 간호사 바꿔달라고 호소하며 날 벌레처럼 대하고 거부하던 환자들. 그래도 웃으며 일하려 애쓰는데 왜 기분 나쁘게 웃느냐며 쌀쌀맞게 돌아서던 이들. 그럴 때면 화장실에서 한바탕 울고 세수하고 나와 다시 아무 일 없었던 것처럼 미소를 짓고 환자들을 정성껏 돌봤다. 당시 몇 년에 한 번씩은 병원에서 쓰러지고 응급실에서 퇴원하기도 했다. 내 몸을 돌보지 않고 남을 돌본다는 것 자체가 모순이라고 느낀 건 불과 얼마 되지 않았다. 생각만으로는 최고의 간호사가 되고 싶었지만 몸이 약해 본보기가 되지 못한 것이 나에겐 가장 아쉬운 부분 중 하나다. 정말 환자들을 위해 일하는 전문직 간호사로 오래 남으려면 반드시 자기 자신에 대한 투자가 필요하다. 특히 본인의 건강 유지는 더욱더 중요하다.

+ 장기적으로 간호사를 할 수 있었던 비결

나는 간호학을 사랑한다. 간호는 사랑이고 희망이다. 가슴 깊이 환자들에 대한 사랑과 나을 거라는 희망을 갖지 않는 간호 행위 자체는 간호사라는 직업이 그냥 직업이지 전문직이길 부인하는 거라고 생각한다. 거창한 말로 간호를 사랑이라 표현했지만, 환자와 그 가족, 동료 들과 진심으로 공감하고 같이 아파하고 함께 울고 웃으며 그들의 문제를 차근차근 해결해나가는 모든 과정이 환자들에 대한 사랑의 표현이라고 말하고 싶다.

나는 간호사임을 후회해본 적이 없다. 아주 잠깐 간호와 관련된 사업을 구상하기도 했고 의사가 되고 싶다는 꿈을 가져본 적도 있다. 좀 더 폭넓게 의료 행위를 하고 싶다는 생각 때문이었다. 하지만 간호 활동의 영역과 범위는 정말 무궁무진하고 늘 새로운 것들로 가득 차 있어 계속해서 내 앞에 도전장을 내민다. 다람쥐 쳇바퀴 같은 일상이란 내 간호사 생활에 거의 없었다.

환자들을 직접 간호했던 일선 간호사로서의 역할에서부터 현재 간호 행정 관리자로 수많은 직원을 책임지고 또 직·간접적으로 환자 관리에 영향을 미치는 역할에 이르기까지, 어떤 종류의 간호사이건 나는 간호사로서 자긍심을 가지고 있고 언제까지나 간호사로 남아 있을 것이다.

2019년 12월 말 겨울에 불어닥친 코로나 사태가 2020년 한여름을 지나서까지도 전 세계를 깊은 고통과 상실감에 빠지게 하고 있다. 세계 곳곳에서 일어났던 커다란 자연재해나 국가비상 사태 때마다 늘 앞장서서 리더십을 발휘해왔던 미국이 이번 코로나 사태에는 리더십 결핍과 너무나 미숙한 대처로 세계의 불신을 자초하고 있다. 미국 정부는 철저한 예방 수칙과 사회적 거리 두기로 모범을 보인 한국의 성공적인 사례를 보고도 전혀 배우지 않았다. 코로나 확산 초기 몇 달 동안은 마스크를 쓰고 다니는 아시안들이 오히려 부당한 인권 피해를 당해도 이들을 보호하기는커녕, 마스크나 의료보호장비 착용에 대한 중요성을 전혀 강조하지 않았다. 그렇게 비틀거리는 리더십으로 시작해 결국 강력한 폐쇄 정책까지 펼쳤지만, 50개 주 곳곳에서 하루에도 수천, 수만 명이 코로나에 감염되며 전 국민이 두려움에 떨고 있다.

특히, 감염률과 사망률이 가장 높은 뉴욕과 뉴저지 주에서 코로나 환자들을 돌봐야하는 일선 의료진이나 간호사들은 참으로 매일이 힘들고 눈물겨운 투쟁의 연속이다. 병원이나 의료 시설에서 일하는 의료진들은 넘쳐나는 환자들로 장시간 일하기를 반복했는데, 의료보호장비가 늘 부족했고, 설령 공급이 되었다 하더라도 보호가 제대로 될지 의문이 드는 질 낮은 장비들로 극도의 스트레스를 받았다. 이들이 견뎌야 하는 것은 전염력 강한 코로나 환자들을 장시간 돌보며 늘 감염에 노출되어야 하는 두려움뿐만이 아니었다. 자신의 가족들에게 혹시라도 감염시킬까 두려워 퇴근 후에도 가족들과 다른 생활공간을 만들어 격리된 생활을 이어가고 있는 이들도 부지기수였다. 수많은 간호사들과 의료진들이 코로나에 감염되어 짧게는 한 달, 길게는 몇 달을 외로운 투병을 하면서도 주위에 말 한 마디 못하는 일도 허다했다. 심지어, 그런 극심한 스트레스를 견디지 못해 자신의 귀한 생명을 버린 사람도 있고, 평생직장을 떠나 조기퇴직하거나 장기휴직을 선언하는 이들도 늘어났다. 하지만 이런 상황에서도 철저한 직업의식과 소명으로 자신들을 희생하고 끝까지 환자들을 돌보고 그들의 마지막 가는 길조차 가족 대신 지켜준 수많은 의료진들이 있기에, 이런 미국의 절망적인 상황 속에서 희망이란 불이 꺼지지 않고 피어오르고 있는 것이다.

이런 전 세계적인 위기를 통해서 절실히 느낀 것이 있다면 바로 리더십의 중요성이다. 한 국가의 리더가, 또 정부의 리더십이 얼마나 많은 생명을 살리게도 하고 또 쉽게 잃어버리게도 하고 있는지 그래프로 표시된 감염률을 보며 매일 경악했다.

이 사태가 언제 끝날지는 어느 누구도 모른다. 백신이 나온다고 해도 언제 그것의 효과가 입증되고 상용화되어 우리를 이 치명적인 바이러스로부터 지켜줄지 아무도 약속할 수 없다. 이런 불확실한 상황과 전 세계적인 위기 속에서 우리는 간호사로서 환자들을 돌보기에 앞서, 먼저 자신의 건강을 지키고 보호하며 차분히 동료들과 이 시간을 이겨나가야 한다. 일선에서 일하는 간호사든, 일선에서 일하는 간호사는 아니지만 그들을 격려하며 때로는 강하고 단호하게 조직을 이끌어나가야 하는 간호사 리더든 모두 함께 이 위기 상황을 잘 이겨나가기 바란다.

2017년 통계에 따르면 미국에 등록된 정식 간호사가 380만 명 정도 된다고 한다. 전 세계 간호사 수가 2,900만 명 정도로 집계되고 있으니, 미국 간호사가 전 세계 간호사의 13%가 넘는 것이다. 380만의 미국 간호사 중에 백인계 간호사들이 80.8%로 주류를 이루고 있고, 자신이 아시안 간호사라고 밝힌 인구는 5.3%다. 한인 간호사들은 5.3%라는 소수 중에서도 극소수에 포함되어 있다. 그러한 극소수에 포함되어 있는 한국인 간호사의 한 사람으로 백인들이 대부분인 직장에서 책임자로 크고 작은 지점을 관리하고 이끌어온 시간만도 14년이 되어간다. 하지만 여전히 회사에서 상사와 직원 사이의 비밀 없는 비일비재한 비밀들을 지켜내려 애쓰며 그들의 끊임없는 요구나 불평을 듣고 해결해 나가느라 받은 스트레스나 고충은 말로 다 표현하기 힘들 것이다. 그러다 보니 이런 어려운 상황에서 마음 놓고 고민을 털어놓고 조언을 구할 수 있는 비슷한 처지의 한국인 간호사 멘토를 찾기 어려웠다는 점이 가장 큰 아쉬움으로 남는다. 나의 마음을 온전히 드러낼 수 있는 미국인 동료나 멘토가 늘 있었지만, 다른 언어와 문화를 가진 나를 그들에게 100% 이해시킬 수는 없었다. 몇 시간의 대화 후에도 뭔지 모르게 아쉬움이 남았다.

개인적으로 미국에 정착한 많은 한국인 간호사들이 미국 전역에서 하루 빨리 리더로서 두각을 드러내길 바란다. 그래서 리더로서 가지는 스트레스와 고충, 고민을 함께 해결해 나갈 수 있길 바란다. 또한 리더의 자리에 있는 한국인 간호사들이 많아지면, 가까운 미래에 리더의 위치로 가기 위해 열심히 준비하는 후배 한국인 간호사들도 잘 끌어주길 바란다. 그들이 리더로서 첫발을 내밀었을 때 진심으로 축하해 주고, 더 크고 성숙한 리더로 커 갈 수 있도록 진심 어린 충고와 노하우도 나눌 수 있길 바란다. 모든 세계가 인정하는 한국인 간호사의 엄청난 근성과 저력뿐만 아니라 기지와 리더십도 충분히 발휘하여 더욱 많은 한국인 간호사 리더들이 발견되고 자라나길 진심어린 마음으로 응원한다.

마지막으로, 늘 업그레이드하는 꿈과 도전 정신으로 자신을 끊임없이 채찍질하며 공부하고 노력하는 김리연 선생님에게 애정과 존경의 마음을 전한다. 김리연 선생님이 간호사 리더가 되는 과정에서, 또 간호사 리더가 되고 나서 겪을 수 있는 도전이나 고충을 조만간 함께 나눌 날을 기대하면서, 나 역시 그렇게 함께 더욱 성숙하고 모범이 되는 간호사 리더가 될 것을 다짐해본다.

간호사라서 다행이야

ⓒ 김리연, 2015

2015년 9월 4일 초판 1쇄 발행
2020년 7월 15일 초판 16쇄 발행

2020년 10월 12일 개정판 1쇄 발행
2023년 10월 25일 개정판 4쇄 발행

지은이 김리연
펴낸이 류지호
편집 이기선, 김희중, 곽명진 • **디자인** 김효정

펴낸 곳 원더박스 (03169) 서울시 종로구 사직로10길 17, 301호
대표전화 02) 720-1202 • **팩시밀리** 0303-3448-1202
출판등록 제2022-000212호(2012. 6. 27.)

ISBN 979-11-90136-26-6 (03810)